中国专业作家作品典藏文库

中国专业作家作品典藏文库

邹静之卷

抬头见喜

（第一部）

邹静之 白志龙／著

中国文史出版社

目 录

第 一 章

某路口。堵车，赵元甲的出租车排在一辆面包车后面。出租车里，赵元甲面色焦急，车内的收音机放着中医养生的内容："中医认为，女子不孕主要有四种病因，血瘀不孕、肝郁不孕、肾虚不孕、痰阻不孕……"绿灯亮了，前面的面包车有些肉，迟迟不动，赵元甲不耐烦，使劲按喇叭。前车移动，赵元甲开车过路口，一路人过来伸手打车，赵元甲抬起左手摇动，表示拒绝，左手落下时，顺势将空车的标志按下，出租车加速向前奔去。

路人望着出租车的背影：嘿，什么素质，一点儿职业道德都没有！

医院门诊部门口。人来人往，有如集市。淑恬站在门诊部门口，有些焦急，又有些犹豫不决。

医院门口路边。赵元甲的出租车急急地开来，停在路边，立时被病人、家属包围了。

病人甲：师傅，送我去趟三里河！

病人乙：送我去公主坟！

赵元甲打开车门出来。

赵元甲：对不起，我哪儿也去不了。

众人：哎，你这不是拒载吗？

赵元甲：对不起，我是来接病人出院的。

赵元甲拔腿跑向门诊部门口，众人对此十分不满。

众人：什么接病人，肯定是拒载，记他车号，投诉他！

门诊部门口。淑恬还在犹豫，她看了看门诊部里边熙熙攘攘的人流，仿佛下定了决心。淑恬向台阶下走了一步，赵元甲匆匆跑过来。

赵元甲气喘吁吁地对淑恬：来晚了，刚才有人非让我送她去后海。挂号了吗？

淑恬：我不想查了，咱们回家吧。

淑恬拉着赵元甲要走。

赵元甲挣脱：别呀，都来了……为什么不想查了？

淑恬：我害怕，万一真查出个不孕症来……

赵元甲欲拉淑恬进门诊大厅：查出来就好了，查出来咱就一总在这儿治了。

淑恬没动地方：那万一……要是治不好呢？

赵元甲：治不好咱们还可以做试管婴儿嘛。

淑恬：那万一要是……

赵元甲：要是试管婴儿也不行，咱们就收养一个。

淑恬：要真那样……就太对不起你了。

赵元甲：这有什么对不起的？有孩子有有孩子的好，没孩子有没孩子的好。无论怎么着，你都是我老婆。走！

赵元甲拉着淑恬走进门诊大厅。门诊大厅里人满为患，川流不息。

赵元甲拉着淑恬进来，躲避着人流，站在挂号队伍后面。

淑恬再次动摇，又要往后退：我还是有点儿怕……咱还是算了吧……

赵元甲：你怕什么呀？就做个检查……要不这样，我也挂一个，陪你一块儿查。

淑恬：你查什么？

赵元甲：不孕症啊。

淑恬：那是我的问题。

赵元甲：也许是我的问题呢？这都是难说的事儿。来来来，今天咱们一块儿查。

赵元甲拉着淑恬一块儿排队，看着医院里人来人往，感慨万千。

赵元甲：瞧瞧，说是金融危机，可这医院里的人一点儿也不见少……

说不定还多了呢。哎呀，还是当大夫好啊，白大褂一穿，办公室一坐，人家就送钱上门了，送钱就送钱吧，还得排队，不好好排队我还不收，还得呲儿你两句……

淑恬：行啦，你小点儿声，让人家大夫听见不好。

赵元甲：怕什么？我说的是实情。哎，看着这么多人不畏酷暑前来交钱，我这心里，就有一种莫名其妙的感动。我已经想好了，等咱们孩子长大以后，让他考医科大学，当大夫。专业我都想好了，就学牙科，要不就学肿瘤科。

淑恬：牙科？

赵元甲：牙科保险哪！咱不能光看贼吃肉，还得想着贼挨打。牙科多好啊，出不了什么大的医疗事故，顶多是拔错了。不像骨科，稍一马虎，脊椎折了就得偏瘫。其实牙科还不是最好的，最好的还是肿瘤科。

淑恬：肿瘤科，那死亡率多高啊……

赵元甲：死亡率高好啊，那就更出不了医疗事故啦，就算是治死了也不怕——您得的是肿瘤啊！要是一不小心给治好了，那我就是神仙，出大名了。所以，等咱孩子长大以后，一定要让他当医生。

前面一位老人突然转过头来。

老人：小伙子说得好！你家孩子多大了？

赵元甲从容地说谎：明年就高考了。

淑恬嗔怪地暗中搡了赵元甲一下。

菜市场里人声喧哗，淑珍在仔细查看一节藕两边的节头，手中的购物袋中已经装了不少蔬菜。

淑珍：就这一节了？

菜贩甲：啊，就这一节了，这不挺好的吗？

淑珍放回菜摊：好什么呀？两边节头都掉了，进泥了都！

菜贩甲：那就没有了。

淑珍：那算了，就这么些吧。多少钱？

菜贩甲抓起一捆葱：您不要点儿大葱吗？

淑珍：那都是开过花的老葱梗子，你蒙谁呀？

3

菜贩甲：哎哟，大姐真是行家！一看就是过日子的行家里手，有您操持，您老公可太舒服了！

淑珍没好气：那是，他舒服大发了。多少钱？

菜贩甲：一共四十九块二。您给五十……

淑珍：嗯？

菜贩甲：我找您八毛。

淑珍：别麻烦了，你找我一块不就结了？

菜贩甲：好。

淑珍交钱，菜贩找钱，淑珍拎着两大购物袋蔬菜副食离开。

菜贩乙凑过来。

菜贩乙：嗬，真不少买，肯定是家里有喜事。

菜贩甲：有什么喜事儿呀？你没看出刚才这位气儿不顺哪？

菜贩乙看着淑珍走远：是吗？

陈家客厅。陈老太正在拖地，门铃响，陈老太把墩布靠在茶几上，去开门。

尤克勤夹着包走进来。

尤克勤：妈，忙着哪。

陈老太：哟，怎么上午就来了？

尤克勤：处长让我去部里取个邮件，这就算提前下班了，顺便来看看您！

陈老太：看看我，还是看看我做没做饭？

尤克勤放下包，向厨房张望：啊，做好了吗您？

陈老太把墩布往尤克勤手里一塞：你来得真是时候，把地给我拖完了吧。

尤克勤：妈您看您，我刚上了一上午的班，累死了。

陈老太再次把墩布塞给尤克勤：吃饭的时候怎么不累呀？快干吧，别光惦记吃饭。

尤克勤不情愿地拖地：谁光惦记吃饭，我哪回也没白吃您的呀。

陈老太：那是，有时候你还往家拿呢。

4

尤克勤：妈，您要老这么说可有点儿偏心眼儿。要说吃饭，那也不是我一个人在这儿吃，元甲一天三顿都在您这儿蹭，对了，他还在这儿蹭住呢。我们俩可都是您女婿，一样远近……

陈老太：他每个月都给我交钱。

尤克勤：我不是每个月也给您五十块钱吗？

陈老太：你还把孩子放我这儿了呢。

尤克勤：晨晨就中午、晚上两顿饭，再说他不是您亲外孙子吗？

陈老太：也就看外孙子面子，不然我对你们可没这么客气啦。

此时门铃响，尤克勤和陈老太对视一眼，都感觉很意外。陈老太去开门，大姐淑珍气哼哼拎着两大购物袋蔬菜副食进来，换鞋。

淑珍：妈。

尤克勤：哟，大姐来啦。

淑珍头也不回，径直走入厨房：啊。

陈老太追入：哎哟，我的祖宗啊，又怎么啦？

尤克勤：得，今儿个有好吃的了。

尤克勤丢掉墩布，坐在沙发上，拿起电视遥控器。

陈家厨房。淑珍绷着脸，利落地收拾着带鱼，陈老太走进来。

陈老太：又怎么啦？

淑珍：还是那档子事儿呗。

陈老太：你不要老是疑神疑鬼。

淑珍一刀切掉带鱼的头：我没疑神疑鬼。这回我找到证据了，周致中就是有外遇。

医院门口。赵元甲陪着淑恬从医院出，走向自己的出租车。赵元甲掏钥匙准备开车门，一大帮患者、家属围拢来。

众人：师傅，送我去定福庄……送我去北苑！

赵元甲指着淑恬：对不起，我得先送这位大姐回知春路！

众人失望，一个戴眼镜的却兴高采烈。

"眼镜"：太好了，我也去知春路，可不可以拼个车？

赵元甲用眼睛示意淑恬拒绝：这得看人家乐意不乐意了。

淑恬拒绝的话说不出口：如果实在不行，那就拼吧。

赵元甲却不开车门，故意转头问淑恬：行，那上车吧。不过，这结膜炎传染不传染哪？

"眼镜"逃开：算了算了，不麻烦了，你们先走吧，我不拼了。

赵元甲夫妇坐进车里，淑恬有些不悦。

淑恬：你干吗说我得了结膜炎？

赵元甲：我没说呀！我就问结膜炎传不传染，他就跑了。

淑恬嗔怪地点了一下赵元甲的脑门：你就缺德吧。

赵元甲：走，买菜去！

赵元甲发动车子离开。

陈家厨房。淑珍一边打鸡蛋一边继续向陈老太编派丈夫周致中的不是。

淑珍：还有，昨天我一回家，就看见周致中在打电话，一见我回来，他就挂了。我问谁来的电话，他说是梅梅的班主任。后来我多个心眼，按着通话记录回拨了一个，您猜怎么着？还真是梅梅的班主任。

陈老太：那不就对了吗？

淑珍：对什么呀？他肯定跟梅梅的班主任有不正常关系，不然，为什么一见我就挂电话？梅梅的班主任表现得也很不正常，跟我没说两句话就挂了。

陈老太：没话说可不就挂了？

淑珍：那当时我也没话说，我为什么就不想挂？

陈老太：你是……你现在怎么这么神经啊？

此时尤克勤走进厨房。

尤克勤吸鼻子，开始翻冰箱：大姐，真香啊！

陈老太有些厌恶地看着他。

尤克勤手扶冰箱门回过头：妈，昨天那两罐啤酒呢？

陈老太：问谁呀？不都拿你们家去了吗？

尤克勤赶紧辩解：哦对……咳，不是我拿的，是我媳妇儿拿的。

陈老太：那不一样吗？你说说你们两口子，一月挣那么多钱，还老算计我！

尤克勤：妈，我哪儿有钱哪，我那钱不都买房子了吗？每个月都得还贷，哪儿有闲钱。

陈老太：你不是说你新买那套，租金就能抵得上月供吗？

尤克勤四处趸摸：月供是抵上了，我那不是……还想再买一套吗？我得把这钱省出来呀。哎，怎么连瓶啤酒也没了？

陈老太：哪儿那么大酒瘾？你要实在想喝，我倒有个办法。

尤克勤：什么办法？

陈老太：自己下去买吧。

尤克勤走出厨房：那就算了，不麻烦了。

陈老太对淑珍：瞧你这妹夫，可真会过日子。

淑珍往带鱼段上抹鸡蛋液，没搭话。

陈老太：接着说你的事，我再跟你说一遍，不要老疑神疑鬼的，致中不可能有外遇，他不是那样的人。

淑珍：妈，您干吗总是信他不信我呀？我可是您亲闺女。

陈老太：这不是亲闺女不亲闺女的事儿，你听我说……

淑珍将带鱼下油锅炸。

陈老太：致中他是个实诚孩子。

淑珍翻炸带鱼，夹起一块带鱼，发现没地方放：你们全让周致中的外表给欺骗了……妈，您给我拿个盘子来。

陈老太去拿盘子，不小心被淑珍买来的那两大购物袋蔬菜副食绊了一下。

陈老太走进客厅：我的天爷，你怎么又买这么多菜？不行，我得给淑恬他们打个电话，让他们别买了。

淑珍：妈，盘子！

只好将夹起的带鱼放回锅里。

某超市门口。赵元甲和淑恬拎着刚买的菜从超市门口出来，淑恬埋怨赵元甲。

淑恬：为什么非要在这儿买菜？咱门口那菜市场比这儿便宜得多。

赵元甲：这儿的菜是绿色食品，没用过化肥农药。哎，你听说过吗，有些人为了除虫，给蔬菜喷避孕药。对了，你那不孕症可能就是这么来的。

淑恬：可这绿色蔬菜也太贵了，你我挣钱都不多，这万一要是花完了……

赵元甲：花完了我再挣去。钱在手里不花，就等于这钱死了。

淑恬的手机响。

淑恬：喂，妈……我们都已经买完了。

赵元甲：怎么啦？

淑恬：妈不让咱们买菜了。

赵元甲：为什么？

淑恬：大姐去咱们家了。

赵元甲看着手里的菜：得，这回又便宜二姐夫了。

陈家客厅。陈老太放下电话，有些沮丧。尤克勤在看电视。

陈老太：得，淑恬他们也买了一堆菜。

尤克勤：他们两口子一大早这是去哪儿了？

陈老太：去医院查不孕症。

尤克勤：这不孕症能治好吗？

陈老太：谁知道啊，我总觉着，他们两个没孩子，不是能力问题，而是态度问题。

尤克勤：咳，甭管是能力问题还是态度问题，您都甭管了。

陈老太：我不管能成吗？万一他们学那什么外国人，搞什么丁克可怎么办哪？

尤克勤：那您也别着急！实在不行，我豁出去，我超生一个，过继给他们，也算他们两口子有后了。

陈老太讽刺：你心眼儿可真好。

尤克勤：瞧您说的，您没儿子，凡事可不得我这个女婿给您忙乎吗？再说了，您祖上这么大的家业，总得有人继承不是？哎，妈，您城里那七

8

八间房，拆到了吗？

陈老太：嗬，可算拐到正题上了。

尤克勤：妈，拆迁的时候您一定得告诉我。

陈老太：为什么？

尤克勤：我有好多妙招，能多算面积。

陈老太：不用。你那些妙招啊，留着你自己的房子拆迁时再用吧！

走进厨房。

尤克勤：我哪有要拆迁的房子呀。

陈家厨房。餐桌上已经摆上了七个菜，淑珍还在气哼哼地做，陈老太连忙阻拦。

陈老太：我的祖宗啊，多少人吃啊？你做七个菜？

淑珍：再做五个就齐活啦。

陈老太：你这是哪道毛病啊？心里一不痛快就玩命做菜。

淑珍：多做几个我心里才能痛快点儿。

陈老太拉住淑珍的手：行啦，别做啦，再做就吃不了啦。

尤克勤闻声进来。

尤克勤责备：妈，大姐心里不痛快，您就别拦着她啦，万一憋出个好歹来，花钱更多。

顺手拿起一块带鱼来吃。

陈老太：做多了吃不了多浪费呀？

尤克勤：吃不了也没关系，实在不行，我受点儿累，全打包拿回家去。不就是麻烦点儿吗？我豁出去了！

陈老太：我可豁不出去。

尤克勤嘴里一边大快朵颐，一边褒贬：您瞧您……大姐，今天这带鱼可有点儿咸啊。

陈老太看见尤克勤在吃带鱼：你怎么这样啊？上手就抓，洗手了吗？

晨晨这时跑进厨房。

晨晨：爸，姥姥。大姨，您又来了，是不是大姨父又……

陈老太：晨晨，饭一会儿就得，你先跟你爸爸上外边玩儿会儿去。

晨晨：哎。

晨晨拉着尤克勤应声而出。

陈老太长叹一声：唉，这辈子真是欠了你们的了，仨闺女一个都不让我省心！说起来你这个老大混得最好，老公是教授，还当着个研究室主任，养个女儿也上了重点高中，可我就不明白，你犯了哪路神经，放着好好的日子不过，整天疑神疑鬼，怀疑自己老公有外遇。

淑珍：他本来就有外遇！

陈老太径自说着：老二呢，嫁个老公心眼儿贼多，花花肠子能绕地球三圈，生个孩子也不是个省油的灯，天天给我闯祸。老三呢，根本就没孩子。你说说你们三个……

陈家客厅。尤克勤在客厅看电视，晨晨在阳台上玩，赵元甲夫妇拎着大包小包采购来的蔬菜副食走进来。

尤克勤：哟，元甲回来了。

淑恬：啊，二姐夫您今天怎么这么闲在？

尤克勤：啊，今天下班早……

陈老太闻声出来。

陈老太：淑恬哪，你可回来了，来，到这儿来，妈跟你说点儿事儿。

淑恬：什么事儿啊？

陈老太把淑恬拉进自己房里。

陈老太房间。陈老太把淑恬拉进房间，关门。

陈老太：怎么样？查出结果来了吗？是不孕症吗？

淑恬：哪儿那么快呀，还得再等几天。

陈老太：那医生怎么说？

淑恬：大概、可能、也许、好像是我的问题。

陈老太：那可糟了。要那样，以后你跟他说话得横着点儿，不能跟他客气。

淑恬：不能生孩子，还跟人家横？

陈老太：你知道什么？越是有短儿就越不能服软儿，不然他用这事拿你一辈子。

淑恬：这事儿我可做不出来。

陈老太：做不出来就得学，一会儿我给你做个示范。

陈家阳台。晨晨在阳台上玩纸飞机，赵元甲走过来，查看自己葫芦里的蝈蝈，却发现蝈蝈已经死了，不禁悲愤交加。

赵元甲：谁干的?! 谁干的?! 缺德不缺德呀。

晨晨的纸飞机落在赵元甲脚边，晨晨做贼心虚，没敢捡，想溜。

赵元甲：晨晨，你给我站住。说，这蝈蝈是不是你弄死的？

晨晨：不是我。

赵元甲：不可能，除了你谁手这么欠？

晨晨：就不是我。

赵元甲：你再说一遍?!

晨晨：不是我不是我，就不是我。

尤克勤闻声过来，护犊子。

尤克勤：元甲，干吗呀这是？你跟个孩子嚷嚷什么？

使眼色示意晨晨离开。

赵元甲：你儿子把我那蝈蝈弄死了。

尤克勤：不就是一只蝈蝈吗？

赵元甲：我那可是铁皮蝈蝈。

尤克勤：漫说是铁皮蝈蝈，你就是金皮蝈蝈，它也是蝈蝈啊。再说了，你说是他弄死的就是他弄死的，你看见了?!

赵元甲：不用看见我也知道是他干的。

陈老太闻声出来。

陈老太：出什么事儿啦？

赵元甲：晨晨把我那蝈蝈弄死了。

陈老太：我当什么大不了的，不就是一只蝈蝈吗？

赵元甲：一只？三只全让他给弄死了！

晨晨：你冤枉人，我就弄死一只！

赵元甲这回抓到理了，得意：听见了吧，听见了吧？大家都听见了吧？

陈老太有意打压赵元甲：我听见了。元甲，你高啊，你真高！你这点儿聪明劲儿就会跟孩子使！

尤克勤：就是，你这点儿聪明劲儿用在正经地方好不好？

赵元甲：哎，你……

陈老太：小尤说得对，你把你这聪明劲儿用在正经地方好不好？

尤克勤听陈老太向着自己，拉了一把藤椅，请陈老太坐，自己站在陈老太身后。

赵元甲：我怎么啦？

陈老太：怎么啦？你成天不是玩蝈蝈，就是斗蛐蛐，干过正经事儿没有？

尤克勤越发有恃无恐：可不，典型的玩物丧志。

陈老太：你看看你现在混的，连个正经工作都没有，给人家开出租……

赵元甲：开出租怎么啦？

陈老太：没怎么，开出租你倒是好好开呀？不吃完中午饭不出车，天还没黑就开始往家赶。

尤克勤：那是，人家得把宝贵的时间节省下来睡觉。

陈老太：你为什么就不能努力一点儿呢？你看看你周围，远的不说，就说小尤吧，人家现在都买两套房了。人家现在都是那什么……业主了。

赵元甲：什么业主，顶多是个房奴。

尤克勤：哼，有些人倒想当房奴呢，他也得有那个资格。

陈老太：就算你不为自己着想，你总得替淑恬想想吧？自打嫁给你，没过过一天好日子，唉，把闺女嫁给你我真是瞎了眼了。

赵元甲：妈，我……

陈老太：你什么你？难道你就想这么晃晃悠悠过一辈子？

赵元甲：晃晃悠悠怎么啦？晃晃悠悠也是一种生活方式。

尤克勤：没错，还是一种……很没出息的生活方式。

赵元甲：嘿，尤克勤，这有你什么事儿啊？

陈老太：怎么啦？人小尤说得对！

赵元甲：嘿……明明是他儿子弄死了我的蝈蝈，你们怎么倒数落起我来了？

陈老太：弄死蝈蝈又怎么了？他是孩子，他不懂事。

尤克勤：就是，他不懂事你也不懂事？挺大个人还不如我儿子。

赵元甲：姓尤的，有种你再说一遍？

尤克勤躲在陈老太身后，挺横：怎么着？还想打架？你来呀！

淑恬闻声出来连忙劝解。

淑恬：元甲，算了算了。

赵元甲：姓尤的，你欺人太甚！

大姐淑珍出来。

淑珍：哟，怎么啦这是？

淑恬：没怎么没怎么。

淑珍：没怎么那我就走了。

陈老太：哎，你怎么不吃就走啊？

淑珍换鞋要走：不吃了，做完饭心情好多了，我走了。

淑恬：那就不送了，咱们赶紧吃饭吧。

赵元甲：吃什么吃，气都气饱了！哎大姐，等一下，我送送你。

出门。

行驶的出租车内。赵元甲开车送淑珍回家，赵元甲余怒未息，淑珍劝慰赵元甲。

淑珍：咳，尤克勤的为人你又不是不知道，典型的势利眼，说大话使小钱，还好显摆，处处都要压别人一头。

赵元甲：没错儿，就是吃屎他都得咬尖儿！

淑珍：就这么一个人，你招惹他干吗？这就好比你在路上走，迎面来了一头猪，不但随地大小便，还浑身脏水，还想让你给它让路，你说这时候，是上去跟它理论弄一身脏水好，还是躲到路边让它老人家先过？

赵元甲：那当然得让它先过。

汽车转弯，绕过一个水坑。

淑珍：道理你都明白了吧？以后再遇上这种事儿……

赵元甲：我还得跟他没完，我看不惯他那嘴脸！

淑珍：行啦，咱们不说他啦，说说你吧。

赵元甲：我又怎么啦？

淑珍：元甲，你也三十好几的人啦，不能成天吊儿郎当再这么混啦，你该努点儿力啦！不吃苦中苦，难为人上人，你看好多成功人士……

赵元甲有些不耐烦：成功人士？我干吗非得成功啊？不成功不行啊？

淑珍一时语塞：这……反正，不成功……差点儿事儿。

赵元甲：一辈子有吃有喝快快乐乐就成了，干吗非得成功啊？

淑珍：我是说……

赵元甲：您甭说了，我承认您说的都对。这人哪，都是在别人的事儿上明白，一到自己的事儿上就蒙了。比如您，对我的事儿多明白呀，可一到自己头上就糊涂，您为什么总怀疑大姐夫有外遇？

淑珍：谁怀疑他有外遇，这还用怀疑吗？他肯定有！

陈家餐厅。陈老太、晨晨、淑恬、尤克勤一块儿吃饭。

晨晨站起：吃饱了，我上学了。

尤克勤：坐下！什么你就吃饱了？你肯定没吃饱。现在正是长身体的时候，不好好吃饭怎么能长大个儿？把这两个菜打包带走。妈，他没吃饱，我让他打包带学校吃去。

陈老太讽刺：不用了，你直接打包拿家去吧。

尤克勤：也成，您给我找个饭盒……

陈老太：我又不是开饭馆的，哪儿来的饭盒？

尤克勤：我不是说那一次性的，我是说……刚才看橱柜里有个乐扣的。

陈老太：既然知道干吗不自个儿找去？

淑恬：我去吧。

行驶的出租车内。赵元甲和淑珍继续谈话。

淑珍：没有不偷腥的猫，这你最清楚了，他们男人没一个好东西……

赵元甲：他们男人……我也是男人哪大姐。

14

淑珍：我知道，我不是不想把你捎带进去吗？我怕你听着别扭。

赵元甲：麻烦您还是把我捎带进去吧，您这么说我听着更别扭。

淑珍：反正你们这些男人没一个好东西……这也挺别扭的。

赵元甲：别扭点儿我也认了。大姐，我觉得您还是多心了，大姐夫不会有外遇的，人家是大学教授，素质高，再说他那么老实一个人……

淑珍：是啊，那么老实一个人都有外遇，我今后还敢相信谁呀？

赵元甲：啊？

说话间，出租车已来到淑珍所住小区。赵元甲停住车。

赵元甲：大姐，我不能送您到家了。

淑珍：为什么？

赵元甲一指窗外：您看哪，大姐夫出来迎接了。

窗外，周致中正在小区门口张望。

淑珍：他能迎接我？准是在跟哪个狐狸精约会！

赵元甲：有在自己家小区门口跟情人约会的吗？

淑珍：咱们在这儿等会儿，看他到底要干什么。

赵元甲：您哪儿那么多疑心哪？

发动汽车，向周致中开去。

周致中在路边突然看到出租车向自己开来，以为车辆失控，急忙闪躲。

赵元甲摇下车窗：大姐夫，是我，上车上车！

周致中：咳，是你呀，吓我一跳。

周致中开门上车，发现淑珍：淑珍？你怎么也在？

淑珍阴阳怪气：怎么？没想到啊？

赵元甲驾车驶入小区。到了周致中家楼下，赵元甲的出租车停下，三人下车。淑珍翻钱包。

周致中：上去坐会儿吧。

赵元甲：不了不了。大姐，您这是干吗？

淑珍：给你车钱哪。

赵元甲：您这不是气我吗？我哪儿能要您的钱呢？收起来收起来，不然我可不客气了。

周致中：不客气你就收下吧。

赵元甲：拿走拿走，不然以后您别坐我的车。

淑珍：那我就谢谢啦！你赶紧回家吃饭吧，今天我做的菜多，肯定剩下不少。

赵元甲：这您放心，有尤克勤在，什么也剩不下。

赵元甲目送淑珍夫妇回家，周致中突然停住。

周致中：元甲，你还得送我回刚才那地方。

赵元甲：啊？

周致中：财经频道请我做嘉宾，让我在那儿等着，有车来接。我刚才是在等他们。

淑珍：你怎么不早说？

周致中：让你们一搅和我就忘了。

赵元甲：那赶紧上来吧。

周致中上车，赵元甲开走。在他们身后，淑珍脸上疑云密布。

淑珍所住小区门口。赵元甲的车驶来，早已有一辆面包车等在那里，周致中下车与面包车上的人握手寒暄，接着上了面包车。周致中与赵元甲挥手告别，赵元甲正要回到自己车上，手机响。

赵元甲：喂，老婆……不回家吃了，没心情。我知道……好！挂了。

赵元甲收起手机，有些百无聊赖，发现不远处有几个老头在下象棋，于是走了过去。

陈家餐厅。陈老太走进餐厅，淑恬在给赵元甲留菜。

陈老太：可算走了，真是哪个也不让我省心。

陈老太看见淑恬在给赵元甲留菜：淑恬，你这是干吗呀？

淑恬：元甲还没吃饭呢。

陈老太：刚才打电话他不是说不吃吗？

淑恬：回来他总得吃啊。

陈老太：我刚才不是给你示范了吗？越是这时候越不能对他好。要不他就逮住你的短了，老拿你不能生孩子说事儿。

淑恬：妈，不是这事儿，他开车老不按点儿吃饭容易伤身体。

陈老太叹气：唉，你呀你！

淑珍家所在小区。几个老头在下象棋，赵元甲在一旁观棋，不住地支臭着。

赵元甲：别跳马呀，飞象，飞象！

老头甲：好嘞，飞象！

老头乙：将！

老头甲端详棋盘，目瞪口呆：哎？怎么又你赢了？

老头乙指着赵元甲：有他给你做参谋，我想不赢都难。

赵元甲：哎，您这是什么话？

老头甲：小伙子，你是不是跟家里人闹别扭了？

赵元甲：没有的事儿，我就是有点儿心情不好。

老头甲生气：心情不好你也别给我支着啊！

赵元甲：我是好意……

老头甲：好意？那你为什么不给他支着？你也给他支支着啊？

老头乙：嗬，你个老东西，够损的呀，赢不了我就想歪招。

赵元甲尴尬：这……这……

老头甲：有胆子你让他给你做回参谋，看你还赢不赢得了？

老头乙：哼，少来这套！就算有他给我做参谋，我也照样赢你。

俩老头争吵起来，赵元甲越发尴尬，一中年人走过来。

中年人：哎，请问这出租车是谁的？能不能送我去一趟机场？

赵元甲如蒙大赦：啊？机场？走啊！

赵元甲引着中年人走向出租车，车辆启动，开走。

行驶的出租车内。赵元甲与中年人攀谈。

赵元甲：公务员当然好，我担儿挑就是公务员。

中年人：那一定过得挺不错的吧！

赵元甲：不错什么呀？现在还欠着一百多万哪，天天到我们家蹭饭来。

中年人：不至于吧？家里有病人？

赵元甲摇头。

中年人：那就是赌博了？不会是吸毒了吧？

中年人见赵元甲一直摇头：干什么会欠人家一百多万哪？

赵元甲：他最近刚买了一套房子。

中年人：那也不至于吧？

赵元甲：怎么不至于？照现在的房价，每一套房子都能消灭一个百万富翁。

中年人：那倒是。

机场。赵元甲的出租车驶入机场入口。车内，赵元甲继续跟中年人聊天。

中年人：房价都是让这些倒卖房子的人给抬起来的。

赵元甲：您放心，国家早晚有一天，得打击这帮倒卖房子的。

中年人：为什么？

赵元甲：您想啊，倒卖火车票的国家都要打击，倒卖房子的国家能不打击？

中年人：这……您这观点我倒是头一次听说。

赵元甲停车。

赵元甲：得，您到了。正好一百。

中年人交钱：再见啊！

赵元甲正要发动车子离开，一个南方人拉门坐了进来。

南方人：师傅，送我去……

赵元甲：先生，想打车您去上面，不能在这儿等，我在这儿拉您属于私揽……

南方人：可是我要去亦庄啊。

赵元甲：啊？那，走吧。

赵元甲的出租车驶出机场。

18

行驶的出租车上。赵元甲和南方乘客商量"串口供"。

赵元甲：先生，咱俩串一下口供吧。

南方人警惕起来：串什么口供？你不是要做什么违法的事情吧？我给你讲啊，我可是遵纪守法的好公民。

赵元甲：不是让您做什么违法的事儿。就是吧，刚才您上车的地方，不让拉人。拉了就属于私揽，让稽查逮住得罚两千。

南方人：啊？这么严重？我跟你讲啊，我可没有钱。

赵元甲：不是罚您，是罚我。

南方人：哦，罚你呀，那太好了。

赵元甲：好什么呀，一旦让稽查逮住，证明是私揽，我得罚两千，您也不能接着坐我的车了，我挨罚不要紧，耽误您的事就不好意思了。

南方人：那该怎么办呀？

赵元甲：咱们俩得事先串好口供，就是编一个瞎话……

南方人：那还是你来吧，我编瞎话不在行的。

赵元甲：好……

路边一角。稽查甲一边盘问南方人，一边做记录。

南方人：他是来接我的，可不是私揽呀。

稽查甲：嘀，连私揽都知道？

南方人：那当然。

南方人自知失言，改口：我有个亲戚就是开的士的。

南方人指赵元甲：就是他，我们是亲戚，所以不是私揽。

稽查甲：你们是什么亲戚？

南方人看赵元甲也在接受盘问，犹豫了一下：我是他表哥，他是我表弟！

稽查甲：那他姓什么？

南方人：他姓赵。

路边另一角。稽查乙一边盘问赵元甲一边做记录。

稽查乙：刚才你说他是你亲戚？

赵元甲：对！

稽查乙：你们什么亲戚？

赵元甲看了一下南方人的方向：他是……我姐夫。

稽查甲走过来。

稽查甲：不对吧，那他怎么说他是你表哥呀？

赵元甲：是啊……他既是我姐夫又是我表哥，怎么叫都成。

稽查乙：不会吧，咱们国家好像是禁止近亲结婚的吧？

赵元甲：是啊，是禁止的，所以……没结成嘛！

稽查甲：那他到底是你什么人？

赵元甲：他是我姐夫。

稽查乙：那他为什么说是你表哥？

赵元甲：也许是他记错了。

稽查甲：这么近的亲戚能记错吗？

赵元甲：那也可能是……我记错了。

稽查乙：胡闹！这有记错的吗？

南方人走过来。

南方人对稽查甲、乙：同志啊，我有急事要去亦庄，你看可不可以这样，先让他送我去亦庄，回来你们再处理他。

稽查甲：对不起，他现在涉嫌私揽，暂时失去了继续营运的资格……

南方人：你的意思是……

稽查甲指赵元甲：他不能再送您了，您另打车吧。

南方人对赵元甲：你怎么搞的，不是你说让我装你表哥的吗？

赵元甲：你当时不是不同意吗？

南方人：我是怕我们两个说得不一致，所以临时改了主意。

稽查甲：好了好了，您赶快打车去吧，别误了您的事儿。

南方人嘟嘟囔囔走去打车，伸手打了几辆都没停。

稽查乙对赵元甲：你私自揽客，按规定要被暂扣服务监督卡！

赵元甲垂头丧气开门拿来服务监督卡：给您。

稽查甲接过监督卡，递给赵元甲一张单子：明天去运管局交罚款！

赵元甲：知道了。

发动汽车走了。

南方人又跑过来，对稽查甲、乙：你们走开一点儿好不嘞？

稽查甲：为什么？

南方人：你们站在这里，出租都不敢停车。

行驶的出租车内。赵元甲神情郁闷地开车。一个交警骑着摩托追上来，与出租车并行，示意赵元甲停车。车停下，赵元甲从车内出来，交警向其敬礼。

赵元甲：我没违章。

交警：你没有张挂后车牌！

赵元甲：不可能！

赵元甲到后面看了一下，果然不见后车牌：半道上颠掉了。

交警：车牌丢失要尽快补办。请出示你的驾驶证！

赵元甲掏钱包，半天没掏出来：我……可能落家了。

交警：对不起，你这辆车属于证照不全，按规定必须予以暂扣！

赵元甲：我真是落家了！

交警：请支持我们的工作。

赵元甲：可我怎么回家呀？

交警：您可以坐公交啊。

赵元甲：开了这么多年出租，我哪儿会坐公交啊！

交警：那要不您……打个车？

赵元甲居住的小区。一辆出租车驶来，停下，赵元甲从副驾位置上下来，迎面碰到邻居李大爷。

李大爷：哟，元甲，这么早就收车了？

赵元甲：什么呀，李大爷，您看清楚了，我是打的回来的。

怒冲冲走进小区。

李大爷不解：打的？你本身不就是让人打的吗？

陈家餐厅。陈老太、淑恬、赵元甲一起吃饭。陈老太数落赵元甲。

陈老太：你说说你怎么搞的，车都让人扣了。现在不光是挣不到钱，每天还得赔上二百多车份。

淑恬：二姐夫好像挺有路子的，要不找他帮个忙，咱把车要出来。

赵元甲：用不着，我就是再不济也不会去求他。

淑恬：那车怎么办？

赵元甲：车被扣了正好，我正想到处转转，看看有没有别的工作。

淑恬：啊？你不想开出租了？

赵元甲：对呀，你以为你老公这辈子只能开出租？

陈老太：行，元甲，头回听你说话这么硬气，我支持你！

某公司人事办公室。人事部孙经理正在对赵元甲进行面试。

孙经理：请简要介绍一下您的学历。

赵元甲：哦，我小学是在前进胡同小学上的。

孙经理：我是问您的最高学历。

赵元甲：我高中是在前进胡同中学上的。

孙经理：还有呢？

赵元甲：没有啦。

孙经理：啊？你就上到高中？

赵元甲：啊，下面介绍一下我的特长……

孙经理：不用了，您回家等通知吧。

赵元甲：我还是介绍一下吧。

孙经理：不用不用，不麻烦了。下一个！

另一家公司人力资源部。人力资源部王总对赵元甲进行面试，王总给赵元甲倒了杯水。

王总：没上过大学又怎么啦？第一个教大学的人也没上过大学嘛，文凭又不等于能力。

赵元甲：您说得太对了！

王总：您英语六级过了吗？

赵元甲：什么叫英语六级？

王总：英语六级就是……一时半会儿也说不清楚，我看您还是先回家等消息吧。

又一家公司人事处。考官对赵元甲进行面试。

考官：文凭是次要的，我们不唯文凭是论。您英语六级过了吗？

赵元甲自知录取无望，被问烦了，有些挑衅：你过了吗？

考官：我差一点儿……简直岂有此理！

某小酒馆。赵元甲与好友王先文边喝酒边聊天。

赵元甲：最后又去了一家……

一杯酒下肚。

王先文：别喝了，醉酒驾车让人抓住就是……

赵元甲：抓不着，车都给扣了，还怎么驾车呀？接着说啊，最后一家，开始聊得好好的，看那样明天就能上班了，可临走他突然又问了一句，出租开得好好的，干吗不想干了？我就实话实说，挣钱少，另外跟出租公司某些领导也合不来，也不知道怎么的，他们最后没要我。

王先文：该，活该人家不要你！

赵元甲把酒杯一蹾：嘿，你小子怎么这么说话呀？亏我还把你当最好的哥们儿呢！

王先文：是哥们儿才跟你这么说话呢。你也不想想，谁愿意要一个跟领导合不来的主儿？

赵元甲：这……他当时问得太突然了，我一时半会儿也不知道该怎么说。

王先文：不知道该怎么说你也不能说实话呀！

赵元甲：啊？

赵元甲手机响。

赵元甲：喂，荆哥，您好，劳您惦记……倒是去了几家公司。……OK什么呀？我让人家给 KO 了！

赵元甲夫妇卧室。夜。赵元甲皱着眉头坐在床上发呆，淑恬进来。

淑恬：哎我问你，工作找得怎么样了？

赵元甲：还行吧，好几家公司都想让我去。哎呀，烦死了！

淑恬：既然这样你还烦什么呀？

赵元甲：这……我不知道到底应该去哪家。唉，这个尤克勤也真是的，每天就知道吹牛说大话，一到关键时刻一点儿都指不上。

淑恬：要不我给二姐夫打个电话，让他帮着把车要回来？

赵元甲：别价，我就是打死也不会去求他。

陈家客厅。夜。淑恬偷偷溜出来打电话。

淑恬：喂，二姐夫吗？

尤克勤家卧室。夜。尤克勤在接淑恬的电话。

尤克勤：没问题没问题，都是亲戚嘛，我不帮忙谁帮忙。放心吧，元甲的事就是我的事。好，再见。

尤克勤挂电话，又重新拨号：喂，老李吗？不好意思啊，这么晚还打扰你……没什么事儿，就是你们那里最近是不是扣了一辆出租车？车牌号是京 B56789，司机叫赵元甲。是我担儿挑……我没别的意思，就是这辆车吧，你们可千万不能放，这家人里我最恨的就是他。

第 二 章

陈家厨房。淑恬正在洗碗，晨晨背着书包跑进来。

晨晨打开冰箱：三姨，我拿瓶酸奶。

淑恬：拿吧。

晨晨拿了酸奶就往外跑，险些与刚进来的赵元甲撞个满怀。

赵元甲：这孩子，瞧着点儿呀！

赵元甲走到淑恬身后。

赵元甲：老婆，我打算一会儿去趟公司。

淑恬：去吧。

赵元甲：给我点儿钱。

淑恬：干吗？

赵元甲：我得打车。

淑恬转过身，用手腕撩了撩头发：都好几天没收入了，还打车？坐公交不行啊？

赵元甲：都开惯了车了，我哪儿会坐公交啊？

淑恬：那到你们公司得多少钱哪？

赵元甲：起码二十。

淑恬褪下橡胶手套，掏出二十块钱：给你。

赵元甲：这不够啊。

淑恬：你不是说二十吗？

赵元甲：那回来的钱呢？

淑恬：唉！

掏钱。

赵元甲接钱走出厨房，正在外边偷听的晨晨连忙闪进陈老太的房间。陈老太正在织毛衣，晨晨进来。

晨晨：姥姥，我上英语班去啦。

陈老太：去吧，你刚才不是说过一遍了吗？

晨晨：我想再说一遍……姥姥！

陈老太：什么事儿？

晨晨：算了，不说了，说完您该生气了。

陈老太：嘿，你这孩子，怎么说半截话呀？你想急死我呀？到底出什么事儿啦？

晨晨：我说了您可别生气。

陈老太：我不生气。

晨晨：您真不生气？

陈老太：真不生气。

晨晨：那我……还是别说了，我一说您肯定得生气。

陈老太：你再不说我可真生气了！到底什么事儿？

晨晨：刚才我看见，姨父管我三姨要钱来着。

陈老太：什么?!

出租车停在出租公司门口，赵元甲下车，跟看门的寒暄了一下，走进公司，出租车开走。

经理室。赵元甲从楼梯上来，在经理室门口停下。赵元甲敲门。

秘书：进来。

赵元甲走进经理室，秘书正在打游戏，头也没抬。

秘书应该是个刚毕业的大学生，在不知天高地厚的年纪。

秘书：什么事儿？

赵元甲：我找张经理。

秘书：我是他秘书，有什么事儿跟我说吧。

赵元甲：我车让警察给扣了。

秘书：哦，这个呀，公司会根据具体情况给予你相应的追加处罚。

26

赵元甲听此话不入耳，想发作，又压了下去。

赵元甲：我是想，车给扣了，我这几天也没开，也没什么收入，这车份能不能降一点儿？

秘书：你想什么呢？车租给你了，这车份就定了，合同上写得清清楚楚，凭什么给你降？

赵元甲：这车份本来就有点儿高。

秘书：觉得高你当初别签这合同啊！合同既然签了就要遵守，大家讲诚信嘛！

赵元甲终于爆发：孙子！怎么说话呢你？给老子说这个？我告诉你，老子开出租的时候还没你呢！老子撒的尿比你喝的水还多！

秘书：哎，你怎么骂人？

赵元甲：骂你是轻的！

秘书：怎么，你还想动手？来呀，你来呀！

赵元甲：嘿，拱火是吧？那我就成全你。

上去薅秘书的脖领子。

张经理一推门进来了，看两人要爆发肢体冲突，赶紧制止。

张经理上前赶紧将二人分开：哎哎哎，干什么干什么？都给我住手！出什么事了到底？

秘书：经理，他骂我！

赵元甲：骂你，怕脏了我的嘴！

秘书指着赵元甲对张经理：您都听见了吧？

张经理：听见了，他骂你是应该的！

秘书：嗯?!

张经理指着赵元甲对秘书：这位赵元甲赵师傅是我们公司的优秀员工，一贯严于律己，宽以待人，他跟你发火肯定是你有错误！

秘书：我……

张经理：你什么你？该干吗干吗去！

秘书想争辩两句，看经理瞪自己，只好悻悻而出。

张经理：元甲，到底出什么事儿啦？

赵元甲：咳，就是我车让警察扣了。

张经理赶紧拦住话头：你小点儿声儿，这件事你知我知，就不对你进行追加处罚了。

赵元甲：还有就是……

张经理：走，咱们到会议室去谈。

赵元甲：嗯？

张经理：这儿找我的人太多，一人一脑门子官司，我都烦死了。

张经理引着赵元甲走向会议室：这边这边。

会议室。张经理把一杯水放在赵元甲面前，坐下，嘴里嗑牙花子。

张经理：哎呀，降车份……这就不好办了。

赵元甲：我这两天也没开呀。

张经理：可是公司有规定啊，这种情况不能降车份。

赵元甲：为什么呀？

张经理：车一租给你，车份就定了。这就好比，你租房子，说好了一月两千，后来你到广州出差俩礼拜，你不能说，你有俩礼拜没住，就让房东给你减房租吧？

赵元甲：这……

张经理电话响，他接电话。

张经理：喂，好，我马上去！

张经理对赵元甲：我得马上走，赵晓亮跟会计打起来了！你再坐会儿，再坐会儿。

张经理对电话：先把他们俩分开，我马上就到！

打着电话出门。

赵元甲看着张经理离去，下意识地端起那杯水，突然心里一烦，懊恼地把杯子在桌子上一蹾，起身，出门。

陈家餐厅。淑恬、陈老太、赵元甲落座准备吃饭。淑恬给陈老太盛了一碗饭。

淑恬：妈，您吃饭。

陈老太把碗一推：我不吃，我吃不下去！

陈老太数落赵元甲：让我说你什么好啊？嫁汉嫁汉，穿衣吃饭。你倒好，穿衣吃饭指不上不说，时不常还得倒贴。都多少天了一分钱没挣，今儿打的一下就花了四十。

淑恬：妈，您少说两句。

陈老太：你少管我，今天我非说痛快了不可。

陈老太对赵元甲：元甲，你说你挺大一个人，天天闲在家里也不嫌寒碜？

淑恬：要不咱还是把车要回来，接着开出租吧。

赵元甲：可关键是……我怕那车要不回来。

陈老太：我看不是要不回来，是你根本就不想要。不就是缺了个车牌没带驾驶证吗？把车牌证件补齐了，人家警察还能不还给你？

赵元甲垂头丧气：不光是缺车牌没带证件，我那天态度也不好。

陈老太：跟人家警察耍横来着？

赵元甲：那倒没有，我就是讽刺了他们几句。

陈老太：你可真有本事！

赵元甲：用法律上的话说，可能有点儿妨碍公务。

陈老太：那看来扣车是轻的，弄不好还得扣人哪。

赵元甲：所以，我担心那车要不回来。

淑恬的手机响。

淑恬：喂，您好。哦，那太谢谢了！好，再见。

淑恬挂机，对赵元甲：你明天可以去领车了！

赵元甲将信将疑：不会吧，这怎么可能？

淑恬：咳，我给范明辉打了个电话。

赵元甲脸色立时变了：什么?!

淑恬：元甲，你怎么啦？

赵元甲把饭碗一推：我吃不下去了！

赵元甲夫妇房间。夜。赵元甲闷坐在床头，和淑恬怄气，淑恬把牙具递给他。

淑恬：行啦，别生气啦，赶紧洗漱，明天还得去领车哪。

赵元甲：我不去了！

淑恬：你这是何苦？

赵元甲：你求谁不好？非求他？

淑恬：那怎么办哪？二姐夫那儿好几天也没个动静。

赵元甲：那你也不能去求范明辉呀！

淑恬：范明辉又怎么啦？

赵元甲恼怒：怎么啦？我吃醋啦。

淑恬：吃醋你还这么横？

赵元甲：你严肃点儿。你别以为我不知道，范明辉就是你的初恋情人。

淑恬：谁说的？

赵元甲：街坊邻居都这么说。

淑恬：那他们都说错了。他不是我的初恋情人，正相反，我是他的初恋情人。

赵元甲：这不一个意思吗？

淑恬：当然不是一个意思。那时候他特别喜欢我，不过我一直都不爱搭理他。

赵元甲：哦，他不是你的初恋情人。

淑恬：啊。

赵元甲：那你的初恋情人是谁呀？

淑恬：说出来怕你不信——就是你呀！

赵元甲：你的初恋情人是我？那你太幸福了！

淑恬：怎么是我幸福？

赵元甲：你能嫁给自己的初恋情人还不幸福？世界上有几个能嫁给自己初恋情人的。

淑恬：唉，你这张嘴呀！别贫了，赶紧去洗漱吧。

赵元甲接过牙具兴冲冲地走了。

淑恬单位楼道。淑恬挎着个坤包从自己办公室出来，准备下班，迎面遇到同事甲。

同事甲：哟，陈姐，下班呀。

淑恬：啊，你也下班了吧？

同事甲：我还得等会儿。慢走啊！

走进自己办公室。

淑恬继续向前走，赵元甲从楼道的长椅上站了起来。

赵元甲：老婆。

淑恬：你怎么来了？

赵元甲：老婆，我把车要回来了。

两人边走边说。

淑恬：要回来还不赶紧拉活儿去，上这儿来干吗？

赵元甲：我接你回家。

淑恬：不用，就一站地，我一走就到家了。你赶快拉活儿去吧！

赵元甲：拉活儿不着急，我来是想跟你商量一件事。

淑恬：什么事儿？

赵元甲：咱们该怎么感谢人家范明辉？

淑恬单位门口。淑恬和赵元甲从单位门口出来，走向赵元甲停车的地方，二人边走边谈。

赵元甲：其实这一路上我也在想，送他点儿什么呢？无非是两种，一是送钱，一是送东西。

淑恬：人家可不缺钱。

赵元甲：说得是啊，人家不缺钱。就说咱家对面那工商银行吧，里边大概一半的存款都是他的。

淑恬：还是送东西吧。

赵元甲：关键是送什么，就冲他那么有钱，估计家里什么也不缺。

淑恬：这就难办了。

赵元甲：是啊，送钱吧，人家不缺，送东西吧，人家不稀罕，送人吧，我又舍不得。

淑恬：贫嘴！你有没有正经的。

赵元甲：我就是这么一说，送礼就得投其所好，可他好什么呢？论

31

钱，人家资产上亿，论地位，人家是区政协委员，哎呀，四十来岁就达到了人生的顶峰，我看他下辈子除了自杀没别的追求了。

淑恬：你不会盼人家点儿好啊。

赵元甲：开个玩笑。你说该送他点儿什么好呢？

淑恬：我看哪，干脆，咱们什么别送了，送什么人家也不稀罕。

赵元甲：那可不行，我可不能欠他的人情。哎，有了，等我挣了钱，我送他一只好蝈蝈。

淑恬：喊，你就知道蝈蝈！

两人说着，来到赵元甲的车旁。赵元甲为妻子开车门，淑恬上车，出租车开走。

赵元甲家楼下。赵元甲开着自家的出租车到楼门口，淑恬下车，走进楼道，赵元甲整理了下后备厢，锁上，准备进楼道，正遇邻居李大爷从外边回来。

赵元甲：李大爷。

李大爷：哟，元甲，又打车回来了？

赵元甲：什么呀，您看好了，这是我自己的车。

进楼道。

李大爷望着赵元甲的背影有些迷惑。

李大爷：这人可真怪了，自己打自己的车？

某街道路边。两个姑娘在招手打车，赵元甲的出租车开过来，摇下玻璃探出头。

赵元甲：去哪儿？

两个姑娘没理他，却跑向前面一辆停下来的出租车。

赵元甲叹口气，向前边开去，不久见一个小伙子招手，赶紧停下来。

赵元甲：去哪儿？

小伙子：哪儿也不去，我跟我女朋友打招呼呢。

赵元甲顺着他的目光看去，果然看见有个女孩在马路对面向小伙子招手。

赵元甲：嘿！

向前开去。

某路口。红灯，赵元甲有些不耐烦，摇下车窗向前张望，一个男青年拉门坐了进来。

男青年：去京广中心！

赵元甲回过头：前边就是，您走过去就成。

男青年：去那种地方哪儿能走过去呀，多跌份！你送我一趟，我又不是不给钱！

赵元甲无奈：你打车还没走过去快呢！

京广中心门口。赵元甲的车停在门口。车内，男青年掏出一张百元大钞递给赵元甲。

赵元甲面有难色：没零的？

男青年：没，刚才买烟了。

赵元甲举起那张钞票欲验真假，后面的车辆有些不耐烦，开始鸣笛催促。

赵元甲：嗬，催命呢这是！

慌忙找钱。

行驶的出租车内。赵元甲戴着耳机一边驾驶，一边跟朋友王先文通话。

赵元甲：别提多背了，一上午就拉了一个十块钱的活儿。你在哪儿呢？哦，我也在西直门附近呢，要不咱们在老地方见？得嘞，一会儿见。

赵元甲驱车向前。

一小饭馆内。王先文把一碗拉面吃得呼啦山响，赵元甲坐在一边发牢骚。

赵元甲：真背呀，背到家了，一上午就拉了十块钱，才十块钱哪！

王先文：你这不算背，我那次才背呢！早晨六点出车，还没到下午三点呢，就挣了一千五了。本想天一黑就收工，没想到这时候拉了个抢劫的。

赵元甲：哦，听你这么一说，我这心里就好受多了。

服务员端着一盘炒饭来到赵元甲面前。

服务员：先生，您的蛋炒饭。

赵元甲：搁那儿吧。

赵元甲吃了一口：嘀，太咸了！

赵元甲招手叫服务员。

赵元甲：服务员，服务员，过来一下！

服务员应声来到。

服务员：先生，什么事儿？

赵元甲：你们这个炒饭也太咸了。

服务员做无辜状：不会吧，我们饭馆的口味一直比较清淡。

赵元甲把筷子递给他：不信你尝尝。

服务员：那不成，这是您的饭。

赵元甲：没事儿，我不嫌弃。

服务员：那不好吧，多不像话呀，您都吃一口了……

赵元甲闻言有些恼怒，一拍桌子站起：嘿，怎么着？听这意思，你还嫌我了是怎么的？

王先文见状连忙解劝，把赵元甲按坐回椅子。

王先文：哎，元甲元甲，消消气消消气，他就是个打工的，咱也犯不上跟他为难。

赵元甲指着炒饭：可这你让我怎么吃啊。

王先文：好办，再来碗鸡蛋汤不就解决了吗？服务员，再给来碗西红柿鸡蛋汤。

服务员答应一声走了。

赵元甲叹口气：唉！

此时赵元甲手机响。

赵元甲：喂，老婆……吃饭呢……啊，还行吧……什么？这儿信号不好，你等我找个地方……

走远。

淑恬办公室。淑恬在给赵元甲打电话。

淑恬：你呀，犯不上跟他们生气。何苦呢？另外呀，千万别喝酒。注意身体……对了，上次咱俩做那个检查好像该出结果了吧？是明天吗？我怎么记得是今天……明天就明天吧，明天你有空把那结果拿回来……我现在还是真有点儿害怕。

小饭馆。王先文吃完了面，在等赵元甲。赵元甲从店门外回来。

王先文：说什么呢这么老半天，都老夫老妻的了，还这么腻歪？

赵元甲：你管呢，有能耐也让你老婆跟你腻歪腻歪。

王先文：可千万别！她一腻歪，我就崴泥。

服务员端一碗鸡蛋汤走过来。

服务员：先生，您的西红柿鸡蛋汤。

放下汤，走了。

赵元甲拿起勺子，喝了一口，立刻皱起眉头。

赵元甲恼怒：嗬！

王先文：怎么啦？

赵元甲：这汤比那炒饭还咸。

王先文：忘了跟他说别搁盐了！

赵元甲怒声大叫：服务员！服务员！

服务员走过来。

服务员：什么事儿，先生？

赵元甲：你这汤比饭还咸！

服务员：不会吧，我们这儿的口味一直比较清淡。

赵元甲：什么清淡，咸死了！不信你……你也不尝是吧？把你们老板找来！

服务员：啊？

赵元甲：你不叫可别怪我不给钱！

服务员：先生，我就是个打工的，您别跟我过不去呀！

35

王先文：算、算……算了，元甲，别生气，咱们何苦跟他为难。

赵元甲：不是我要跟他为难，是这饭实在没法吃。

王先文：不就是咸了点儿吗，咱们再要碗白开水不就得了！服务员，再来碗白开水！

服务员应声走了。

赵元甲对着服务员背影赌气：唉，白开水里可别放盐啊！

行驶的出租车里。赵元甲拉了一个乘客，二人无言，赵元甲不断舔嘴唇。

赵元甲：先生，我能不能在前边停一下？

乘客：干吗呀？我这儿赶时间呢。

赵元甲：我想买瓶矿泉水，中午吃咸了。

乘客：那你快着点儿呀！

赵元甲：哎，好嘞，就一会儿。

赵元甲一脚刹车，把车停在一个小卖部前。

小卖部窗口。赵元甲下车，走向小卖部。

赵元甲：老板，来瓶……来三瓶矿泉水。有凉的吗？

老板：都是凉的，一共四块五。

赵元甲翻了翻兜，只有一张一百的，递给老板。

赵元甲：给您。

老板面有难色：您没零的了？

赵元甲：原来倒有，刚才全找出去了。

老板拿起钱，对着阳光验真伪。

老板：对不起先生，您这钱是假的。

赵元甲：什么?！假的？

老板将那钱递还给赵元甲：不信您看哪。

赵元甲拿起那张百元大钞对着阳光一看，果然是假的。

赵元甲蒙了，脑子飞快地想起京广中心门口那一幕。

老板：先生，先生，您那矿泉水还要不要了？

停在路边的出租车。乘客等在车内很不耐烦，赵元甲急匆匆拿着三瓶矿泉水拉门上车。

乘客：怎么这么长时间哪？不是说就一会儿吗？

赵元甲不搭话，打开一瓶矿泉水，一饮而尽。

乘客：您快着点儿啊，我赶时间呢！

赵元甲压住心中的怒气，把矿泉水瓶子狠狠地扔出车窗外。

赵元甲：这就走！

赵元甲一脚油门，车往前一蹿，乘客一侧歪。

乘客：哎，您慢着点儿呀！

赵元甲：您不是要赶时间吗?！

乘客瞪了赵元甲一眼，赵元甲视而不见，继续开车向前。

行驶的出租车内。乘客和赵元甲都铁青着脸，不说话。渐渐地赵元甲有些心神不宁，不得不率先打破沉默。

赵元甲搭讪：先生……

乘客冷着脸不理赵元甲。

赵元甲：先生，我能不能再停一下？

乘客：又怎么啦？

赵元甲表情痛苦：刚才我水喝多了，得……解决一下个人问题！

乘客：唉！事儿真多！我也快到了，您能不能再忍一下？

赵元甲：不行，我已经忍无可忍啦！

乘客：可这前边也没厕所呀，您停也没用。

赵元甲：前边有个麦当劳。

乘客：那好吧，您快去快回。

赵元甲一脚刹车停在路边，下车飞奔向麦当劳。

麦当劳餐厅里人满为患，赵元甲跑进来四处踅摸，不见厕所，询问服务员。服务员一指楼上，赵元甲飞奔上楼。楼上，厕所门口，排了一溜儿长队，赵元甲绝望了，硬着头皮往里冲。正在等待的众人不干了。

众人：干什么，排队去！

赵元甲：各位，我有急事儿！

众人：谁没急事儿呀？回去排队去！

赵元甲进退维谷，犹豫片刻，冲下楼去。

路边停放的出租车内。赵元甲匆匆拉门上车，乘客很感意外。

乘客：哟，这次可真快！

赵元甲：快什么呀，事情还没解决呢。

边说边发动汽车。

赵元甲将车拐进一条小路。

乘客：哎哎，那边！

赵元甲：这边有个公共厕所。

乘客：哎，您怎么这样啊！

赵元甲：求您了，再原谅我这回吧，不走这边我马上就得崩溃！

过了一会儿，赵元甲放慢车速，向车窗外张望，寻找厕所。

赵元甲：哪儿去了？上次还在这儿。

乘客：会不会拆迁了？

赵元甲：拆迁就拆迁了，就这儿了！

赵元甲开门欲下车。

乘客：这儿又没有厕所。

赵元甲：我找个墙根儿，您在这儿等会儿我！

又欲下车。

乘客：我可等不了了！

赵元甲：那您自便，车钱我不要了！

下车狂奔。

乘客：这叫什么事儿呀！

乘客从赵元甲的出租车里出来，站在路边，抬手打车，不久一辆出租把他拉走了。

一名交警骑摩托车过来，上下打量赵元甲的出租车。一个醉鬼晃晃悠悠走过来，站在交警身后，挑衅地看着交警。

醉鬼：看什么看？没见过出租车呀？

交警闻声，转身立正敬礼。

交警：对不起，这儿不许停车。

醉鬼挑衅：停了你能怎么样？

交警：按规定，违章停车要罚款。

醉鬼：那你罚呀，有能耐你撕票，你撕呀！

交警：嘿，我还不信了！

撕条，贴在出租车上。

交警冷冷地看着醉鬼，醉鬼不为所动。交警一吸鼻子。

交警：喝酒了吧？

醉鬼：喝了，两瓶二锅头，怎么的吧？

交警：醉酒驾车是严重违法行为！

醉鬼：你看见我驾车了？

交警：你最好不要驾车！驾驶证……

此时交警的手提电台突然响起。

手台：六洞两，六洞两，梨园北街发生一起追尾事故，请火速赶到现场！

交警：明白，我马上出发！

跨上摩托车，用手点指醉鬼，做了一个警告的手势，发动摩托车，绝尘而去。

赵元甲远远地跑过来，脸色轻松多了，然而不久，他发现自己的车上被贴了条，欲哭无泪，垂头丧气坐进车里。醉鬼一拉门坐进了后座。

醉鬼：送我去知春路。

赵元甲：知春路哪儿呀？

醉鬼没有应声，赵元甲扭头一看，醉鬼已经睡着了。赵元甲无奈，只得发动汽车。

行驶的出租车内。出租车从主路下来，放慢车速。

赵元甲对后面的醉鬼：先生，知春路到了！先生，先生！

醉鬼醒来：什么事儿？

赵元甲：知春路到了，在哪儿停啊？

醉鬼：你上知春路干吗来了？

赵元甲：您不是说要去知春路吗？

醉鬼：谁说我要去知春路啦？我是让你去朝阳门！我告诉你，你这可是绕路，小心我投诉你！

赵元甲：别，您说去朝阳门就去朝阳门。

汽车拐弯。

醉鬼：这段路的钱我可不给！

到了朝阳门附近，赵元甲把车停在路边。车内，醉鬼还在昏睡。

赵元甲：先生，朝阳门到了，还怎么走啊？

醉鬼：往左！呃！

赵元甲向左驶去，不久又停车。

赵元甲：还怎么走？

醉鬼：往右！呃！

赵元甲：然后呢？

醉鬼：往左！呃！

赵元甲：我怎么越听越糊涂，您不能告诉我具体位置？

醉鬼：具体位置？我忘了！呃！你等一下啊，我问问。

醉鬼摇下车窗，对窗外一行人：哎，大爷，请问，我们家怎么走啊？呃！

行人：神经病！

醉鬼：我再问问啊！呃！

赵元甲：您别问了！就到这儿吧，我不拉了。

醉鬼：哎，我还没到家呢！呃！

赵元甲：您没到家我也不拉了，一共七十二块，给钱！

醉鬼：嘿，我……我投诉你！呃！

赵元甲：随您的便！给钱！

醉鬼突然直勾勾看着赵元甲不说话了。

赵元甲：听见没有啊？给钱！

醉鬼：我……

醉鬼哇的一声吐在车上：没钱！

又开始哇哇吐。

赵元甲一脸悲愤。

行驶的出租车内。赵元甲戴着耳机给王先文打电话发牢骚。

赵元甲：吐了我一车，最后还没钱，唉，我今天倒霉到家了！也就是先用毛巾擦了擦……你再说一遍，什么座套清洁公司？哎哎哎哎，一会儿再说！有稽查！

两名稽查在路边亮出证件，做手势要求赵元甲停车。赵元甲将车停住，下车。

稽查甲：稽查！

稽查乙：怎么又是你？

赵元甲：倒霉呗！

稽查甲吸了吸鼻子：喝酒了？

赵元甲：没有，是车里的味儿。

稽查乙打开车门，被里边的异味熏得一缩脖子：座套太脏，罚款二百！

赵元甲：刚吐的！

稽查乙：什么时候吐的也不行！

撕下一张单子递给赵元甲。

座套清洁公司院内。一个清洁公司的工人从赵元甲的出租车里爬出来。

工人对站在车外的赵元甲：先生，您的座套换好了。您闻闻，还有味儿吗？

赵元甲走到车门吸了一鼻子：有味儿！你们用的什么洗衣粉哪？里边香精太多了。

工人：这就不是我能管的了。

赵元甲：多少钱？

工人：三十五。

赵元甲：啊？三十五？！

工人：一个月三十五。只要在这个月之内，你来换多少次座套都成。

赵元甲：成，三十五就三十五。

拿出钱包，掏钱。

路边。赵元甲驾驶着出租车驶来。一个中年人举手打车。赵元甲停车，中年人一拉门坐了上来。

中年人：东四十条。

赵元甲发动汽车。

行驶的出租车内。赵元甲要向右边转弯，中年人急忙阻拦。

中年人：哎哎，走这边！

赵元甲：那边这时候堵车。

中年人：那也走这边！

赵元甲：那边真堵车。

中年人：我让你走哪边你就走哪边，废什么话呀？

赵元甲：那么走更费钱。

中年人：我有钱就爱这么走，怎么了？

赵元甲：我这是为您好。

中年人：为我好？少来吧！我还不知道你们，就靠绕道挣点儿黑钱，还是俗话说得好，车船店脚牙，无罪都该杀！

赵元甲一个急刹车把车停在路边。

中年人：哎，你这是什么意思？

赵元甲：你给我下去！

中年人：你敢拒载？

赵元甲厉声：下去！

中年人：你这是什么态度？

赵元甲怒不可遏：你下去不下去？！

赵元甲拉车门欲出，准备把中年人拉出去。

中年人：下去就下去！我要投诉你！

赵元甲：你投诉去吧，老子不干了！

中年人下车，赵元甲望着他的背影，一下子把这一天所有的倒霉事都想起来了，不觉怒从心头起，一拳砸在方向盘上，疼得自己龇牙咧嘴。

赵元甲揉自己的手，发现中年人落下了一包烟，他拿起来，抽出一支，用点火器点上。由于愤怒，赵元甲的嘴唇有些哆嗦，烟也晃动起来。赵元甲抽了几口，情绪渐渐稳定下来。穿着考究、风度翩翩的林老板一拉车门坐了进来。

林老板香港口音：先生，送我去贵宾楼好不好？

赵元甲见林老板很和善：好，我就站好最后一班岗。

赵元甲发动汽车，林老板手机响。

林老板接电话，用粤语：喂，阿鹏啊，融资的事情怎么样了？哦，太好了，谢谢你！不用了，我亲自给他打电话。

林老板挂断，重新拨号，用英语：史密斯先生，融资的事情让您费心了。

赵元甲的出租车在街道上行驶。赵元甲开车，林老板还在打电话。

林老板用英语：再见，期待下一次与您合作！

林老板手机又响。

林老板接电话，用朝鲜语：你好，李先生……上次多蒙款待，下次一定要请你到北京来玩！好的好的！再见。

林老板挂了机，一会儿电话又响，用日语：你好，我在出租车上，马上就要到了。

赵元甲有点儿看傻了。

林老板用广普说道：不好意思呀，事情太多，打扰你驾车啦。

赵元甲：没有没有，不瞒您说，刚才我一句也没听懂。

贵宾楼门口。赵元甲的出租车驶来，停在门口。

赵元甲：先生，您到了。

林老板：谢谢！

门童给林老板开门，林老板欲出，赵元甲急忙阻拦。

赵元甲：哎，先生，请等一下！

林老板误会了，反身看了看车里，没落东西呀。

赵元甲：先生，车钱！

林老板疑惑地看着赵元甲。

赵元甲：您还没给车钱呢。

林老板恍然大悟，有些歉疚地笑：对不起呀，忘了给你钱了……

林老板把手伸进怀里掏钱包，突然脸色一变，笑容僵在脸上了：对不起呀，我今天没带钱……

赵元甲因为今天倒霉到家，这时候反而笑起来了，好像听了一个特别好笑的笑话：什么?! 没带钱? 您没带钱? 穿这么讲究没带钱?

林老板：我真没带钱……

赵元甲：您不用解释，我知道，您一定是平时秘书用惯了，从来不自己带钱……

林老板：我这里有一张卡……

赵元甲：谢您了，我这儿刷不了。

林老板：那您看这钱……

赵元甲摆摆手，让林老板走：算了算了，您走吧，算我白拉您一趟。

林老板：这太不好意思了！

赵元甲：没事儿，您别往心里去，就跟坐了自己家的车一样。再见了！

赵元甲发动车欲走，林老板走了几步突然回过身来。

林老板：先生，不好意思……

赵元甲：没什么不好意思的。

林老板：这次是真的不好意思，您能不能再借给我二百块钱?

赵元甲：嗯?

林老板：因为我回去的时候可能还要打车，怎么好意思再欠人家的?

赵元甲：哦，您的意思是一事不烦二主，要欠就欠一个人的?

林老板：对。

赵元甲掏钱包，拿出二百元钱递给林老板：行，给您二百，您说怎么这么寸，还就二百了，多一分都没有。

林老板接过钱：先生，请您给我留一个地址留一个电话，等我回去好还您。

赵元甲：地址？我现在居无定所，电话呢，刚丢。算了算了，您不用还了。

林老板：哇，您真是太慷慨了！

赵元甲：您别客气，今天是我最幸运的一天，从早晨到现在，别提……多幸运了！

林老板：真的，那我祝您年年有今日，岁岁有今朝！

赵元甲：啊？彼此彼此！回见了您哪！

发动汽车。

林老板走了两步，再次转回来。

林老板：先生。

赵元甲：什么事儿？

林老板：您能不能把发票给我？

赵元甲：发票？哦对了，发票忘给您了，赖我。

赵元甲撕下发票：拿着。

林老板：谢谢！

赵元甲：不客气，站好最后一班岗嘛！

林老板掏出一张名片递给赵元甲：这是我的名片，有困难找我林家辉。

赵元甲：谢您了，这名片……我收下了。回见！

开车走。

出租公司门口。赵元甲的出租车驶来，停在门口。赵元甲下车，看了一眼出租公司的牌子，正要进门，秘书从里面走了出来。

秘书讽刺：哟，赵师傅，又来要求降车份？

赵元甲：我来退车。

秘书有点儿摸不着头脑：退车？什么意思？

赵元甲：意思就是，我赵某人不伺候了。

头也不回地进了公司。

秘书对着赵元甲的背影：嘿，不就是辞职不干了吗？有什么了不起的？至于吗？

出租公司财务室。会计把一大沓钞票放在赵元甲面前。

会计：一共是六千块钱，您点点，数儿对不对！

赵元甲：不用点，这数儿肯定不对！当初这车的押金可是一万，你为什么只退我六千？

会计：当初押金是一万不假，可这一段儿您因为违章、私揽、被投诉没少挨罚，有些罚款至今没交，这些费用可不都得在押金里边扣吗？

赵元甲：得，都是你们说了算，给我吧。

出租公司门口。赵元甲从出租公司走出来，远远地，王先文在出租车里向他按喇叭，冲他招手。

行驶的出租车上。王先文一边驾车，一边与赵元甲交谈。

王先文：咱们现在去哪儿呀？

赵元甲：不知道，先这么走着吧。

王先文：唉，你辞职为什么不先给我打个电话？你这决定可有点儿太草率。

赵元甲：你是不知道，这工作有多不好干。

王先文：我怎么不知道？我这不还干着呢吗？

赵元甲：反正这工作不好。

王先文：有一位名人说过，永远不要因为一份工作不好而辞职。

赵元甲：那该因为什么辞职呢？

王先文：要因为另一份工作更好而辞职！你应该骑驴找马呀！怎么样？辞职以后准备去哪儿？

赵元甲：我早想好了，辞职以后，我就去潘家园。

王先文：干吗？

赵元甲：买只好蝈蝈。

王先文：好嘛，你现在还有心思干这个！走吧，潘家园！

王先文一扭方向盘，转弯。

赵元甲：别急，回来我还得去趟医院。

某医院门口。王先文的车停在医院门口，赵元甲下车。

赵元甲对王先文：你不用等我了，一会儿我自己回去。

王先文开车走，赵元甲进医院。

某诊室。一名医生正在给病人看病，赵元甲手拿两张单子讪笑着走进来。

赵元甲：大夫，结果出来了，您帮我看看这两张单子。

医生：好，给我看看。

医生接过单子，推了下眼镜，仔细端详了一下，指着单子：是两口子吗？

赵元甲：是两口子。

医生：女方正常，男方有不育症。

赵元甲：哦！嗯？您再看看，是男的有不育症还是女的有不育症？

医生：男的。

赵元甲一下子愣在了那里。

第 三 章

门诊大厅。赵元甲失魂落魄地在人流中往外走，其间数次与人发生碰撞，但他视若无睹。赵元甲失魂落魄地走出门诊部，原地彷徨了一会儿，在台阶上坐了下来，两眼空洞地望着远方。一个号贩子走过来。

号贩子：哥们儿，什么病啊？脑梗？肾衰？肿瘤？不会是艾滋吧？

赵元甲对其视而不见，眼光仍空洞地注视着远方。

号贩子：看来你病得不轻啊！可甭管得了什么病，咱都得治啊！说吧，什么病，各科的专家号我这儿都有，普通专家二百，特级专家五百。

赵元甲仍不说话，一个医托凑上来。

医托：五百？你花那冤钱呢！我告诉你，在梨园那边有个老中医，可神了，什么病都能治，比这儿便宜一半！

号贩子：你别听他胡说，他是个医托，听他的才花冤钱呢！

医托：你听他的才上当呢，他是号贩子！我跟你说，那老中医可神了，不管什么病让他一看，保准药到病除！

号贩子：是药到命除吧？

医托：哎，你这不是戗行吗？

号贩子：我就戗行了又怎么着？你个臭医托！

医托：你怎么骂人？

号贩子推了医托一把：就骂你了又怎么着？你个臭医托！

医托：嘿，他妈的！

抬手给了号贩子一拳。

号贩子：嘿，我打死你个臭医托！

两人扭打起来。号贩子被医托一推，差点儿撞到赵元甲身上，赵元甲不为所动，依然目光呆滞。二人继续扭打。众人渐渐开始围观。

众人：别打了别打了，怎么回事儿？

医托打对方：他是个号贩子，挣的是黑心钱！我这是为民除害！

号贩子气愤：大家看看，医托有多猖狂！

一会儿，两名警察赶到，将二人分开。警察向围观者询问情况。

警察向赵元甲询问情况。赵元甲不回答，眼睛空洞地望着远方，他只看见警察的嘴在动，却听不到任何声音。

旁边一位老大爷向警察解释：这个小伙子得了绝症——肝癌，太可怜了。

警察将医托和号贩子带走，赵元甲坐在原地未动。

赵元甲站起身，拍了拍屁股上的土，向医院门外走去。

王先文家客厅。王先文陪赵元甲喝啤酒，赵元甲向其坦承事情经过。

赵元甲：可我万万没想到，没有生育能力的竟然是我。

赵元甲懊丧地扬起酒瓶，咕咚将剩余的酒喝干：你说我……

王先文又打开一瓶啤酒，递给赵元甲：行了，元甲，别说了，什么都别说了。刚才你说的这些我就当什么也没听见。

赵元甲：那我不白说了？

王先文：我是说我要为你保密。这件事千万不能让别人知道，尤其是你们家里人。

王先文见赵元甲不解地望着自己，继续道：元甲，有句话说出来你可别不高兴，你得搞清楚你现在的处境，你现在没钱，没房，没工作，除了最近多了个不育症，你一无所有。

赵元甲：谁说的，我还有个好老婆呀！

王先文：你要说了实话老婆早晚也是别人的。

王先文见赵元甲要辩白，急忙阻拦：听我把话说完。你丈母娘一直就不待见你，你为什么还能在这个家混这么多年？就因为淑恬一直没能给你生个一儿半女，她们觉得在这方面亏欠了你。现在如果你说实话，让他们知道这都是你的问题，那你想想，你还能在这个家里待下去吗？

赵元甲低下头不说话。

王先文：所以，现在最好的办法，就是把这化验单子撕了，装作什么也没发生——这事儿千万不能让他们知道。

赵元甲：你是让我这么一直瞒下去？

王先文：别光瞒呀，你还得治呀！一边瞒，一边治；一边治，一边瞒。

赵元甲：那得瞒到什么时候呀？

王先文：瞒到你把病治好了，你老婆怀上了，你就不用瞒了。

赵元甲：那要是治不好呢？

王先文：那就瞒下去，能瞒多久就瞒多久，最好瞒个三四十年，到时候你们都七老八十了，她就是知道了也不能把你怎么样了。

王先文见赵元甲仍然低头不语：我的话你都记住了吗？

赵元甲：记住了，我回去就跟她说实话。

王先文：你怎么那么轴啊？说了实话你就没法在那个家待了。

赵元甲：那我也得说实话，我不能再连累她了。跟她说完我就离开这个家。

王先文：哎哟，元甲，让我怎么说你呀！我一直以为那些个舍己为人的人都是小说电影里瞎编的，没想到生活中还真有……你这样的二傻子！

赵元甲：你爱怎么说就怎么说吧，反正我今天一定要跟她说实话。哎，先文，一会儿能不能送我去趟超市？

王先文：干吗？

赵元甲：买点儿营养品，再买点儿鱼肉蛋菜，我想在离开家之前，再给她们娘儿俩做一顿告别饭。

王先文看着赵元甲叹了口气。

超市门口。王先文的车停在超市门口，赵元甲下车，与王先文挥手告别。

赵元甲：你忙去吧，不用管我了，这儿离我们家近。

王先文：哥们儿，你好自为之吧！

王先文开车离开。

赵元甲走进超市。

超市内。赵元甲推着购物车在货架间穿行，挑选货品，购物车上已经放了不少东西。赵元甲来到保健品的货架前，边走边浏览，推销员甲笑着迎上来。

推销员甲：先生，要买保健品吗？

赵元甲：啊！

推销员甲：送人还是自己用？

赵元甲：送人。

推销员甲：您看看这氨基酸口服液吧，一盒才一百二！您买一盒还能赠一袋洗衣粉！送人又体面又实惠！

赵元甲：哦，我再看看。

推车向前移动。

推销员乙也赶紧迎上来。

推销员乙：先生，您来盒虫草口服液吧，送老人送孩子都合适！

赵元甲：多少钱一盒？

推销员乙：这个比较贵，五百八十一盒！

赵元甲：五百八十？真的？给我来两盒！

推销员乙：哎哟，这儿还就剩一盒了，您等着，我上库房给您拿去。

推销员乙跑下。

超市结账口。赵元甲在结账，收银员将所有扫描过的商品放入赵元甲的购物车，电脑打单子。

收银员：一共是一千九百八十块。

赵元甲：什么？一千九百八十？这么少？

推着购物车跑回超市。

收银员对着赵元甲背影：先生，您那东西不要了？

赵元甲：要，我回去再买点儿。

赵元甲家楼下。夜。一辆出租车驶来，赵元甲拎着鼓鼓囊囊好几购物袋东西下车，走进楼门。出租车开走。

赵元甲拎着东西费力地从楼道走上来，来到陈家门口，想到自己即将跟淑恬摊牌，心中难过，又有些紧张，镇静了一下，掏钥匙开门。赵元甲刚一进门就险些被玩纸飞机的晨晨撞到，继而他发现客厅里热闹非凡，二姐夫尤克勤和妻子淑静还有大姐夫周致中正围着陈老太聊天，淑恬正给他们倒水。

赵元甲一下子愣住了。

淑恬走向赵元甲：怎么现在才回来？

赵元甲：买了点儿东西。

淑恬：给你打电话怎么老不通？

赵元甲：手机……没电了！老婆，我想跟你说件事儿。

淑恬：有什么事儿晚上再说吧，你赶紧给大姐帮忙去。

一指厨房。

赵元甲：啊？

淑恬：去呀。

赵元甲无奈，只得走进厨房。

陈家厨房。大姐淑珍正在熟练地切土豆丝，赵元甲走进厨房。

赵元甲：大姐，今天怎么这么热闹。

淑珍：说是给妈过母亲节。

赵元甲：母亲节？

淑珍：都是尤克勤张罗的。

淑珍将土豆丝放进锅里翻炒：元甲，递我盐。

赵元甲将盐递给淑珍，淑珍放盐，翻炒几下，觉得气氛不对。

淑珍：元甲，你怎么啦？

赵元甲：没怎么。

淑珍：那你今天怎么心事重重的？

赵元甲：没有啊！我怎么心事重重了？大姐，您跟姐夫和好了？

淑珍：还那样。不过我仔细想了一下你那天的话，觉得很有道理。看来可能还真是我多心了，周致中跟梅梅的班主任绝对没那种关系。

赵元甲顺口答应：哦！

淑珍：倒是跟他们单位的秦晓莹有点儿可疑。

赵元甲：啊！

淑珍：元甲，你到底出什么事儿啦？

赵元甲：没出什么事儿呀。

淑珍：不可能，不出意外的话，你肯定是……出意外了。

赵元甲：没有的事儿。

淑珍：元甲，把醋递我。

赵元甲只顾想心事，错把香油递了过去。

淑珍：你给我香油干吗？我要的是醋。

赵元甲：哦。

又将酱油递了过去。

淑珍：这是酱油，我要的是醋。咳，还是我自己来吧。

淑珍翻橱柜找醋。

陈家餐厅。夜。全家人围坐一桌，为陈老太过母亲节。女宾全是啤酒，男宾都是白酒。

尤克勤站起，端酒。

尤克勤：来，大伙一块儿举杯，祝咱妈母亲节快乐！

大家纷纷与陈老太碰杯，赵元甲心事重重，碰完杯又放下了，没喝。

陈老太：小尤啊，以后少张罗这洋节，过不惯。

尤克勤：慢慢您就习惯了。您老辛苦了一辈子，给您过个节那还不是我们应该的？您老这一辈子多不容易呀，我老丈人去世得早，就给您留下三个闺女和七八间房子……

陈老太：嗯？！

尤克勤：妈，咱那房子什么时候拆迁哪？

陈老太：哦，什么时候拆迁哪？等过拆迁节的时候就知道啦。

陈老太一句话噎得尤克勤哑口无言，周致中急忙站出来打圆场。

周致中：小尤你也是，不是过节吗？说什么拆迁哪？

陈老太：致中这你就不知道了，没有拆迁就没人张罗过节啦。

尤克勤脸上红一阵白一阵，二姐淑静赶忙为丈夫解围。

淑静：妈，瞧您说的，小尤这不也是关心您吗？不管怎么说，他是您

53

女婿，跟您亲生儿子一样亲。

尤克勤来劲了：妈，您别听她胡说八道，什么叫跟亲生儿子一样亲？我能跟您亲生儿子一样亲吗？我比您亲生儿子还亲！

陈老太看着尤克勤不说话，意思是，接着说，我看你还有什么词。

尤克勤十分尴尬。此时座机电话响，淑恬起身。

陈老太：我去吧。

走去接电话。

尤克勤见陈老太走了，赶紧找辙：哎，老婆，我敬你一杯。

淑静：你敬我干什么？

尤克勤：母亲节嘛，你也是当妈的人了。来，老婆，母亲节快乐！

两人碰杯，对饮，表演一番后，发现气氛不对，冷场了。

淑静：你别光敬我呀，也敬大姐一杯，人家当妈比我还早哪！

尤克勤：对！大姐，我敬您一杯，母亲节快乐！

尤克勤与大姐淑珍碰杯，却发现气氛更尴尬。淑恬低头不语，脸色难看。

赵元甲觉得妻子受到了羞辱，站起。

赵元甲：二姐夫，您怎么不敬我老婆一杯呀？

尤克勤语塞，心说你老婆没孩子，又怕说出来太伤人：这……淑恬她不会喝酒。

赵元甲：她不会我会呀，我替她喝。

淑恬：元甲，算了，你酒量也不大。

赵元甲：谁说的，不大也得喝呀，二姐夫敬的酒！说吧，怎么喝？

尤克勤：你喝多少，我就喝多少。

赵元甲拿过两个玻璃杯，喝啤酒用的，咚咚咚，将两杯倒满白酒，一杯递给尤克勤：好，二姐夫，来吧！

尤克勤：唉，元甲，你这何必……

尤克勤想推辞，赵元甲已经咕咚咚把一大杯白酒喝完了，赵元甲亮杯底。

尤克勤：这……

无奈，端起一杯白酒也喝了下去，亮杯底。

赵元甲：好，够意思！

又倒满两杯白酒。

尤克勤：哎，你……

赵元甲又将一杯白酒喝下去，尤克勤无奈也跟着喝，喝完尤克勤有些站立不稳。

赵元甲再次拿起酒瓶，发现没酒了。

尤克勤：没了没了！

淑恬：是啊，没了就别喝了！

赵元甲有点儿大舌头：厨房里还有一瓶呢。

转身跑入厨房。

淑恬：哎呀，你回来！

厨房里传出来一阵东西摔碎的声音。

尤克勤：哈哈，他喝醉了！让你跟我拼酒……

说罢也一头栽倒。

众人一通忙乱。

赵元甲夫妇卧室。夜。台灯昏暗，赵元甲躺在床上，淑恬细心地用毛巾给他擦嘴角的污物。赵元甲醒来，看到妻子在照顾自己，不禁悲从中来。

赵元甲：老婆……咱俩离婚吧！

淑恬：你喝多了。

赵元甲：老婆我……

淑恬：睡觉睡觉，有话明天再说。

赵元甲闭上眼，泪从眼角流下来。

陈家客厅。陈老太正在擦拭家具，晨晨飞跑进来。

晨晨：姥姥，我想买一根自动铅笔。

陈老太：买去吧。

晨晨：姥姥，能给我十块钱吗？

陈老太停下手里的活儿，从口袋掏出十块钱递给晨晨。

晨晨：谢谢姥姥。

准备往外跑。

陈老太：回来，干点儿活儿。

陈老太指着沙发上的一堆脏衣服：把这堆脏衣服给我放洗衣机里去。

晨晨抱起衣服往洗手间走去。

陈老太对着晨晨的背影：哎，放之前先翻翻兜儿，看有东西没有。

晨晨：知道了。

陈家洗手间。晨晨把衣服放在洗衣机盖子上，逐件翻检衣兜，一件衣服里有几个一块钢镚儿，晨晨拿了放在自己口袋里。最终，晨晨从赵元甲衣兜里翻出了赵元甲与出租公司的解约协议和那两张医院的化验单。晨晨将所有衣服放进洗衣机，然后拿着解约协议和两张化验单走出洗手间。

陈家客厅。陈老太正在擦拭电视柜，晨晨将三张单子交给陈老太。

晨晨：姥姥，没什么有用的东西，就这三张纸。

陈老太停下手里的活儿，指着茶几：先放那儿吧。

晨晨将三张单子放在茶几上，出门玩去了。陈老太擦完电视柜，又开始擦茶几，注意到了那三张单子，很快她的眉头皱了起来。

医院门口。陈老太走进医院大门。

陈家门口。淑恬自楼梯走上来，掏钥匙开门进入屋内，换鞋。一回身，猛然发现陈老太正坐在茶几前，目光炯炯地盯着自己，不禁吓了一跳。

淑恬：妈，您这是干吗呢？

陈老太：淑恬你过来，妈有话跟你说。

淑恬走过来，坐在母亲身边。

陈老太指着茶几上的化验单和解约协议：说说吧，这到底怎么回事儿？

淑恬：什么怎么回事？

陈老太：你别想再瞒我啦，我已经去过医院啦。

淑恬大惊失色：啊？您是不是得了绝症了？

陈老太：谁得绝症啦，我说的是这不育症。

淑恬：啊？您得了……不能吧？

陈老太：谁说我得了？你看这两张单子。

淑恬拿过自己的化验单。

陈老太：不是这张。

陈老太夺过淑恬手里的化验单，把赵元甲的化验单递给她：是这张。看完了吗？

淑恬：看完了。

陈老太：有什么要说的吗？

淑恬：没看懂。

陈老太：行啦，你不用替他瞒着啦，我去医院已经问明白了，你正常，得不育症的是他。

淑恬：啊？这怎么可能？

陈老太：怎么不可能？他根本就是一个废人！当初你们结婚我就不同意！真弄不明白，当初追你的人那么多，你为什么偏偏选他？我一直就觉得他不争气不上进不靠谱，本事不大毛病不少，吃不了苦，还受不了气，现在倒好，他连生孩子都不会，你呀，赶紧给我做好准备，趁早跟他离婚！

淑恬：妈，您小声点儿，再让元甲听见。

陈老太：我就是说给他听的。你们两口子真行啊，把我瞒得死死的！连跟出租公司解约的事儿也不告诉我。

淑恬：我没瞒您，这化验单是元甲拿的。

陈老太：那就是他想瞒你，他想把生不了孩子的责任推你身上，这样的人就更不能要了，你趁早跟他离婚！

淑恬：妈，元甲已然这样了，咱们就不能再落井下石了，万一他有个三长两短……

陈老太：放心，他死不了，他没那个本事，也没那个志气。

淑恬：妈，您这不是往死路上逼他吗？

陈老太：他要死了，我给他送花圈，他死不了，我连花圈都省了。

赵元甲穿着睡衣从卧室走出来。

赵元甲：妈！

淑恬赶紧掩饰：元甲你醒了，我们正商量一会儿吃什么呢。

赵元甲：老婆，你别瞒我了，刚才你们说的话我都听见了。是我对不起你……我本来是想……

赵元甲突然一阵头疼，揉了一下太阳穴：对不起，我昨天晚上喝多了。

陈老太：昨天晚上？你是大前天晚上喝的酒！

赵元甲：啊？这么说我睡了两天多？

陈老太：你问谁呀？

赵元甲：对不起，都是我不好，我对不起你们，不过你们放心，我保证以后再也不拖累你们了，我……

卧室里赵元甲的手机响。

陈老太：谁的手机呀这是？

赵元甲：我的。我接着说啊……

陈老太不耐烦：别说了，你先接电话去吧，我听着闹心！快去！

赵元甲无奈，只得回房间接电话。

赵元甲夫妇卧室。赵元甲走进卧室，拿起手机。

赵元甲：喂，您好。您哪位？咱们认识吗？对不起，我现在已经不开出租了，您要想用车我把我朋友手机号……林家辉？哦，您就是打车去贵宾楼没带钱那位呀！那二百块钱是送给您的，不要了，车费我也不要了！重要的事儿？还有什么重要的事儿？那……好吧，我去一趟。行，您发我手机上吧。

赵元甲关掉手机，开始换衣服。

陈家客厅。陈老太与淑恬小声说话。赵元甲换好衣服从卧室出。

赵元甲：妈，老婆，我出去一趟，有话咱们回来再说。

淑恬：出什么事儿啦？

赵元甲出门：没什么事儿，就是一个朋友非要还我钱。

陈老太：听见了吗？还背着你借给外人钱！

林氏公司所在的写字楼前。一辆出租车驶来，停在楼前。赵元甲下车，抬头望了一眼写字楼，被写字楼的豪华气派所震惊，看着进进出出穿戴体面的公司白领，低头看看自己的皮鞋，抻抻自己的领子，觉得自己的穿着与环境很不协调。赵元甲定了定神，鼓足勇气，抬头挺胸走了进去。

林氏公司前台。前台小姐正在整理文件，赵元甲畏手畏脚走进来，明显有点儿底气不足。

前台：先生，请问您有什么事儿吗？

赵元甲：我找林家辉。

赵元甲此话一出，就觉得所有人的目光都转过来，盯在了自己身上（因为从来没有人这样直呼老板的名字）。他吓了一跳，心说什么毛病这是？

前台：请问您是……

赵元甲：我姓赵，赵元甲。

前台：哦，请跟我来。

前台小姐领着赵元甲向里走去。

林氏公司会客室。前台小姐领着赵元甲走进会客室。

前台一指沙发：请您在这儿稍候，我们老板一会儿就来。

赵元甲：你们老板？

前台：啊，您不是找我们林老板吗？

赵元甲：啊！

前台：请问您要不要来杯咖啡？

赵元甲：好吧，那就来杯速溶咖啡。

前台：对不起，我们这里没有速溶咖啡，您选点儿别的吧，摩卡？蓝山？卡布奇诺？

赵元甲：好，那我来杯绿茶吧。

前台：好的，那绿茶您是选瓜片、毛尖还是龙井？

赵元甲：好，那就来杯瓜片吧。

前台：好的，请您稍候。

前台小姐踏着高跟鞋走了。

赵元甲站起，打量这间豪华的会客室，东摸摸，西看看。一阵急促的脚步声传来，赵元甲急忙转身，林老板进门。

林老板谈笑风生，一进门就握手：哎呀，赵先生啊，我们又见面了！

赵元甲：是啊是啊！

林老板指着沙发：来，坐！赵先生，你让我找得好苦啊，幸亏当时我要了一张发票，这才通过你们公司找到你。

赵元甲：我现在已经不干了。

林老板：我知道啊，所以找你难啊，现在哪里高就？

赵元甲：还没想好哪，先歇两个月再说。

林老板：那赵先生，您是否可以考虑考虑在休假结束之后到我们这里来屈尊一下？

赵元甲：那我当然愿意了，谢谢您了林老板！

林老板：应该是我谢你才对，你是个好人，就应该有好报！阿鹏，阿鹏，过来一下。

年轻的白领阿鹏出现在门口。

阿鹏：老板，您找我？

林老板：你带这位赵先生去财务部。

阿鹏：好的，先生请跟我来！

做了一个请的手势。

赵元甲与林老板挥手告别，随阿鹏走出会客室。

财务部。财务部经理将一张卡和一个信封双手递给赵元甲。阿鹏站在赵元甲身后。

财务经理：您收好，这卡里有五万块钱，密码在信封里。

赵元甲吃了一惊：五万？！

财务经理拿过一张纸：对，请您在这儿签个字。

赵元甲：签在哪儿呀？

财务经理给赵元甲指点：就签这儿，签在置装费那栏里。

赵元甲：置装费五万？！

财务经理：啊，老板就让我给这么多。

财务经理看赵元甲签完字，收回那张纸：谢谢！

巨大的惊喜让赵元甲有点儿犯愣。

阿鹏：赵先生，走吧，我带您去人事部。

赵元甲：哎，好！

随着阿鹏出了门。

人事部。人事部经理对赵元甲面试，赵元甲有点儿不安。

人事经理：赵先生，请问您的最高学历是……

赵元甲：我就上到高中，英语六级也没过。

人事经理皱起了眉头：哎呀，这就不好办了！您也知道，现在有金融危机，公司效益也不是太好，虽然您是老板介绍过来的，可薪酬待遇也不可能太高——您看一个月一万五您能接受吗？

赵元甲心里乐疯了，表面上佯装镇定：能……能凑合！

陈家客厅。淑恬正在打电话。

淑恬：请您给送一袋米来！两块一斤的。对，谢谢！

门铃响。

淑恬走去开门：啊？不会吧，这么快？

范明辉拎着礼物笑眯眯走进来。

范明辉：淑恬。

淑恬：范明辉？你怎么来了？

范明辉：我来看看阿姨。

陈老太从卧室出，热情地招呼。

陈老太：哟，明辉来啦，坐坐坐。

范明辉就座，淑恬暗中拉住陈老太衣角。

淑恬小声：妈，是不是您让他来的？

61

陈老太：对呀，人家帮咱把车要回来，咱不得感谢一下人家？

淑恬：感谢人家，得咱们登门致谢，哪儿有让人家上门的道理？

陈老太假作恍然的样子：哦，是呀，那下次你去登门致谢吧。

陈老太坐到范明辉身边：哎呀，明辉，往这边坐坐，让我好好看看你。淑恬，赶紧给明辉沏水去。

淑恬应声进了厨房。

陈老太：咱娘俩有十年没见了吧？

范明辉：差不多！您没什么变化，跟十年前一样年轻！

陈老太：拉倒吧，等有人说你真年轻的时候，就说明你已经老了！你妈还好吧？

范明辉：还好还好。

淑恬端茶出来给两人倒。

陈老太：想当初啊，你妈怀你的时候，我正怀着淑恬，当初还说结个娃娃亲……

淑恬：妈！

陈老太：啊啊，明辉呀，你今年多大了？

范明辉：您忘了，我跟淑恬一边大呀！

陈老太：哦，对对对，一年怀上的嘛！那你……结婚了吗？

范明辉：没有！

陈老太：有孩子了吗？

淑恬：人家没结婚哪儿来的孩子呀！

范明辉：是啊！

陈老太：哦，敢情你一次也没结过呀！

范明辉：是啊！

陈老太：有女朋友了？

范明辉：没有！

陈老太：那你妈也不着急？

范明辉：哪儿能不着急呀，我妈现在急得呀，一出门就开始打听谁家姑娘整容失败了，谁家姑娘减肥没成功啊，谁家姑娘刚离婚哪，谁家姑娘刚死了老公啊……

淑恬笑了：不至于吧？把自己说那么惨？

范明辉：没办法，自身条件太差，只能退而求其次了。

陈老太：你这条件要差，那就没好的了。大家都说对面那工行里边，有一半存款都是你的！

范明辉：什么一半存款都是我的，那只是个传说。

陈老太：那五千万你总有吧！

范明辉愣了两三秒：这……阿姨，咱们今天不谈这个，不谈这个。

某高档男装品牌店。

赵元甲在两名女店员的殷勤服务下，挑选衣服，试穿，站在镜子前顾盼自雄。

赵元甲终于挑中了一件，让店员开了单子去刷卡。

赵元甲换上了新衣服，店员将赵元甲的旧衣服装入包装袋。

街边。赵元甲人模狗样地站在街边，把装有旧衣服的包装袋扔在垃圾桶旁边，挥手打车，手势极潇洒。

陈家客厅。陈老太、淑恬与范明辉闲谈。

陈老太：那这么些年你就没碰上个合适的？

范明辉：咳，曾经沧海难为水呀！

淑恬听范明辉话里有话，起身想走。

陈老太：淑恬，你跑什么？没听见人家明辉的话呀，人家杯子里没水啦，赶紧给人家倒啊！

淑恬哭笑不得，给范明辉倒水。

陈老太：唉，我们淑恬命不好啊，嫁个老公没出息……

淑恬不乐意了：妈，您说什么呢，元甲怎么惹着您了？

门一开，衣着光鲜的赵元甲走进来。

赵元甲低头换鞋：又说我什么哪？

陈老太：左不过是夸你呗。你们聊吧，我得回屋换贴膏药去。

走进自己卧室。

范明辉站起：哟，元甲回来了！

赵元甲换好拖鞋转过身，发现范明辉：啊！哟，是明辉呀，稀客稀客，坐坐坐！

淑恬发现赵元甲的穿着有异：哎哟，你哪儿弄这么一身行头啊！

赵元甲：刚买的。

范明辉端详着赵元甲的衣服：哟，你这是名牌呀！

赵元甲得意：什么名牌，才两万多！

淑恬：元甲，你怎么乱花钱？

赵元甲：你急什么，又没花咱家的钱，这是人家给我的置装费。

范明辉：置装费？

赵元甲：啊，新找了个工作，月薪才一万五！

范明辉：嚯，挣得不少啊！

赵元甲：挣得再多也是打工的，不比你这当老板的。

范明辉：不然不然，老板要是当得不好，赚不到钱也就等于给员工打工，给原材料供应商打工。元甲，在哪儿高就啊？

赵元甲：就是那个林氏公司。知道吧？

范明辉：哦，知道知道，是在富邦大厦吧？

赵元甲：不是，在富国大厦。

范明辉：好像是搞服装贸易的吧？

赵元甲：人家是搞电子的，兼搞房地产。

范明辉：老板好像叫林明仁？

赵元甲：不是，老板叫林家辉。

范明辉：这就怪了！

赵元甲：怎么我说的不对吗？

范明辉：不，你说的都对，所以我觉得有点儿怪……

赵元甲：嗯？

淑恬打圆场：元甲，这次咱们可得好好谢谢人家明辉。

赵元甲：对对对！明辉，这次真得好好谢谢你，多亏你帮我把车要回来了。

范明辉：你不是退车不干了吗？

赵元甲：你不把车要回来我怎么退车呀。所以，今天我得好好谢谢你！

赵元甲转头对淑恬：老婆，今天可不许留明辉在家吃饭啊，咱们请他出去吃。顺峰，我请客！

范明辉：不了不了，公司还有一些事情，我得亲自处理。告辞告辞。

说罢，出门走了。

赵元甲：不送不送。有时间来玩呀！

淑恬目送范明辉离去，转身怒对赵元甲。

淑恬：元甲，你这是在瞎搞什么呀？

赵元甲：怎么啦？

淑恬：咱就是过得再不好，你也犯不上在外人面前吹牛啊！

赵元甲：谁吹牛，我是真牛！

淑恬怀疑地望着赵元甲，赵元甲微笑着冲她点点头。

赵元甲夫妇卧室。夜。赵元甲夫妇躺在床上，两人都睡不着，淑恬侧身用手托腮，推了一下赵元甲。

淑恬：元甲。

赵元甲：怎么？

淑恬：我睡不着。

赵元甲一转身，面向淑恬：唉，让我说你什么好啊，真是小人得志，穷人乍富，这么点儿小钱就把自己折腾得睡不着觉了——我也睡不着。

淑恬：一开始我真不敢相信这是真的。

赵元甲：我到现在也不敢相信这是真的。不瞒你说，自打拿了钱以后，我已经打了自己十多个大嘴巴了。

淑恬：为什么？

赵元甲：我怕自己是在做梦。

淑恬：那你可千万别打了。

赵元甲：为什么？

淑恬：我怕你把这梦打醒了。

赵元甲：放心吧，这梦醒不了了，因为本来就不是梦。

淑恬：这变化太快了，一天前还什么都没有呢，到晚上就什么都不缺了！工作有了，钱也有了，将来房子也会有的！

赵元甲：是啊，我现在什么都不缺，就缺个孩子……

两手垫在脑袋下边陷入沉思。

路边，电线杆子下。

赵元甲站在路边，有好几辆出租车在他面前停下，他都没有打，却始终警惕地用余光扫视着周围的行人。

终于，附近没有什么行人了，赵元甲迅速转身，将电线杆子上一张"治疗不孕不育症"的小广告撕下，揣进口袋了，然后打了一辆车，绝尘而去。

林氏公司，赵元甲和阿鹏的办公室。阿鹏拿着一沓文件走进办公室，发现赵元甲正在擦桌子，连忙阻拦。

阿鹏：哎哎，赵哥，放下放下，怎么能让您做这种形而下的事呢。快别擦了！

赵元甲：咳，我这也是闲着没事儿。

继续擦桌子。

阿鹏：闲着没事儿您也别干，咱公司有专门的保洁员。

赵元甲：闲着也是闲着，能干我就自己干。以后咱俩这办公室的卫生就不用保洁员了。

阿鹏：您可千万别价，您不用保洁员，上边会认为保洁员偷懒或者保洁做得不好，万一要是因为这个让人家丢了饭碗，您于心何忍哪！

赵元甲：那……我干点儿什么呢？

阿鹏：您这不是给我出难题吗？老板没给您布置具体工作。

赵元甲丢下抹布，起身：那我出去看看，谁需要帮忙。

阿鹏：您又想砸谁的饭碗哪？您坐下，您坐下。

赵元甲只得坐下，两手向阿鹏一摊：那我总得干点儿什么吧？

阿鹏：那您就看报纸吧。

赵元甲：我都看了三遍了。

阿鹏：那您上网跟人家下棋。

赵元甲：我下了，人家嫌我……水平太高，不愿意跟我下。

阿鹏：要不您去会客室眯瞪一会儿？

赵元甲：我刚醒过来。

阿鹏：那要不这么办吧，我给您申请一个 QQ 号，您上网聊天。

赵元甲：可谁跟我聊啊？

阿鹏：那实在不成，我跟您聊。

赵元甲：我跟你就在一屋里，有话直说好不好？上什么网啊？再说万一你出去办事，我跟谁聊啊？

阿鹏：那……那实在不成，我给您申请两个 QQ 号，我不在的时候您自己跟自己聊好不好？

赵元甲：你这都什么主意呀？不跟你废话了，我直接找老板去。

出门。

阿鹏对赵元甲背影：您最好找老板去，我给您分配工作，成何体统啊？

电话响，阿鹏接电话。

阿鹏：喂，您好。

林老板办公室。赵元甲向林老板请求工作，林老板摆弄着鼠标，皱着眉头，表示为难。

赵元甲：您总得让我干点儿什么吧？

林老板：对不起呀赵先生，我现在实在没有事情给你干。

赵元甲：可我现在浑身上下都闲得长毛了……

林老板：哦，我明白了，如果赵先生觉得在这里工作很无聊，那你现在就可以回家。

赵元甲：啊？您把我开除了？

林老板：工资我们照发。

赵元甲有点儿不敢相信自己的耳朵了：真的？就是说我以后可以不坐班了？

林老板：对！

赵元甲：那我现在就可以走了？

林老板：当然可以！不过我得提醒你一句，每月发奖金的时候你最好亲自来一趟，不然……我还得派人给你送到家里去。

赵元甲：别，那就不用您费心了，这事儿我肯定忘不了，那什么，林老板，我有点儿急事儿，先走一步啦。

林老板：再见。

林氏公司所在写字楼门口。赵元甲从写字楼里走出来，从口袋里拿出那张"治疗不育不孕症"的小广告，看了一眼，又放回兜里，招手打了一辆出租。

某三流诊所门口。这是一个城乡结合部，周围环境脏乱。出租车缓缓驶来，赵元甲下车，从诊所门前走了过去，不久见出租车开走，赵元甲又走了回来，看看四周无人，才像做贼一样溜了进去。

诊所牌子上书"老中医吴良德诊所""专治男女不孕不育症"字样。

三流诊所内。江湖游医装模作样给赵元甲诊脉，眼睛微闭，口中念念有词。

游医：您这个病啊，是因为禀赋不足，肾气虚弱，命门火衰，精血耗散所致。以前吃过什么药吗？

赵元甲：也上别的医院去看过，不过好像不太管用。

游医：那太好了！

赵元甲：嗯？

游医：你碰到我就太好了。我给你滋阴补肾，疏肝解郁，活血化瘀，健脾和胃，咱们辨证施治，我保证，只要你吃了我的药，不出半年，肯定能抱上一大胖小子！

赵元甲：啊？这也太快了吧？

游医：那是没错儿，我的药就是见效快！

赵元甲：那也不能半年之内呀，不都说十月怀胎吗？

游医：啊！对呀，是十月怀胎呀，我是说不出半年你准能怀上！

赵元甲：我怀不上，是我老婆怀上。

游医：我就是这个意思！那就这样，我先给你开八个月的药。

赵元甲：不是不出半年就能怀上，干吗开八个月的药啊？

游医：巩固一下啊，再说我的药有保健功能啊。

赵元甲：那您这药多少钱哪？

游医：呃……你带了多少钱哪？

赵元甲：三千块钱够了吧？

游医：巧了，我这八个月的药正好是两千九。

游医迅速开单子：您拿着我这单子去拿药吧。不出半年准有好消息，祝您早生贵子！

将单子递给赵元甲。

赵元甲：谢您啦！

拿着单子出去了。

游医目送赵元甲远去，表情很兴奋。这时，手机响了。

游医：喂，您好。二姨呀，您好！哦您说。表哥怎么还没孩子这事儿，我给您介绍个地方，您让我表哥去北医三院生殖中心，那儿治男性不育最有名了。到我这儿来干吗呀？不是我不给他治，是我不会治，我这是蒙事儿的。你们可千万别相信小广告啊，大广告也别信，好医院都人满为患，谁会做广告啊。这不吃饱了撑的吗？

陈家客厅。晨晨趴在地上玩小汽车，陈老太织毛衣，淑恬给她撑着线头。

陈老太：我真不敢相信，元甲就这么一步登天了？

淑恬：是他命好，遇上一香港大老板。命里有贵人相助。

陈老太：什么命好啊，我看哪，是他心眼好，要不然他能白拉人家还给人二百块钱？这要换了别人，就是财神爷上门都得给轰出去。

门一开，赵元甲拎着大包小包走进来。

赵元甲：妈，我回来啦。

放下东西换鞋。

陈老太：哟，你这是上哪儿去了？

69

赵元甲：上趟医院，顺便买点儿东西。

赵元甲拎着东西走过来，递给陈老太一个精美的包装盒：妈，这是给您的。

陈老太拿在手里爱不释手：什么呀这是？

赵元甲：冬虫夏草，补品！您吃去吧。

陈老太：哎哟，买什么补品呀，躺老贵的东西——多少钱买的？

赵元甲：二百四十八。

陈老太：哦，倒是不贵。

赵元甲：二百四十八一克。

陈老太、淑恬：什么？！

第 四 章

陈家客厅。

陈老太：二百四十八一克?! 这……这不比金子还贵了吗？净乱花钱！

赵元甲：这怎么是乱花钱？您老的健康不比金子贵重啊？用跟金子差不多的价钱就能换来您的健康，我占大便宜了我。

陈老太：话是这么说，可这东西也太贵了，下次可不许这样了。

看着手里的冬虫夏草，又看盒子上的说明，爱不释手。

赵元甲又递给淑恬一个盒子。

赵元甲：老婆，给你的。

淑恬犹豫地接过来：这是什么呀？

赵元甲：咳，就一个金镯子！

淑恬听着心疼：金镯子？你买它干什么？现在金价这么高……

赵元甲：就因为金价高才要买呀！这金镯子不比别的，今天是五十克，明天还是五十克，这钱花出去了也等于没花出去，还在咱手里攥着呢。另外它看着养眼，戴着舒服，留在家里还能升值，咱可占大便宜了。

淑恬：又占大便宜了？

赵元甲：那当然。

赵元甲将一个大塑料袋递给淑恬：这个也给你。

淑恬：什么呀这是？

赵元甲：我吃的药，一会儿你给我熬上。

晨晨的玩具小汽车突然失控，撞到赵元甲腿上。

赵元甲假装急赤白脸：晨晨，赶紧把你那破汽车给我扔了。

晨晨白眼一翻：凭什么呀？

赵元甲：就凭我给你买了一个更好的。

赵元甲笑嘻嘻地拿出一个漂亮的法拉利车模，递给晨晨：拿着！

晨晨：谢谢姨父！

拿着车模左看右看，舍不得放下。

赵元甲夫妇卧室。夜。淑恬将熬好的药递给赵元甲，赵元甲喝了一口，立刻皱起眉头。

淑恬：怎么样？

赵元甲：不是一般的难喝。那我也得喝呀。为了升级换代我豁出去了，这真是不吃苦中苦，难为人上人呀！

淑恬：老公，你人好，肯定能当上爹的。

赵元甲咽下一口药：我人好吗？好在哪儿？

淑恬：比如说吧，虽然你特别讨厌尤克勤，可还是给他儿子买了个挺贵的礼物，这就挺说明问题嘛。

赵元甲：咳，说到底孩子是无辜的。他懂什么？不过话说回来，我现在又后悔了。

淑恬：后悔什么？

赵元甲：我给晨晨买这么贵重的礼物，二姐夫知道了肯定得生气。

淑恬：为什么？

赵元甲：他一看我给晨晨买这么贵的礼物，肯定就知道我有钱了。他那个人你又不是不知道，气人有笑人无，要是因为这个气得他老人家夜里睡不着觉，那可就太不好意思了。

淑恬：你说二姐夫会为了这事儿睡不着觉？还真有这个可能。

尤克勤的卧室。夜。尤克勤躺在床上辗转反侧，妒火中烧，不能入睡，弄得妻子淑静很烦。

尤克勤：凭什么呀？一个臭开出租的，就这么一步登天了？凭什么呀？

淑静：你还让不让人睡觉了？半夜三更瞎折腾什么？你不能消停会儿呀？

尤克勤：不能，我生气！

一翻身，坐起来了。

淑静：生什么气呀？别生气了，咱先踏踏实实地睡一觉。等明天早晨醒过来，养足了精神……咱再生气，成不？

尤克勤：不成！凭什么呀，一个臭开出租的，顶多高中学历，一个月就挣一万五？比我仨月挣得还多，还有没有王法了？

淑静：凭什么人家挣钱比你多就是没王法？

尤克勤：你不懂，钱是有灵性的，是会自己找主人的，它会找一个配得上自己的主人，赵元甲他配不上这笔钱！

淑静：配不上那人家怎么得着的呢？

尤克勤揉太阳穴：我这不正想着呢吗？哎，我明白了！他的钱来路不正，不是坑蒙拐骗，就是倒卖文物，别看他现在挣得多，过不了几天警察就上门。

淑静：你说的这是真的吗？

尤克勤：管它是不是真的呢，反正这么一想，我心里就好受多了。得，睡觉！

尤克勤一拉被子，躺下了。

淑静：嘿，你这不是精神胜利法吗？你这不是自欺欺人吗？

尤克勤发出一阵鼾声。

淑静：哎，你可真行。

也躺下睡觉。

淑静躺下，听着尤克勤的鼾声心烦，不久，一翻身爬起来，推尤克勤。

淑静：哎，你醒醒你醒醒。

尤克勤睡意蒙眬：干吗呀？

淑静：我睡不着了。

淑恬的办公室。淑恬正在整理文件，她的手机响。

淑恬：喂，您好，二姐夫……哦，范明辉的电话……您等一下啊……

在手机上翻找电话号码。

某茶馆。范明辉一推茶馆的门走进来，等了很久的尤克勤急忙起身相迎。

尤克勤向范明辉招手：哎哎，范总，这儿这儿！

范明辉疑惑地走过来：今天给我打电话的就是您？

尤克勤：对对，您坐您坐！

范明辉疑惑地坐下：咱们以前见过吗？

尤克勤：见过见过。我经常在电视上看见您，就是那个《财富新观察》！

尤克勤转头招呼侍者：哎，服务员！

范明辉：不忙，不忙，您先说说找我什么事儿吧。

尤克勤巴结：在说正事之前请允许我做一下自我介绍，我姓尤，叫尤克勤，陈淑恬是我老婆的妹妹，也就是说我是陈淑恬的小姨子……不，陈淑恬是我小姨子，我是她姐夫……

范明辉：这些您在电话里已经说过了，您直接说您有什么事儿吧。

尤克勤：是这样，您以前不是喜欢过我小姨子吗？所以呢算起来咱们也是亲戚……

范明辉：嗯？您能不能不提这事儿？

尤克勤：好好，不提这事儿，既然是亲戚就得互相帮助，直说了吧，我想换个工作。

范明辉：换工作您去人才市场啊。

尤克勤：咱们不是亲戚吗？我现在是个小科长，说起来是个公务员，其实混得不怎么样，每天都得坐班，不许迟到不许早退，有时候干点儿私活还得扣奖金。所以我就想，干脆，范总我跟您干得了。

范明辉：这……

尤克勤：工资不用太多，一个月一万五就成。

范明辉站起：对不起，我那庙太小，搁不下您这么大的神仙。

转身要走。

尤克勤急拦：别别别走啊，我还有重要的事儿要告诉您哪，有关淑恬的。

范明辉走了两步，停住了。

尤克勤见有机可乘，凑上一步，想跟范明辉耳语，范明辉退了一步，用眼神制止了他。

尤克勤有点儿尴尬：我跟你说实话，我妹夫，就是陈淑恬她老公，其实特不招我老丈母娘待见，所以如果你想当我妹夫，我可以帮你的忙。

范明辉：对不起，我没那么下作。

走出茶馆。

尤克勤：嘿，什么叫下作呀！

陈家厨房。赵元甲在熬药，熬好了，用纱布滤着倒了一碗，吹了吹准备喝。

陈老太拎着一只鸡走进来。

陈老太：嗬，这药味儿可真大。

赵元甲：可不嘛，我闻着都呛鼻子。

赵元甲指着陈老太手里的鸡：妈，您这是……

陈老太：看你天天喝药，脸色不好，买只鸡给你补补。

赵元甲：谢谢妈。

接过鸡，就要往冰箱里放。

陈老太：哎，别往冰箱里放啊，一会儿我就给你炖上了。

赵元甲：明天再说吧，今天咱们出去吃。

将鸡放进冰箱，关门。

陈老太：怎么又出去吃啊？都连着出去吃了一个礼拜了，连星期日都不带休息的。

赵元甲：这周不是情况特殊嘛，周一我发奖金，这得庆贺一下吧？周二淑恬那误餐费涨了一百块钱，这也得庆贺一下吧？

陈老太：误餐费才涨了一百，你这一庆贺倒花了八百。

赵元甲：这不图个高兴嘛！周三，晨晨小测验得了七十分……

陈老太：得七十分就庆贺呀？

赵元甲：七十分总比不及格强是吧？周四呢，周四……我助人为乐，给了一个要饭的二百块钱。

陈老太：嗬，你现在都有钱接济要饭的了。

赵元甲：那是，接济别人，总比被别人接济强是吧？

陈老太：那昨天呢？

赵元甲：昨天我心情不好，请全家吃饭散散心。

陈老太：可今天你心情挺好的呀！

赵元甲：心情好，那就更得请大家吃饭啦，让大家一块儿高兴高兴啊！

赵元甲一口把药喝干：走吧妈。

陈老太：我不去。

赵元甲：您别不去呀，我有重要事情跟您商量，您不是一直想给我那故去的老丈人买一块好墓地吗……

陈老太：那钱可不能你一个人掏，小尤、致中都有份。

赵元甲：所以呀，今天得请他们哥俩一块儿吃个饭哪，走吧。

陈老太：那可别再吃海鲜了，现在一想起海鲜我就想吐。

赵元甲：知道，今天请您吃鲁菜。

二人走出厨房。

赵元甲和陈老太走出家门，走下楼梯。

陈老太：元甲呀，今天这顿饭你愿意请就请吧，下回可别再这样了。

赵元甲：妈，其实我也没别的意思，就是想找时间请大伙儿撮一顿。

陈老太：那也不能这么大手大脚啊，这得花多少钱哪！

赵元甲：这您就甭管了，我吃饭的钱公司给报。

陈老太：给报那也不能这么乱花呀！

赵元甲：我没乱花呀，公司给我限定了最高额度，每个月的餐饮费不能超过一万二。

陈老太：啊？

赵元甲和陈老太走出小区门口，赵元甲边走边打电话。

赵元甲：好，那咱们饭馆见。

赵元甲将手机放入口袋：妈，我已经跟淑恬说好了，让她直接从单位去饭馆。

陈老太：元甲，跟你说个事儿，咱们今天能不能不打车？

赵元甲：为什么？

陈老太指指挂在脖子上的老年证：我有老年证，坐公共汽车不花钱。

赵元甲：那多费时间哪！

陈老太：费点儿时间就费点儿时间。

赵元甲：那不成，时间也是钱哪！

赵元甲突然冲远处招手：哎，出租车！

饭馆。尤克勤在领班的引领下走进包间，发现陈老太和赵元甲已经就座，也已经上了几个凉菜，桌子中间放了一瓶五粮液，整个包间装修十分豪华气派。赵元甲正在开导陈老太。

赵元甲对陈老太：所以您得想开点儿，省钱的就得费时间，省时间的就得费钱……

尤克勤一进门就盯着五粮液：哟，五粮液！真对不起大家，来晚了，我先自罚三杯！

抓起酒瓶子就要倒酒。

陈老太：放下！什么就自罚三杯？你大姐夫和淑恬还没来呢。

尤克勤：哦，大姐夫也来晚了，那我自罚六杯，把他那三杯也罚了。

陈老太：放下，等你大姐夫来了再喝不成啊？

赵元甲：二姐夫，您先坐下。

尤克勤就座。

赵元甲：今天请您来，是想商量一下给咱老丈人买墓地的事儿。

尤克勤：啊？买墓地？现在这墓地可贵了，比楼房还贵，我还按揭着呢，心有余力不足……

赵元甲：放心，不让你掏钱。

陈老太：元甲。

赵元甲：妈，您甭管。今天请你们来，就是想让你们哥俩给参谋参谋，咱们究竟到哪儿去买。钱呢，我来，不用你们掏。

尤克勤：哦，那我就太……太不好意思了。

尤克勤看着包间的豪华装修，感叹：哎，元甲，你现在真风光啊！

赵元甲：一般一般！

尤克勤：一直顾不上问，你现在到底在哪儿高就啊？

赵元甲：林氏集团，听说过吗？

尤克勤：林氏集团？怪了，那不是一个正经公司吗？

陈老太：你什么意思？合着元甲就只能进那不正经的公司？

尤克勤：不是，我是说，林氏集团很难进的，元甲是怎么进去的呢？

赵元甲：因缘际会，碰巧跟他们董事长有点儿交情。

尤克勤：你跟他什么交情？

赵元甲：也没什么深交，也就是在他没钱打车的时候，借给了他二百块钱。

尤克勤：哟，这交情还浅哪？既然你跟他有那么深的交情，你能不能把我也弄进去，兼职的也成啊，让我也挣点儿外快？

赵元甲：这个……等机会对了吧。

赵元甲手机响，接听：喂，好的好的。

赵元甲挂机：大姐夫一会儿就到。咱们先点几个菜吧，可劲儿点啊，千万别给我省钱！

尤克勤：行，那先来一个葱爆海参吧！

林氏集团赵元甲和阿鹏的办公室。阿鹏正在电脑上修改文件，赵元甲拎着个手包走了进来。

赵元甲：阿鹏。

阿鹏：哟，赵哥，您怎么来了？

赵元甲把手包放在自己桌子上，坐下：我来上班呀！

阿鹏：老板不是特批您不用上班吗？这要换了我，还巴不得天天在家待着呢。

赵元甲：天天在家待着？三五天还成，时间一长，照样闲得长毛，还是有点儿活干好。慢慢你就理解了。

阿鹏：我理解不了。

赵元甲：不理解也没关系，咱慢慢来。

赵元甲走到阿鹏的办公桌旁：哎，有什么让我帮忙的？

阿鹏：我可不敢让您帮忙，上次小谢让您帮着发份传真，您倒好，把文件塞碎纸机里了。

赵元甲：你别老逮着那事儿不放，那不就一次吗？

阿鹏：您还想有多少次呀？

赵元甲：那你总得让我帮你干点儿什么吧？

阿鹏：您这不是难为我吗？工作就这么多，您帮我干了，我干什么去？再说让头儿看见了，又该说我偷懒了。

美丽的女同事小谢出现在门口。

小谢：阿鹏。

阿鹏：哟，小谢，什么事儿？

小谢：王总让我去趟税务局，可我的车又打不着火了。

阿鹏：我去看看。

走出办公室。

赵元甲无聊，走回自己的桌子，上网。

同事甲出现在门口。

同事甲：哟，赵哥，阿鹏呢？

赵元甲：帮小谢修车去了。

同事甲：等他回来，您让他赶紧把报表送到老板办公室，老板回来要看。

赵元甲：好嘞！

同事甲走回自己的办公室。

赵元甲起身，来到阿鹏的办公桌旁，果然看到了那份报表。

赵元甲：干吗非得他送啊？我给他送过去不就得了？

拿起报表，走出办公室。

赵元甲穿过走廊，走进林老板办公室，将那份报表放在林老板的办公桌上。刚转身要走，又发现林老板的桌子上水杯、文件放置得比较凌乱，于是整理了一下，不料在收拾一堆信笺纸时，将原本放在纸上的一支钢笔碰落在地，赵元甲慌忙弯腰去捡，捡起来一看，发现笔尖已经折弯了。赵元甲的汗下来了。

写字楼门口。赵元甲跟保安比比画画在说着什么，保安点点头，走开了，须臾，又走回来，交给赵元甲一把钳子，赵元甲点头称谢。

男厕所。赵元甲鬼鬼祟祟走进厕所，四处张望了一下，确认没人，这才从口袋掏出那支钢笔，用钳子慢慢将笔尖掰直。

林老板走进写字楼，保安与他打招呼，林老板报以微笑，走向电梯。电梯门关，数字逐个显示，电梯上升。

林老板办公室。赵元甲鬼鬼祟祟走进林老板办公室，把那支笔放回在信笺纸上，不料抽回手时打翻了杯子。幸亏杯子里水不多，他赶紧收拾。

公司前台。林老板走进公司，与前台小姐打招呼。

林老板穿过楼道，走进办公室。林老板坐在桌子前翻阅文件。办公室王主任敲门走进来，将一沓保险单子放在林老板面前。
王主任：林总，这是一些要报销的单据，请您审看一下。
林老板：好的，你先放在这里。我马上看。
王主任走出办公室。
林老板翻看单据，觉得没有问题，拿起笔签字……

赵元甲和阿鹏的办公室。赵元甲上网，阿鹏打字，门外突然传来林老板的怒吼。
林老板：这是谁干的?! 这是谁干的?! 太过分了! 王主任，王主任，你来一下!
阿鹏：我的妈呀，这是谁呀，愣把林老板给惹毛了。我自打来公司，还从来没看他发过火呢。
赵元甲心情不安，表情极不自然。

林老板办公室。林老板气得在屋里走来走去，王主任进。

王主任：林总，您找我？

林老板：王主任，你去帮我查一查，刚才都有谁进了我的办公室！

王主任：怎么？您丢东西了？

林老板：没有，不过我这支书法笔不知道被哪个蠢货给掰直了！

王主任：这……会不会是掉在地上摔坏了？

林老板：不可能，掉在地上只能把笔尖摔弯，能把笔尖摔直吗？肯定是哪个蠢货把我的书法笔给掰直了！你一定要查清楚！

赵元甲走进办公室。

赵元甲：林老板，王主任，你们甭查了。你们说的那个蠢货……就是我！

王、林：啊?!

林老板：那就算了，不用查了，没事儿啦没事儿啦。

王主任看了看两个人，知趣地走了。

赵元甲：林老板，真对不起，我不知道那是书法笔，还以为摔弯了……

林老板：你不用说了，没事儿啦没事儿啦。

赵元甲：您放心，我一定赔给您。多少钱哪这支笔？

林老板：哎呀，算啦，不值什么钱的啦。

赵元甲：您别客气，多少钱我都赔给您。

林老板：真的不值什么钱，只不过……这是我父亲送给我的三十岁生日礼物。

赵元甲一听傻了。

赵元甲夫妇卧室。夜。赵元甲躺在床上闷闷不乐，大睁着两眼出神地望着天花板，淑恬以为他出了什么毛病。

淑恬：元甲，你怎么啦？

赵元甲：没怎么，还是白天那事儿。你说我怎么老给人家帮倒忙呢？上一次帮人家发传真，把文件给塞碎纸机里了，这次又……

淑恬：我觉得吧，给人帮忙也得量力而行。你老在自己不懂、不擅长的地方给人家帮忙，不帮倒忙才怪呢。

赵元甲：那你的意思是……

淑恬：你得发挥你的特长……

赵元甲：特长？哎呀，我特长太多你到底说的是哪条啊？

淑恬：你不是会修车吗？

赵元甲：对呀，我会修车！

脸上有了笑意。

林氏集团办公区。格子间里一片忙碌，同事们有的打电话，有的在打字，有的奋笔疾书，赵元甲在格子间里乱串，很显然同事们受到了打扰，但又不得不假意应承。

同事甲打电话：好的，我马上去复印！

挂机，拿起文件，起身要走。

赵元甲走过来：哎，小马。

同事甲只得停下：什么事儿赵哥？

赵元甲：你那车最近没什么毛病吧？

同事甲：没有，挺好的。谢谢您赵哥！

走去复印。

赵元甲：有事儿说话呀。

赵元甲走近正在打字的同事乙。

赵元甲：小刘。

同事乙不得已停下打字，回头：什么事儿赵哥？

赵元甲：你那车最近没坏吧？

同事乙：没坏呀！

赵元甲有些失望：唉！

同事乙：就是前两天刹车有点儿不灵。

赵元甲兴奋得两眼放光：真的？太好了！

同事乙：啊？

赵元甲：我是说，我可以帮你修。

同事乙：不用了，昨天送修理厂修好了。

赵元甲：送修理厂干吗？以后车坏了找我。

同事乙敷衍：哎哎，一定一定。

扭头回去打字。

女同事小谢走过来。

小谢：赵哥，您看见阿鹏了吗？

赵元甲：他出去办事了，你找他什么事儿？

小谢：我还得去一趟税务局，可我的车又打不着火了。这可怎么办，阿鹏又不在！

赵元甲：咳，小毛病，我去帮你看看。

小谢上下打量赵元甲，有些将信将疑：您行吗？

赵元甲：瞧你说的，我可是老司机了，走吧。

小谢转身往外走，赵元甲随之而出。

写字楼停车场。小谢汽车前机器盖子打开着，赵元甲撅着屁股给小谢修车，小谢站在他背后观看。赵元甲把机器盖子一合，转身对着小谢一笑。

赵元甲：你再发动一下看看。

小谢：哎。

小谢上车，发动，车子一下子打着火了。

小谢高兴地从车窗里伸出头。

小谢：嘿，好了！谢谢你赵哥。

赵元甲：小意思，我保你三年之内不会出问题。

小谢：您真是太神了！

赵元甲：过奖过奖。赶紧忙你的去吧！

小谢：赵哥再见。

赵元甲：再见。

小谢开车离去。

赵元甲搓着手上的油泥，有些得意地看着她远去。

阿鹏左手拎着一个大纸箱子，右手拿着一卷图纸，急匆匆地跑过来。

阿鹏把纸箱子放地下：赵哥，你帮小谢把车修好了？

赵元甲：啊，修好了，三年之内都不会出问题。

阿鹏有点儿起急，责备：您这不闲的吗?!

赵元甲没听出来：咳，举手之劳，同事之间，能帮就帮一下嘛。

阿鹏：那您也不能帮她修车呀。

赵元甲还是不解：你以前不也老帮她修车吗？

阿鹏懊恼：唉，您可把我害苦了！

赵元甲：到底怎么啦？

阿鹏：您是真不知道还是装糊涂啊？咱们一块儿这么些天，您没看出来……我对小谢……有点儿意思吗？

赵元甲茫然，还是没理清头绪：啊？

阿鹏：这半年来，我就是以修车为借口，找机会跟她套近乎，您倒好，一下子把车给她修好了，还、还……还三年之内不会出问题，以后我想接近她都没借口了。您说您干的这叫什么事儿！

阿鹏越说越气，拎起地上的纸箱子，向写字楼门口走去。

赵元甲听罢愣在原地，半天才缓过神儿来。

赵元甲：哎，阿鹏，你等等。

赵元甲追赶阿鹏而去。

写字楼大堂。阿鹏拎着纸箱子拿着图纸怒冲冲走向电梯，赵元甲追上来。

赵元甲：阿鹏，哥哥我真不是故意的。

阿鹏：我知道，不然我不会这么生气。您真以为我不会一次给她修好哪，我的修车手艺不比您差。

赵元甲：那怎么办哪？要不我再找个机会把她的车弄坏了？

阿鹏：别价。

二人来到电梯门口，阿鹏把纸箱子放地上。

阿鹏：千万别价，这要让小谢知道了，您是受我指使的，那我们俩的关系更完了。

赵元甲：那我总得帮你干点儿什么吧？

此时电梯开了，出来一群人。

赵元甲：来，我帮你拎箱子。

阿鹏：不用。

拎起箱子准备进电梯。

赵元甲：那我帮你拿这个。

赵元甲伸手要拿阿鹏手里那卷图纸，及至手抓到了，才想起手上有油泥，急忙抽手，但为时已晚，图纸上现出一个大黑手印儿。

赵元甲：哎哟！

阿鹏见此情景，本想说赵元甲几句，但话到嘴边又咽了回去，只是无奈地叹了口气，拎着东西进了电梯，赵元甲迟疑了一下，也跟了进去。

电梯里。两人在电梯里都不说话，气氛尴尬。

赵元甲迟疑着：兄弟……我真不是故意的。

阿鹏：我知道！您只是想帮我一个忙。

赵元甲：对不住啊。

阿鹏：没什么对不住的，其实这事儿都怨我！

赵元甲：这怎么怨你？

阿鹏：当然得怨我啦，我明明知道您有爱帮忙的习惯，仍然没有提高警惕，看好自己的物品，这不怨我怨谁呀？

赵元甲：你这……还不如直接骂我两句呢。

阿鹏语气缓和下来：哎，赵哥，您也别往心里去啊，我这也就是发发牢骚，跟别人我还真不敢发，也就是跟您，我知道您是老板的朋友，但我知道您不会到老板那儿给我穿小鞋，说起来我这也算……欺负老实人吧。赵哥我走了。

楼梯一开，阿鹏拎着东西出了电梯，赵元甲一脸沮丧。

赵元甲夫妇卧室。夜。赵元甲边喝药边向淑恬诉说自己的委屈。

赵元甲：我好心好意把车给修好了，没想到还是帮了倒忙。

把空碗放在床头柜上。

淑恬：我觉得，要想不帮倒忙，首先，你得有自己的本职工作。这样即使你工作搞砸了，搞砸的也只是自己的事儿，连累不到别人。

赵元甲：嗯，有道理，我明天就去要求老板给我安排工作。

林老板办公室。赵元甲坐在林老板对面，坚决要求林老板给自己安排工作，态度十分坚决。

赵元甲：所以，请您无论如何也得给我安排一份工作，不然我在这儿待不下去。

林老板：既然这样，那您愿不愿意帮我做一些……私人的事情？

赵元甲：什么事儿您说。

林老板：具体地说，就是，您愿不愿意每天负责接送我儿子林恒上下学？

赵元甲：那没问题，我当然愿意！

林老板站起：哦，那我就谢谢您啦。

赵元甲也站起：不，应该是我谢谢您。

林老板：不，还是应该我谢谢您。

公司走廊。阿鹏从走廊那边走来，赵元甲从林老板办公室出，阿鹏见状连忙凑上来。

阿鹏：怎么样赵哥？

赵元甲做了一个"OK"的手势：搞定了。

阿鹏：那祝贺您哪！

两人边说边走向自己的办公室。

阿鹏：具体干什么呀？

赵元甲：具体就是……

赵元甲的话突然停住，有些不解地望着前方。

在他们对面，一个容貌靓丽、穿着考究的女人，在办公室王主任毕恭毕敬的引领下，旁若无人地走向财务室。遇到他们的员工都慌忙给他们让道。

赵元甲望着那女人的背影：阿鹏，那女的谁呀？怎么那么牛？

阿鹏：这个……赵哥，咱们都是打工的……您知道保密守则吗？

赵元甲：不知道。

阿鹏：那太好了，保密守则里有这么几条，不该听的坚决不听，不该问的坚决不问，不该看的坚决不看，不该知道的……

赵元甲：坚决不知道。对吧？

阿鹏：啊，赵哥，我没别的意思，咱们都是打工的，有些事还是糊涂点儿好。

赵元甲：我知道。

二人走进自己的办公室。

赵元甲和阿鹏的办公室。赵元甲和阿鹏走进办公室，在各自座位坐下。

阿鹏：赵哥，老板到底给您安排什么工作了？

赵元甲：没什么要紧事儿，就是每天负责接送他儿子上下学。

阿鹏：啊？您答应了？

赵元甲：啊，怎么啦？

阿鹏：没怎么，就是……

欲言又止。

赵元甲：你要急死我呀，到底怎么啦？

阿鹏：这个……咳！

赵元甲：哦，明白了！不该问的不问，对吧？

阿鹏尴尬地点头：啊啊！

林恒所在小学门口。学校即将放学，门口停了很多车辆。大人们都在往里张望。下课铃响，学生们拥出校园，奔向各自父母。赵元甲站在一辆别克车旁，东张西望，也没看见林老板的儿子林恒。赵元甲拿出手机，开始拨号。

赵元甲：喂，是林恒吗？你爸爸让我来接你回家……是一辆别克汽车，就是出门左手这辆，蓝色的，车号是……喂？喂喂？

林恒背着书包，两手捧着个作业本，遮住脸匆匆走过来，一拉门上了车。

赵元甲：哎你……

林恒从车窗里探出头：别废话了，赶紧开车吧！

赵元甲听见这话心里不悦，但还是赶紧坐进车里，发动汽车。

赵元甲：你干吗遮住脸哪？

林恒系安全带：我丢不起那人！要让同学们知道我上了一辆破别克，那他们得笑话死我。

赵元甲启动车子：别克怎么啦？

林恒：废话，以前接我的都是宾利！

赵元甲：干吗非得宾利呀？

林恒：买糕的，你有没有搞错？我在全校的福布斯排行榜上可是名列第一呀，不坐宾利难道让我坐夏利？今天你为什么不开宾利来？

赵元甲：没人说让我开宾利来呀。

林恒：都是一帮猪头三！

赵元甲被激怒了：哎，你怎么说话呢？你小小年纪……

林恒：闭嘴！开你的车！

赵元甲：嘿，你这孩子。

林恒：闭嘴，我让你闭嘴就闭嘴，你没听见哪？

赵元甲忍住满腔怒火，继续开车。别克车驶远。

林老板所住别墅区的门口。别克驶入别墅区。

林老板的别墅前。别克车停在别墅前，林恒推门下车，径直向别墅门口走去。

赵元甲也下车，在后面叫住他。

赵元甲指着车内：哎，你的书包没拿。

林恒头也没回：给我送家去！

赵元甲：嘿，你这孩子……

林恒走了两步感觉后面没动静，于是回过头来。

林恒：有没有搞错？我叫你把书包给我拿家来，你听见没有？

赵元甲简直气晕了：你不要太嚣张！

林恒：我凭什么不能嚣张？你是我花钱雇来的，我叫你干什么你就得干什么！

林恒见赵元甲气得嘴唇哆嗦：怎么你生气了？你是不是特想扁我呀？想扁你就来呀？怎么？你不敢了？我就知道你不敢。你要敢打我我就给你好看！怎么着？舍不得那一月一万多的工资了吧？那你就给我放老实点儿！

赵元甲：你……你……

林恒继续挑衅：我什么我？有能耐就来打我，没能耐你就吃大便去吧！

林恒脸上多了一个巴掌印子，林恒号啕大哭。

赵元甲看着自己的手，显然不敢相信自己刚打了一个孩子。

林恒：你敢打我？我让我老爸开了你！

赵元甲：不用他开，老子这就去找他！

赵元甲反身回到车内，发动汽车。汽车绝尘而去。

林氏集团，写字楼门口。别克车停在写字楼门口。赵元甲下车，一阵风似的走进写字楼。

赵元甲走进林氏集团，一路上前台小姐、阿鹏、众同事纷纷跟他打招呼。

前台：赵哥。

阿鹏：赵哥，回来了。

赵元甲听而不闻，旁若无人地径直走向林老板的办公室，众人纷纷给他让路。

阿鹏望着赵元甲的背影长叹一声：得，出事了。

林老板办公室。林老板正在接电话。

林老板：好了，我知道了，我会处理好的。

赵元甲闯进办公室。

赵元甲：林老板，我要辞职。

林老板一指面前的椅子：赵先生，坐。

赵元甲落座：我打了您儿子一巴掌。

林老板：我已经知道了，只是有点儿不敢相信。

赵元甲：不敢相信什么？

林老板：你真的打了他一巴掌？

赵元甲：我真打了！

赵元甲顿了一顿：不管怎么说，打人是不对的，何况是打一个孩子。所以，请您允许我辞职。

林老板沉默良久，仿佛下了很大决心：那好吧，既然您这么坚决，那我就只好同意了，从明天起你就不用来公司上班了——改做林恒的私人生活教师。

赵元甲站起：什么？！

林老板做了一个安抚的手势，让赵元甲坐下：赵先生，知子莫若父，我知道我的儿子有多跋扈，多嚣张！我跟他妈妈离婚得早，他从小就没得到什么母爱……说起来这都怪我，这些年，为了生意我东奔西走，跟他聚少离多，对他的教育关心不够，只知道给钱……让他变成了一个嚣张跋扈的二世祖。

赵元甲：哦，我明白了。

林老板：我知道是我把孩子惯坏了，如果再不严加管教就容易出问题，但是，我宠了他那么多年，他现在根本不怕我。我也给他请过家庭教师，但他们都碍于我的情面，不敢认真管教，结果……结果就不用说了吧。赵先生，这么多年来，您是第一个敢打他的人，也是第一个能镇得住他的人，所以，请您无论如何也要答应我的要求，继续帮我管教孩子，拜托了！

林老板站起，向赵元甲鞠躬。

赵元甲想了一想：好吧，我答应您。

林老板：太谢谢了！不过……赵先生，既然现在您的工作性质发生了变化，所以工资待遇也得进行一下相应的调整……

赵元甲：我明白我明白。

林老板：您看，我每个月再给您加五千块钱成吗？

赵元甲：啊？成！

赵元甲喜出望外了。

陈家餐厅。夜。赵元甲、淑恬、陈老太三人围坐吃饭，淑恬给母亲递上一碗饭。

陈老太：哦，在公司上班，一个月一万五，给他儿子当生活教师，一个月倒能挣两万？

赵元甲：啊。

淑恬有些担心：可给人家当生活教师，你成吗？

陈老太：是啊，你小时候学习就不好，怎么教人家？

赵元甲：你们听清楚了，我这个生活老师不管教他知识，我只管教他怎么做人，进行一些思想教育、品德教育。

陈老太：刚才听你这么一说啊，我觉得对那孩子进行思想教育、品德教育都是次要的，现在最要紧的，是要对那孩子进行人性教育。

赵元甲：妈，瞧您这话说的，简直是太有道理了！

陈老太哼了一声，有些扬扬自得。

林老板的别墅门口。林老板正站在别墅门口叮嘱林恒。

林老板：总之，赵叔叔就是你以后的生活老师，他的意思就是我的意思，他的决定就是我的决定，凡事你都要听他的，如果你不听他的话，我也帮不了你。你明白了吗？

林恒不情愿：明白了，真郁闷！

赵元甲将别克开到别墅门口，下车。

赵元甲：请吧，林恒同学。

林恒：我晕！怎么又是这辆破别克？

林老板：以后就是这辆车了。

林恒：啊？那我没得选啦？

赵元甲：没得选，除非你爸爸再买一辆更破的。

林恒：郁闷！

林恒噘着嘴走进车里。

赵元甲挥手向林老板告别，林老板却叫住他。

林老板：赵先生，请等一下。

赵元甲：您还有什么事儿？

林老板犹豫再三：赵先生，如果以后他再不听话，你下手的时候，能不能尽量轻一点儿？

赵元甲：那可不行。

林老板：嗯？

赵元甲：我怎么能再打他呢？交给我您就放心吧。再见。

林老板：再见。

赵元甲开车离去。

校门口。放学了，小学生们三五成群叽叽喳喳走出校门，奔向自己的父母，只有林恒形单影只，孤零零地跟在人群后面，闷声不响地上了赵元甲的车，系上安全带，嘟着嘴不说话。

赵元甲：又怎么啦？

林恒：你管得着……

赵元甲：嗯？

林恒：他们都不愿意跟我玩！

赵元甲发动汽车，开走：都谁不愿意跟你玩呀？

林恒：王薇薇、宋超、孙明、白景元、满元昊，还有钱端端、韩敏林、胡小兵……

一口气还要往下说。

赵元甲打断：哎哎，等等，我换个问法，都有谁愿意跟你玩呀？

林恒：这……我一时半会儿想不起来。

赵元甲：这就不好办了，要是一两个人不愿意跟你玩，那可能是性格合不来，要是所有人都不跟你玩，那你就得好好检讨了。

林恒：为什么我要检讨？他们干吗不检讨？

赵元甲：你想让人家跟你玩，你总得有点儿什么优点吧？

林恒：我有钱哪。

赵元甲：除了有钱你还有什么优点？

林恒沉默半晌：有钱还不够吗？

赵元甲：当然不够。你还得关心同学，帮助同学，这样人家才能愿意跟你玩。这做人哪，就像照镜子，你冲镜子笑，它也冲你笑；你冲它龇牙咧嘴，它也冲你龇牙咧嘴。同样，你关心别人，别人也会关心你；你看不起别人，别人也看不起你。

汽车开远。

学校教室。小学生们正在上自习课，下课铃响，大家吵吵嚷嚷纷纷走出教室，唯有林恒的同学严晓宇忧郁地坐在桌前，望着窗外出神。同学甲、乙向严晓宇走去。

同学甲：严晓宇，出去玩呀。

严晓宇摇摇头，没说话。

同学乙把同学甲拉到一边，小声：哎呀，你别给他添堵了。

同学甲：怎么啦？

同学乙：你还不知道哪，他爸爸得了很严重的病，要做手术，要花一大笔钱，他妈妈急得头发都白了。

同学甲：那太可怜了！

林恒跑来。

林恒：哎，你们说什么呢？

同学甲：我们什么也没说。

同学乙：说了也不告诉你。

说着，两个小孩拉着手走了。

林恒看着两人的背影：哼，不告诉我也听见了。

别克车内。赵元甲在车内等待，林恒一拉门坐进来。

林恒：去银行。

赵元甲：嗯?!

林恒语气缓和下来：赵叔，能不能先送我去趟银行？

赵元甲：去银行干什么？

林恒：我想取两万块钱。

赵元甲警惕起来：你取那么多钱干什么？

林恒：我不干坏事，我这是为了帮助同学。

赵元甲：可你哪儿来那么多钱哪？

林恒：那都是我的压岁钱哪。

赵元甲：你的压岁钱能有这么多？

林恒：多什么呀？今年最少了，才收了二十七万。

赵元甲：啊？

赵元甲张大了嘴，惊呆了。

第 五 章

学校教室。下课铃响，同学们纷纷走出教室，教室里只剩下忧郁的严晓宇和林恒。林恒看看四外无人，拿起一个大纸袋子走向严晓宇。

林恒：严晓宇。

严晓宇没搭话，只是把脸扭过来茫然地看着林恒。林恒飞快地从纸袋子里拿出两万块钱放在严晓宇面前。严晓宇像见了蛇一样吓得跳起来。

严晓宇：你想干吗？

林恒：拿着。

严晓宇：你什么意思？

林恒把钱推过去：送给你的，拿着。

严晓宇把钱推回来：我不要。

林恒把钱推过去：真送给你的，不用还。

严晓宇把钱推回来：那我也不要。

林恒：拿着！哥们儿我有的是钱，不够我再给你取两万！

把钱推过去。

严晓宇：你有病吧你？拿走！

把钱推回来。

林恒：哇，你有没搞错？我这可是帮你……

严晓宇：你拿走不拿走？！

林恒：我真是想帮你！你爸不是快挂了吗？

严晓宇：你混蛋！

抓起钱砸在林恒脸上。

林恒：嘿！你……

95

教室外边传来高跟鞋的声音，很显然老师来了。林恒慌忙把钱塞进纸袋子里。班主任郝老师走进教室。

郝老师严厉地扫了一眼林恒和严晓宇：刚才你们在吵什么？

林恒：没吵什么。

郝老师：不可能。林恒，你是不是又欺负同学了？

林恒：没……

林恒本能地想反驳，但又一想，怕老师知道真相，连忙做出认罪的表情：是，我欺负同学了。

郝老师：到我办公室来一趟。

郝老师忽然注意到林恒手上的纸袋子：袋子里是什么？

林恒：没什么。

郝老师伸手：拿来我看看。

林恒：真没什么，就一条蛇，不信您看。

把袋子递给郝老师。

郝老师吓得往后一跳：什么？蛇?！

林恒：死的。

郝老师：死的也不成。你你你！竟敢拿蛇吓唬同学，赶紧把它给我处理了！

林恒：是。

林恒做了鬼脸，把纸袋子拿走了。

郝老师对着林恒的背影：把它给我扔远点儿。

林恒远远地答应了一声。

行驶的别克车上。赵元甲开车送林恒回家，林恒向赵元甲诉说自己的委屈。

林恒：不光同学不领情，还挨了老师一顿批。唉，郁闷哪！我是真想帮他，你说他怎么能这么对待我的爱心呢？

赵元甲：你就是真有爱心，也不能这么献。

林恒：你什么意思？

赵元甲：就算你的爱心是金砖，如果砸在人家脸上，人家也会跟你急。

林恒：哦，这么说这回是我土了？

赵元甲：那可不，人人都有自尊心，你得学会尊重人家。就算是献爱心也得讲究个方式方法。

林恒：您的意思是，要让人家拿着有道理些。

赵元甲：差不多吧。

汽车远去。

学校教室。下课铃响起，同学们纷纷走出教室。严晓宇坐在桌前出神。林恒拎着纸袋子走过来。

林恒：严晓宇同学。

严晓宇回过头，看见林恒和那个纸袋子，立刻警惕起来：你又想干什么？

林恒装出一副怯生生的样子，两手放在腹部交叉：对不起，严晓宇同学，昨天，我错了，我向你道歉。

严晓宇挺大度：咳，过去的事儿就算了。

林恒：不能算。

将手伸进纸袋子里。

严晓宇又警惕起来：你想干什么？

林恒掏出一个作业本：我想让你帮我看看这道数学题，我不会做。

严晓宇脸色缓和下来：哦，拿来我看看。

严晓宇接过作业本：哦，这道题呀，很简单……

严晓宇给林恒讲解，林恒假意认真听，并不断点头。

严晓宇：你这样，再这样，不就做出来了？

林恒：对呀，你太棒了，谢谢你严晓宇！

严晓宇：不用谢。

林恒：那不成。

从纸袋子里掏出两万块钱放在桌子上。

严晓宇：你要干吗？

林恒：你刚才不是教了我一道题吗？这是你的劳务费。

严晓宇气得涨红了脸：你！你太过分了！

林恒：哎，你这是干吗……

此时高跟鞋声响起，很显然班主任郝老师来了，林恒赶紧把钱装在袋子里。

郝老师出现在教室门口。

郝老师：好啊，又欺负同学。

林恒：没有，我就是……

故意举起手中的袋子。

郝老师：赶快把它给我处理了。

林恒：是。

拎起袋子跑出教室。

行驶的别克车内。赵元甲开车接林恒回家，林恒向赵元甲诉说自己的委屈。

林恒：我说，这是你的劳务费，他就跟我急了。

赵元甲：要搁我，也得跟你急。

林恒：我又没说是送给他的，我说的是劳务费。

赵元甲：劳务费这个借口很好，可关键是太假了，教一道题就两万块，谁信哪？

林恒恍然大悟：哦，我明白了！您的意思是让他教我十道题？

林恒见赵元甲摇头：教我一百道题？要不让他教我一千道题？

赵元甲一个劲儿摇头。

林恒：怎么还不行啊，我晕，一道题才二十块钱呀！

赵元甲：还是太假。一假就让人看出来了。知道不食嗟来之食的典故吗？

林恒：知道啊，从前有个齐国人叫黔敖……啊？您是说我的帮助是……

赵元甲：我没说你的帮助是嗟来之食，但是你不能给人家留下这么个印象。

林恒：我明白了。

赵元甲：另外，一个人的帮助毕竟有限，你应该多找些人来帮他。

林恒：多找些人？

陷入沉思。

教学楼楼道。放学了，教学楼内空无一人。郝老师从办公室走出来，锁门，准备回家。郝老师在楼道里走，高跟鞋的声音在楼道里回荡。林恒突然从楼道拐角蹿出来，背着书包，手里拎着那个纸袋子。

林恒：老师！

郝老师吓了一跳：我的天！林恒，你要干什么？

林恒：老师，我想找您谈谈。

郝老师：谈谈？你又想捣什么鬼？好啊，是不是前几天老师批评你，你心里不服气，想拿死蛇吓唬我？赶快把它给我拿开。你以为我不怕你吗？

林恒：啊？

郝老师改口：你以为我会怕你吗？

林恒：老师，我不是这个意思，您先看看这个。

将纸袋子递给郝老师。

郝老师接过纸袋子一看，马上变了脸色：林恒，你到底想搞什么？你这是歪门邪道你知道吗？小小年纪怎么学起了这个？赶快把它给我拿走。

把纸袋子塞还给林恒，迈开步子往前走。

林恒从后面追上来：老师，我不是这个意思。我听说咱们班严晓宇的爸爸得了很严重的病，做手术需要一大笔钱，我想在全班搞一次募捐，让大家都来帮助他。

郝老师：嗯，你这个主意不错，我明天一上课就宣布这件事。

林恒：老师，您先别急着宣布，我还有个要求。

郝老师：说吧。

林恒：您宣布的时候，千万别说这是我的主意。

郝老师停下脚步：为什么？

林恒：我怕他知道这件事是我的提议，就不肯接受帮助了，我不想给他压力。

郝老师惊异地看着林恒：林恒，你太棒了，想得真周到！真没想到啊，你们这些富二代里也有好孩子。

林恒：老师，您这是表扬我吗？

郝老师：当然是，可能用词有点儿不妥当，可你确实是个好孩子！

林恒：谢谢郝老师！

学校门口。学校门口空空荡荡，只有赵元甲的别克车停在那里。林恒兴冲冲地从学校出来，拉门上车。赵元甲正在车里发短信，见林恒上车，才抬起头来。

赵元甲：怎么样？

林恒兴奋：老师表扬我了！

赵元甲：哦。

无动于衷，发动汽车，开走。

林恒很失望：哎，赵叔，您怎么没反应啊，老师表扬我啦！

赵元甲：表扬又怎么啦？

林恒：有没有搞错，这可是老师第一次表扬我呀。

赵元甲：真的？那可得好好庆贺一下。

林恒：谢谢您啦赵叔。

赵元甲：谢我什么？

林恒：没您的帮助，我能得到老师的表扬吗？

赵元甲：咳，小事一桩。

林恒：那不行，我一定得谢谢您。赵叔，咱们先去银行吧。

赵元甲：为什么？

林恒：我想再取五千块钱。

赵元甲：你要干吗？

林恒：我要给您发奖金。

赵元甲气乐了：去，你个小破孩还想给我发奖金？我明告诉你呀，没门儿。我的奖金由你爸爸给我发。

林恒：我再给您发一份儿。

赵元甲：不用，你发我也不要。

林恒：为什么？

赵元甲：那还用问，我要收了你的奖金，今后还怎么管你呀?!

林恒：那……我请您吃哈根达斯。

赵元甲：行，不过，得我掏钱。

林恒：这又是为什么？

赵元甲：因为你老爸给我报。

学校教室。下课铃响，正在上课的郝老师合上讲义。

郝老师：好，今天的课就讲到这里。下面我想占用大家一两分钟时间，跟大家宣布一件事情。最近，我们班上有位同学的父亲得了很严重的病……

有些同学看严晓宇。

郝老师：没错儿，有些同学已经知道了，他就是我们班的严晓宇同学。我想说的是，每个同学都爱自己的爸爸妈妈，希望他们健康快乐，但是，严晓宇同学的父亲现在正饱受疾病的折磨，所以大家将心比心，一定能感受到严晓宇同学现在的痛苦。我希望大家都能够伸出自己的友谊之手，拿出自己的零用钱，助严晓宇同学一臂之力，帮助他爸爸早日从病痛的折磨里挣脱出来。捐款箱就设在教学楼大厅，别的我就不多说了，虽然我们的能力有大小，但我们的爱心是一样的。下课。

班长：起立。

全体起立。

郝老师：同学们再见。

同学们：老师再见。

教学楼大厅里放着一张桌子，桌子上放着一个红色的捐款箱。同学、老师纷纷给严晓宇捐款。人来人往，络绎不绝。

教学楼门口。放学了，学生们纷纷从教学楼里走出来。林恒背着书包从教学楼里出来，在外边等待好久的严晓宇迎上前来。

严晓宇伸出手：林恒，谢谢你!

林恒：不用谢我，那个捐款的建议根本就不是我提出来的。

严晓宇抓过林恒的手握住：那我也得谢谢你，谢谢你林恒！

林恒：不用谢不用谢，那是我应该做的。

林恒高兴得有些不知所措了。

某哈根达斯冰激凌店。林恒和赵元甲一边品尝哈根达斯冰激凌一边谈话，林恒兴奋地诉说着自己的感受。

林恒：现在我终于弄清楚一件事，原来帮助别人是最快乐的！

赵元甲有些不屑：你才知道啊。

林恒陶醉在自己的幻想里：真希望我们班上所有同学的父母都生病，生大病。那样……

赵元甲赶紧打断林恒：哎哎，你这不是咒人家吗？

林恒：我的意思是说，如果严晓宇的妈妈以后再生病，我还会那么做的。

赵元甲：得得得，你不会盼人家点儿好啊！帮助别人是好事，可也不能为了帮助别人就盼着人家倒霉呀？

林恒：我的意思是……

赵元甲：我明白你的意思。毕竟你今天做了一件好事，所以我今天决定奖励你一下。

林恒：怎么奖励？

赵元甲：我可以带你出去玩，地方你随便挑。说吧，你想去什么地方玩？

林恒：我想去……

林恒思考，眼珠一转，反问：去什么地方都行吗？

赵元甲：什么地方都成。

赵元甲觉得自己的话说得太满，改口：除了网吧。

林恒：赵叔，我想去您家里玩，成吗？

赵元甲：这……

赵元甲有些犹豫了。

赵元甲住所楼下。赵元甲的别克车徐徐驶来，车门一开，林恒背着书包下来，赵元甲拎着大包小包的礼物走下来。赵元甲引着林恒走进楼门，林恒跟在后面十分兴奋。

陈家客厅。淑恬正在擦桌子，晨晨把玩具摆了一地，陈老太拎着墩布从自己房间里出来，看见晨晨又把地面弄乱了，有些生气。

陈老太：晨晨，你怎么这么不听话呀，刚收拾利落又让你给弄乱了。赶紧给我收拾好，客人一会儿就来了！

陈老太说着，把墩布拎进了卫生间。

晨晨颇不服气，仍旧摆弄着手里的玩具，嘟囔：什么客人，那不也是个小孩吗？

陈老太空着手从卫生间出来：是小孩不假，可是人家……

晨晨翻白眼：比我有钱，对吧？

陈老太：胡说，人家再小也是客人，咱们不能让人家说咱们不懂待客之道，快收拾了……

厨房里响起水开的声音。

陈老太：哎哟，坏了，还坐着壶哪。

陈老太快步向厨房走去，转头对晨晨：赶紧给我收拾了啊。

晨晨不为所动，依旧摆弄自己的玩具。

门一开，赵元甲和林恒拎着大包小包走进来。

赵元甲一边换拖鞋，一边说：老婆，我回来了。

淑恬：哟，来了？来来来，坐。哎呀，来就来吧，还买什么东西。

赵元甲：老婆，这就是林恒。林恒，我给你介绍一下啊，这是阿姨。

林恒：阿姨，您好！

赵元甲：这是晨晨。

林恒：晨晨你好！

陈老太拎着暖壶从厨房走出来，看见林恒，热情地招呼。

陈老太：来啦，坐。

赵元甲：这是我岳母。

林恒：岳母您好……奶奶您好！

陈老太：哟，这孩子多乖呀！来，喝水。哦，对了你是喝茶还是喝咖啡呀？

林恒：我喝茶……

林恒注意到陈老太手里的暖壶：奶奶，这是什么呀？

陈老太看着手里的暖壶，觉得林恒的问题很怪：这个，暖壶呀，装开水的。

林恒：奶奶，您家怎么没饮水机呀？

林恒不等陈老太回答，转头对赵元甲：赵叔，咱们赶紧走吧。

赵元甲：干吗去？

林恒：给奶奶买个饮水机去呀，我掏钱。

陈老太明显被林恒的话雷到，拿着暖壶的手停在空中半天没动，愣了好一会儿才醒过神来：啊？那怎么行，怎么能让你破费，躯老贵的东西。

林恒：咱不买那最贵的，我看电器商场有两千多的，咱就买那个吧。

说着就要走。

淑恬连忙阻拦：别别，不用买。奶奶她喝不惯饮水机烧的水。

陈老太赶紧附和：对对，饮水机里的水都烧不开，我不喜欢喝。

林恒：哦，那就算了。

陈老太：好好好，那你……喝茶喝茶。

林恒：我一会儿再喝。

大家都觉得无话可说，气氛有些尴尬。

赵元甲：那什么，晨晨，你带林恒去姥姥屋里玩去吧。

晨晨没言语，收拾起自己的玩具，进了陈老太房间，林恒也跟了进去。

陈老太看林恒进了门，转头问赵元甲：这就是你说的那个什么富二代？

赵元甲：啊。

陈老太：好像没那么二呀。

赵元甲：那还不是多亏了我？

淑恬：你就吹吧。

陈老太房间。晨晨自顾自玩着玩具，根本不搭理林恒。林恒拿起一个变形金刚。

晨晨：放下。

林恒：怎么？

晨晨：我的。

从林恒手里夺过变形金刚放回自己的小箱子里。

林恒又拿起一个玩具汽车。

晨晨：放下，我的。

从林恒手中夺过小汽车放回小箱子。

林恒拿起一个竹蜻蜓：那这个……

晨晨：我的。

从林恒手中夺过竹蜻蜓放回小箱子。

林恒：别那么小气，给我玩一会儿。

晨晨：不行，都是我的。就不给你玩。你别以为你有钱就可以随便玩别人的玩具。

林恒：谁有钱哪？我们家都是标准的穷人。

晨晨一听来了兴趣：真的？

林恒：可不真的，不光是我们家人穷，我们家司机也穷，管家也穷，保姆也穷，厨师也穷，一个月加上奖金也只能挣一两万。穷就穷吧，我爸还穷讲究，非要跑到一个穷山沟里住别墅，那地方太远了，买东西特别不方便，开奔驰进城要三个小时，开宾利要四个小时。好歹有个破游泳池吧，小得连艘航空母舰都放不下，客厅也只够踢一场足球的。为了节约开支，我爸特抠门，吃饭只去城西那个美食城，因为那是他开的，买衣服只去王府井那个品牌店，因为他是那儿的老板，有时候想到外边玩玩，也只能去意大利、法国、英国、德国、奥地利、瑞士、希腊，因为他只在这几个地方有自己的房子。

晨晨听得目瞪口呆，许久才明白林恒的真正意思。

晨晨：哼，吹牛！

说罢又去玩自己的玩具，不再搭理林恒。

林恒不依不饶，又跟过来。

林恒：真不是吹牛，我们家真挺穷的。我记得小时候，我妈想看一本书，叫什么《挪威的森林》，我爸爸为了省下书钱，愣到挪威买了一片森林。你说他有多抠门？还有啊，有一次……

晨晨：行啦行啦，你烦不烦哪？安静！

林恒：好好，安静就安静。

从书包里拿出一个PSP游戏机，玩起来，故意把声音放大。

晨晨烦了：你不能安静一会儿……

晨晨看见林恒的PSP，眼馋，讪讪地凑过来看，不久就进入角色了：哎哟，快躲呀，哎呀，真笨。

林恒抬起头：哎哎，走开，谁让你看了？

晨晨讪讪：我就看看……

林恒：那也不成。

背转身，继续玩，不让晨晨看。

晨晨：那咱们换着玩，行吗？

林恒：哼，这还差不多。

两人交换玩具。

某电子市场。在一个数码相机柜台前，林恒交钱，赵元甲从店员手里接过一个袋子。

赵元甲：走吧咱们？

林恒指着附近一个卖游戏机的柜台：我想再上那儿看看。

林恒说着，迈步走向那个游戏机柜台，赵元甲跟在后面。

赵元甲：上那儿干吗？

林恒：我想再买一个PSP。

赵元甲：买什么屁？

林恒：PSP都不知道，您也太out了。

林恒指着一个PSP游戏机，对店员：这个给我拿一个看看。

店员递给林恒一个PSP。

林恒指着手中的PSP：这就是PSP。

仔细端详手中的产品。

106

赵元甲：咳，就这玩意儿呀。你不是有一个了吗？怎么又买？

林恒试着操纵手中的游戏机：我原来那个呀，跟晨晨换竹蜻蜓了。

赵元甲：什么？他一个竹蜻蜓就换了你一个……这个屁？

林恒：谁说的？我还搭了一个好记星呢。

赵元甲：什么？一个破竹蜻蜓就换了你一个好记星，还有一个……

赵元甲指着林恒手中的游戏机：屁？

林恒：啊，怎么啦？

赵元甲：你可真是个败家子。

林恒停下手中的玩具：赵叔，什么叫败家子呀？

赵元甲：这个……你慢慢就知道了。一会儿别急着回家啊，先上我们家。

林恒：干吗呀？

赵元甲：到时候你就知道了。

尤家客厅。尤克勤看着晨晨换来的 PSP 和好记星大发雷霆。

尤克勤把 PSP 和好记星往晨晨面前一推：这是谁教你的?！嗯?！一个竹蜻蜓就跟人家换了一个 PSP 一个好记星——怎么这么少？你不会多跟他换点儿呀？

晨晨委屈地反驳：我是想多换一点儿，可他书包里没别的东西了。

尤克勤：哦，原来是这样，那你看他们家是真有钱还是假有钱？

晨晨：真有钱假有钱我不知道，反正他说他们家在好多国家都有房子。

尤克勤：嗯?！

陷入沉思。

晨晨：哦对了，我忘了告诉您一件事，我三姨父又开上车了，是一辆别克，八成新。

尤克勤：啊？

眉头紧锁，妒恨交加，眼睛像要冒火。

晨晨：爸，您是不是又嫉妒了？

尤克勤被晨晨说中痛处，恼羞成怒：谁谁谁嫉妒了？大人在想事儿，小孩子别插嘴，该干吗干吗去。

晨晨：瞧瞧，我又说对了是吧？

尤克勤：什么就你说对了？

晨晨：没说对你干吗这么生气？

尤克勤：去去去，少在这儿烦我。

晨晨拿起 PSP 和好记星，嘟嘟囔囔走了。

尤克勤妒火中烧，痛苦地用手支住头。

陈家客厅。客厅中央放了一张破凳子，地上放一些木料。赵元甲煞有介事地把锛凿斧锯、墨盒、角尺、水平仪一应木工用具一一排开。林恒看着十分不解。

林恒：赵叔，咱们这是要干什么呀？

赵元甲：一会儿你就知道了。

抄起一把斧子。

赵元甲劈木头，挥汗如雨。

赵元甲锯木头，木屑飞流直下。

赵元甲刨木头，刨花纷飞。

赵元甲用墨盒在木头上标线，用水平仪找平，用角尺测量，用木工铅笔画线。

赵元甲用木工刀削木头，一丝不苟。

林恒在一边看赵元甲忙碌，看呆了，不时地被赵元甲支使去打下手。

赵元甲的产品终于完工了，他插上木柄，原来只是一个竹蜻蜓。

赵元甲：好了，齐活儿。

用手一捻，竹蜻蜓飞到天花板上，徐徐落地，林恒惊呆了。

赵元甲弯腰捡起竹蜻蜓。

赵元甲得意：瞧见了吧？以后别跟人家换玩意儿了，好多玩意儿你赵叔我自己就能做。

赵元甲将竹蜻蜓递给林恒：这个送你了。

林恒：我不要。

将竹蜻蜓塞还给赵元甲。

赵元甲：为什么？

林恒：我要自己做一个。

赵元甲：好小子，有志气！

这次变成林恒忙活，赵元甲打下手。

地上一片狼藉，林恒也终于做出了一个竹蜻蜓。

赵元甲：走，咱们出去玩儿去。

二人拿着竹蜻蜓要出门，陈老太回来了，见到满地狼藉吃了一惊。

陈老太：我的天，你们这是……

赵元甲：哦，做了两个竹蜻蜓。回来我收拾。

林恒和赵元甲兴高采烈地出门。陈老太看着满地狼藉目瞪口呆。

陈老太：老天爷，做两个竹蜻蜓就弄成这样了？

拿笤帚开始扫。

赵元甲所住小区街心花园。赵元甲和林恒在草地上玩竹蜻蜓。竹蜻蜓飞上天空，林恒跟在后面追呀跑呀，笑容灿烂，他这辈子仿佛从来没这么快乐过。竹蜻蜓落在赵元甲脚边，赵元甲拿起竹蜻蜓。

赵元甲：今天就到这儿吧。

林恒意犹未尽：不行，我还没玩够呢。

接过竹蜻蜓，捻飞了。

赵元甲：怎么还没玩够？就这么个东西……

林恒看着天上：这可是我自己做的！以前我以为玩具都是商店里卖的，没想到我自己也能做。

赵元甲：这有什么呀？咱们自己能做的多着呢。

林恒：真的？

赵元甲：可不真的，不信你等着瞧。

说着，竹蜻蜓落了下来，赵元甲一把接住，一捻，又飞起来了。

一组镜头：

赵元甲和林恒在陈家客厅挥舞锛凿斧锯。

赵元甲在街心花园教林恒抖空竹。

赵元甲在一个修车厂折弯一段钢筋，又戴上护目镜玩起了电焊枪。

赵元甲在街心花园教林恒玩滚铁环，林恒开始动作笨拙，后来越来越熟练。林恒推着铁环在小区街道跑，孩子们觉得新奇，老人们感慨万千，林恒推啊推，直到月上柳梢。

学校门口。放学了，学生们纷纷走出校门。赵元甲靠在别克车上向学校里边张望。林恒背着鼓鼓囊囊的书包，兴冲冲向赵元甲飞跑过来。

林恒：赵叔，走，咱们去吃哈根达斯。

赵元甲：怎么还吃哈根达斯？

林恒：今天我有重大消息要宣布。

赵元甲：你能有什么重大消息？考试及格了？

林恒：不是。

赵元甲：又被老师表扬了？

林恒：也不是。到地方再告诉您，走吧。

林恒说着，一头钻进车里。

赵元甲也上车，车开走。

哈根达斯店门口。别克车停在门前停车场，赵元甲和林恒下车，向店门走来。

赵元甲：现在你能说了吧？

林恒：不行，得等点完了再说。

两人走入冰激凌店。

哈根达斯冰激凌店。赵元甲和林恒点餐已毕。

林恒对服务员：好，就这么多吧。

服务员拿起单子走了。

赵元甲：这回你能说了吧？

林恒凑近赵元甲的耳朵：赵叔，告诉您一个好消息，我发财了！

赵元甲疑惑地看着林恒：发财对你这种人来说，有那么重要吗？

林恒：当然重要，这可是我人生的第一桶金，都是用咱们生产的空竹

110

啊竹蜻蜓啊换来的。

赵元甲：那就让我看看你到底发了什么财。

林恒：您看好了。

打开书包，拿出一袋海苔、一包旺旺雪饼、一本漫画书、两支玩具手枪。

赵元甲一撇嘴：就这呀。

林恒：还有哪！

掏出一个文曲星、一个 PSP 游戏机、一个手机，得意地看着赵元甲。

赵元甲有点儿惊住了：你怎么把这些都换来了？

林恒：还有哪！

掏出一个红色的大本儿。

赵元甲：这是什么？

林恒：您自己看。

赵元甲接过大本儿，一看吃了一惊：房产证?!

林恒：我用空竹换来的，送您了。

赵元甲：这可不成。

林恒：您别客气。

赵元甲严厉：谁跟你客气啦？赶紧把这东西给人家还回去。

林恒：怎么啦？我又没偷没抢，这是我换来的。再说您不是没房吗？送您了。

赵元甲又好气又好笑：你知道什么？这房子啊车啊都是有户口的，无论是买卖还是赠送，都得办过户手续，不然光有个房产证没用。

林恒：哦，是这样啊，那我明天就让我同学去办过户手续。

赵元甲：胡闹，他办得了过户手续吗？这房是他父母的。

林恒：那就让他父母去办。

赵元甲：人家能去办吗？这好几百万的东西。赶紧把这东西还回去，不然人家该报警了。

林恒：有这么严重吗？

赵元甲：当然有，赶紧给人家还了去！

服务员端上两份冰激凌。

林恒：急什么？吃完了再去。

拿起冰激凌自顾自吃起来。

行驶的别克车内。赵元甲驾车送林恒回家，一边开着一边不住叮嘱林恒。

赵元甲：那咱们可就说好了，明天早晨你一定得把房产证还给人家。

林恒：知道了赵叔，您都说了三遍了。

赵元甲：我这是为你好。

林恒：知道。不就一套房子吗，您至于吗？

赵元甲：一套房子，你说得轻巧，你知道一套房子多少钱吗？

林恒：这我还真不知道，大概跟我们家那辆宾利雅致728差不多吧？

赵元甲：那倒没那么贵。

林恒：买糕的，原来一套房子还没宾利贵。

赵元甲：虽然没那么贵也……

赵元甲手机响，他塞上耳机。

赵元甲：喂，您好。你找我什么事儿？这何必呢……那就晚上七点，路东那咖啡厅。行了，就这样。

林恒好奇地看着赵元甲：赵叔，怎么？晚上有活动？

赵元甲：怎么？你有意见？

林恒：不会是您的红颜知己吧？

赵元甲被林恒的话惊住了：什么红颜知己蓝颜知己?! 你个小孩子思想怎么那么复杂？跟谁学的呀这是？说，你是不是早恋啦？

林恒装蒜：赵叔，什么叫早恋啊？

赵元甲：早恋就是……你还跟我装不是？你肯定早恋了！

林恒：我冤枉啊赵叔，我真没早恋，有什么意思呀？幼稚！我要想早恋还用等到今天？再说了，现在婚外恋都out了，谁还早恋呀。

别克车开远。

某咖啡厅靠窗的座位。夜。赵元甲坐在窗口边喝咖啡边等人，通过窗户，他看见尤克勤从一辆公交车上下来，匆匆走向咖啡厅。尤克勤走进咖啡厅，东张西望。赵元甲冲尤克勤招手，他忙不迭地走过来。

尤克勤匆忙落座：对不起呀，元甲，来晚了。路上太堵，那出租车又太肉……

赵元甲：所以你就坐公交来了？

尤克勤知道谎言被揭穿，尴尬：啊？啊，哎呀，真没想到啊，元甲你是今非昔比呀，瞧瞧你现在，大把挣钱，大碗喝咖啡……

赵元甲：有钱嘛，就得什么都尝尝。其实我也不喜欢这个味儿，只是不想太……out。

赵元甲向远处招手：服务员。

服务员应声来到。

服务员：先生，你要点儿什么？

赵元甲指着尤克勤：给这位先生来杯……那什么糖……马耳朵？

服务员：焦糖玛奇朵？

赵元甲：对，就是那个。

服务员离开。

赵元甲：说说吧，找我什么事儿？

尤克勤：其实也没什么事儿……就是……就是没事儿。

赵元甲：不会吧？没事儿你约我出来？

尤克勤：我是想问，你那个……培养革命接班人的事儿怎么样了。

赵元甲：这您就不用关心了。

尤克勤端详赵元甲，慨叹：那……还是有钱好啊！你看你现在立马就不一样了……那老话怎么说的来着？有钱男子汉，没钱汉子难。

赵元甲：有话直说。

服务员端来咖啡，尤克勤喝了一口。

尤克勤：其实还是那事儿，就你们那个公司，你能不能把我也弄进去？兼职的也成。我要求不高，只要一个月两万就成。

赵元甲：这恐怕有点儿困难，我们老板喜欢人品好的员工。

尤克勤：嘿，瞧你这话说的，好像我人品不好似的。你就替我美言儿句就成！

赵元甲为难了：其实我跟老板的交情，没你想的那么深，如果贸然推荐……实际上我根本就跟他说不上话。

尤克勤：行，元甲，你行，刚发点儿小财就不认人了。这可真是啊，人一阔脸就变。得，算我看错人了。

尤克勤喝了一大口咖啡，霍地站起：服务员，再来一杯。

赵元甲：不是我不愿意帮忙，我确实是无能为力。

尤克勤：那你帮我引见一下总成吧？只要你安排我跟你们老板见一面，其他的你就不用管了。

赵元甲：这……好吧。

尤克勤夫妇卧室。夜。尤克勤躺在床上翻来覆去，辗转反侧，弄得淑静烦不胜烦。

淑静一侧身坐起来：你这是来回折腾什么哪？

尤克勤转过脸来：我睡不着。

淑静：该，谁让你玩命喝咖啡来着？

尤克勤：你废话，放着不花钱的咖啡不喝，那我就更睡不着觉了。

淑静：瞧你那点儿出息。

一拉被子，给了尤克勤一个后背，睡了。

尤克勤依旧辗转反侧。

林氏集团前台。赵元甲引着尤克勤往里走，尤克勤被公司的豪华程度惊呆了，走路磕磕绊绊。一帮同事向赵元甲点头致意。

众同事：赵哥好，赵哥您来了。赵哥，好久不见啊。

赵元甲一一点头向众同事寒暄。

赵元甲领着尤克勤走到林老板办公室门前。

赵元甲：到了。

尤克勤有些紧张：啊，元甲，你看我这发型是不是有点儿乱？

赵元甲：没有。

尤克勤正领带：那我这领带……

赵元甲：也没歪。你别紧张。

尤克勤：谁谁谁紧张了？我是见过大世面的。

赵元甲：不紧张那就来吧。

伸手敲门。

林老板：请进。

赵元甲领着尤克勤走进办公室。

　　林老板办公室。林老板坐在办公室后面批阅文件。赵元甲引着尤克勤走进来，林老板抬头对赵元甲点头微笑。

　　赵元甲：林总，这就是我跟您说的那位，尤克勤尤先生。

　　林老板打量了尤克勤一眼：哦，尤先生请坐。

　　赵元甲：林总，那我就失陪了。

　　走出办公室。

　　尤克勤扭头目送赵元甲走出办公室，心里有点儿失望，更多的是紧张。

　　林老板手里摆弄一支钢笔：尤先生，请问您找我有什么事儿吗？

　　尤克勤：我先自我介绍一下啊，我姓尤，尤克勤，这个尤就是那个……

　　尤克勤因为紧张大脑短路，不知怎么界定自己这个"尤"：那个尤，怎么说来着？就是那个……哎，您看我，一见着您都不知道自己姓什么了。

　　林老板：是不是怨天尤人的尤？

　　尤克勤：对对对，就是这个尤，您看看，您知道得比我还清楚，要不怎么您当老板呢！

　　林老板对尤克勤这种露骨的恭维十分厌恶，皱了皱眉。

　　尤克勤：我接着说呀，我是赵元甲的姐夫，二姐夫，我老婆是他老婆的姐姐，也就是说我跟他是……

　　林老板：连襟。

　　尤克勤：对对对，要不说怎么您当老板呢，我还没说您就猜出来了！

　　林老板：尤先生，请您直接说有什么事儿吧。

　　尤克勤：这个……得，我也豁出去了，我想到您这儿来任职，当个经理就成。

115

林老板装傻：哦，招聘的事情归人力资源部负责，您可以直接到那里去应聘。

尤克勤：我知道，可我不是赵元甲的姐夫吗？

林老板：哦，那就看赵先生的面子，请您到人力资源部应聘。

尤克勤厚着脸皮想赖：可是这个……

林老板：哦，不知道人力资源部在哪里是吧？没关系，我可以派人带您去。王主任……

尤克勤：不不不，还是我自己去吧。不过我还有一件事，是有关贵公子的。

林老板觉得奇怪：哦？

尤克勤：贵公子真是一表人才呀。

林老板：您见过犬子？

尤克勤：啊，啊……没有啊。没见过我都知道他一表人才，这要是见了……

林老板打断他：您直接讲有什么事情好了。

尤克勤：我觉得贵公子哪里都好，就是他上的这个学校……有点儿问题，他应该上贵族学校。

林老板：为什么？

尤克勤：因为他贵呀。您想啊，贵族学校，里边不是官员的儿子，就是大款的女儿，可以为贵公子将来的事业积累人脉呀。这您知道，经商需要人脉呀。要是他在现在的学校念下去，只能认识一帮胡同串子……

林老板眉头越皱越紧，尤克勤的话让他十分不悦，但也没有办法。

此时电话铃响起，林老板迅速接起电话，像抓住一根救命稻草。

林老板：对不起呀，尤先生，我要接个电话。

林老板接电话：喂，您好啊……我知道我知道。你就不要到我这里来啦，我去找你。见面再说。

林老板挂机，对尤克勤：对不起，尤先生，我要出去一趟。

收拾桌子上的文件。

尤克勤：哎，林老板，那我……

林老板：您坐您坐，不要着急走。一会儿我会让人给您泡茶，您想在这里坐多久就坐多久。

把文件放入一个公文包，急匆匆走出办公室。

尤克勤讶异地看着林老板离去，许久才明白自己被晾在这儿了。

尤克勤：嘿，这他妈不是耍我吗？

站起。

赵元甲所住楼下。别克车停在楼下，赵元甲和林恒下车，准备往楼里走。陈老太拿着个购物袋子从楼门口走出来。

林恒：奶奶。

陈老太：哟，宝贝儿你来啦。

赵元甲：妈，您这是要去哪儿呀？

陈老太扬起手里的购物袋：买菜去。

赵元甲：别买了，今儿晚上咱们上外边吃去。

陈老太：不去。

赵元甲：为什么呀？

陈老太：你要请客你后天请，今天我是不去了。

赵元甲：为什么非后天？

陈老太：你想想后天是什么日子？

赵元甲掰着手指头算：11、12、13……后天是您的生日。

陈老太点头：对了。

林恒欢呼：哦，奶奶过生日喽！有蛋糕吃喽！

陈老太对林恒：没错儿，到时候你一定得来呀。

林恒：谢谢奶奶！

陈老太：行了，你们先回家吧。

拎着购物袋要走。

赵元甲：我开车送您去。

陈老太：不用，我好不容易活动活动腿脚，谁让你送？

林恒和赵元甲进楼门。赵元甲和林恒从楼梯走上来。

林恒：赵叔，奶奶过生日，我有个要求。

117

赵元甲：什么要求？

林恒：我要给奶奶送一份礼物。

赵元甲：那好啊。

两人走到门前，赵元甲掏钥匙开门。

赵元甲：你想送她什么？

两人进屋。

陈家客厅。赵元甲和林恒走进客厅，换鞋。

林恒：我想送她一个 PSP。

赵元甲：不行。那是你们小男孩玩的。

林恒把书包放在沙发上：那我给她买一个芭比娃娃？

赵元甲：去，奶奶都多大了？还玩芭比娃娃？你得买老太太用得上的。

林恒：哦对了，我给她买点儿补品！

赵元甲：不行。

林恒：为什么？

赵元甲：因为我已经决定给她买补品了。

林恒：嘿，你这不欺负小孩吗？

赵元甲：补品太贵，不用你买。

林恒一屁股坐在沙发里：那我给她买点儿什么呢？

赵元甲：我给你提个醒儿吧——奶奶腿脚不好。

林恒兴奋：明白了，我给她买辆汽车。

赵元甲：什么呀，你再吓着老太太。我的意思是，奶奶腿脚不好，喜欢穿千层底的布鞋，你呀，就给她买一双内联升的布鞋吧。

林恒：好，那就布鞋了。

第 六 章

学校操场。一群孩子追跑打闹，林恒穿过人群，找到正在打乒乓球的严晓宇。

林恒一拍严晓宇肩膀：哎，严晓宇，一会儿再打。

严晓宇放下球拍，很快有别的同学接过，继续打球。

严晓宇：什么事儿啊林恒？

林恒：放学以后能帮我一忙吗？

严晓宇警惕起来：违反纪律的事儿我可不干。

林恒：我晕！谁让你违反纪律啦？我是想让你在放学以后，帮我去买一双鞋。

严晓宇一脸疑问：买鞋?!

学校门口。林恒和严晓宇站在路边，林恒给赵元甲打手机。

林恒：赵叔，我今天提前放学了。任课老师病了，所以那节课就不上了。我骗您干吗？我们同学严晓宇就在我旁边呢，人家可是好孩子。要不让他告诉你？我正要跟您说这个呢，您今天不用来接我了，我跟我们同学一块儿去买鞋！给奶奶买生日礼物啊！你不是说她喜欢穿内联升的布鞋吗？知道知道！

一辆出租车驶过。

林恒一边听电话一边冲出租车招手：哎，出租车。

林恒对电话：好了，就这样吧。

出租车停下，林恒和严晓宇上车，出租车开走。

119

鞋店门口。出租车停在鞋店旁边，严晓宇下车，不久林恒付清了车费也下了车，二人一块儿向鞋店走去。

内联升鞋店。林恒和严晓宇走进鞋店。鞋店人不多，有两个女店员，一个在给顾客开单子，一个在整理货架，林恒和严晓宇的到来并没有引起她们的注意。

林恒和严晓宇看了一圈儿。

严晓宇：哎哟，我晕，没想到布鞋也这么多品种，我都看花眼了。

林恒：你看花眼算什么？我也看花眼了。

严晓宇：那你到底想买哪一双？这双？这双？还是这双？

林恒挠头：我哪儿知道啊，要不……我让阿姨帮我挑一双。

林恒转身招呼店员：阿姨，我想买双鞋。

店员甲走过来，指着另一个方向：买鞋呀，到这边来，童鞋在这边。

林恒：不是给我买。

店员甲指着严晓宇：给他买？

林恒：也不是，我想给奶奶买一双鞋。

店员甲：哟，小同学可真孝顺！小小年纪就知道给奶奶买鞋。你奶奶脚多大呀？

林恒：36 号。

店员甲：那你奶奶喜欢什么样式的呢？

林恒：不知道。

店员甲：那你就代她选一个吧。

林恒看着很多样子的布鞋：我……我真不知道她会喜欢哪种。

店员甲：啊……这可不好办了。

严晓宇：我看你还是弄清楚再来吧。

林恒：那不行，明天就是奶奶的生日了。哎，我有办法了。

严晓宇：你有什么办法？

林恒走到严晓宇身边，与他耳语。

严晓宇吃惊得瞪大眼睛：买糕的，这能行吗？

林恒：肯定行。

120

林恒对店员甲：阿姨，每个款式都给我来一双。

店员甲有点儿不敢相信自己的耳朵，眼睛瞪得跟包子似的：小同学，这可需要很多钱哪。

林恒掏出一张银行卡：知道。这里有两万块钱，够了吗？

店员甲的嘴张成了"O"形：啊?! 够。

陈家客厅。地板上、茶几上、沙发上、电视柜上到处都摆满了打开的、没打开的鞋盒子，人几乎无法下脚。林恒站在其间必须小心翼翼。陈老太把自己的脚从一双布鞋里拿出来。

陈老太：得，就是这双啦。

林恒弯腰又拿起一个鞋盒子，费劲躲开地上的鞋，递过去：奶奶，您再试试这双。

陈老太：不试了，再试还得一个多钟头，太累了。

林恒：可这儿还有好多没打开的呢。

陈老太：那也不试了。

陈老太举起手里的这一双：就要这双，其余的都给退回去。

林恒：不行啊，退回去卖鞋的阿姨该不高兴了。

陈老太：那不退回去，我该不高兴了，就这双了。

林恒：可是奶奶……

陈老太：行啦林恒，我知道，你是想给奶奶买件礼物，你的好意我心领了，可奶奶我穿不了这么多鞋呀，要是都穿上，那奶奶不成钱串子了？

林恒：钱串子是什么呀？

陈老太：钱串子就是……说了你也不懂，等以后再告诉你。现在最重要的，是先把这些鞋退了。

淑恬端着杯水从厨房出来，小心地闪避着地上的鞋子，把杯子放在母亲面前。

淑恬：是啊，林恒，还是赶紧把这些都退了吧，不然多浪费。

林恒：要是人家不愿意怎么办？

淑恬：没事儿，要是你不好意思去退，我去退。

赵元甲一推门走进来，手里拿着电话，显然刚接一个电话。

赵元甲：退鞋的事儿以后再说，大姐夫、二姐夫他们已经到了饭馆了，就等您这个寿星了，咱们赶紧出发吧。

陈老太：好好，先去吃饭。

三人随赵元甲向门外走去，陈老太一不小心差点儿在鞋盒子上绊了一跤，幸亏淑恬一把扶住，三人出门。

学校门口。学生们陆陆续续往外走，赵元甲靠在别克车上向学校里张望。林恒兴冲冲地向赵元甲跑过来。

林恒：赵叔，赵叔，今天我演讲比赛得奖了！走，咱们吃哈根达斯去。

赵元甲：都得奖了，还吃什么哈根达斯，这得先向你爸爸报喜啊！走，先回家，回头再吃哈根达斯。

林恒：好！

赵元甲、林恒钻进别克车，别克车开走。

林老板所住的别墅门口。别克车缓缓驶来，停在别墅门口。林恒兴冲冲地和赵元甲下车，向别墅走去。

赵元甲：你爸爸要是知道你得了奖，肯定还得再奖你一次。

林恒：我这次不要钱了。

赵元甲：那你要什么，还是想做好事啊……

赵元甲突然脸色大变，话头也突然停住。

林恒：赵叔，您怎么啦？

林恒顺着赵元甲的目光望去，发现自己家的门上赫然贴着法院的封条，上面的大红公章十分刺眼：哎，赵叔，这是什么呀？

赵元甲看着封条以为自己在做梦。使劲眨眨眼，没错儿，就是法院的封条，再看看门牌号也没错：这这这……不可能啊，这肯定是搞错了。

赵元甲掏出手机拨号，放在耳边听，手机里传来一个声音：您所拨打的用户已将电话转至全球呼业务……

赵元甲懊恼地挂断电话，转身向别克车走去。

赵元甲：林恒，赶紧上车。

林恒：干吗呀？

赵元甲：去公司，找你爸爸。

　　林氏集团写字楼门口。别克车急速驶来，一个急刹车停在停车场。赵元甲心急火燎地下车，奔向楼内，林恒紧随其后，一个保安想要阻拦，但二人不为所动，进了楼门。赵元甲心急火燎地跑过来。远远地望见公司大玻璃门上也十字交叉地贴着两道封条，他有些泄气，速度慢了下来，但还是不死心，依旧跑到了跟前。封条实实在在、准确无误地贴在门上，赵元甲趴在门上看，也只看见空荡荡的办公区、被封的电脑和地上一些散乱的纸张。赵元甲腿一软，用手扶住门把手才没有摔倒。林恒匆匆跑了过来。

林恒：赵叔，这儿怎么也贴上纸条了？

赵元甲：这个……有些东西如果长期不用，就得贴上纸条，怕别人乱动。

林恒：那我爸爸呢？

赵元甲有些恼怒：我哪儿知道啊。

林恒吓得不敢作声。

赵元甲语气缓和下来：也许你爸爸搬家了……

赵元甲的手机突然响起来。

赵元甲：喂？我是。什么？什么东西？好好，我马上就来。

挂机，自顾自地跑下。

林恒：哎，赵叔！

跟着跑下。

　　写字楼大堂。赵元甲冲出电梯，跑向门口，林恒紧随其后，门口站着一个保安。

保安迎上前来：你就是赵元甲先生吧？

赵元甲喘着粗气：对，我是。

保安掏出一封信：有人让我把这个交给您。

　　赵元甲见信上有"赵元甲先生亲启，林家辉缄"字样，一把抢过信，就往外走，走了两步之后，才觉得自己不够礼貌，回头：谢谢您哪！

123

保安：不客气。

赵元甲出门，林恒随后跟出。

别克车中。赵元甲一屁股坐进车里，迫不及待地拆开那封信，将信封扔在仪表盘上边。林恒坐在了副驾驶座位上，不解又不安地看着赵元甲。赵元甲看信。

尊敬的赵元甲先生：近因金融危机来袭，受雷曼公司破产所累，公司经营日艰，资金链断裂，难以为继，不得已暂时关闭。林某亦远走他乡，以图来日东山再起。山高路远，前途未卜，不便携小儿同行，个中缘由，一言难尽。林某谨以犬子林恒托于先生膝下，想先生谦谦君子，必不致使我儿学业荒废，受饥寒之苦。料危机总会过去，我与先生必有重逢之时。望赵先生善待我儿，拜托拜托！林家辉敬上。

赵元甲看罢信，把信往别克车仪表盘上一拍，懊恼：嘿，这不是坑人吗这？

林恒：赵叔，出什么事儿啦？

赵元甲不耐烦：你少管。

赵元甲一拳砸在方向盘上，却突然发现仪表盘上的信纸背后还有一行小字："临别匆促，身无长物，谨以银行卡一张赠先生。户名：赵元甲，密码136813。"

赵元甲拿开信纸，找到信封，一抖，果然抖出一张银行卡来。

赵元甲看看信，又看看银行卡，突然一推车门就往外跑。

林恒也赶紧下车：赵叔，您干吗去？

赵元甲奔向写字楼门口。保安仍然站在门口，赵元甲拿着信跑过来。

赵元甲：先生，那人把这个给您的时候，还说什么啦？

保安：说了，他说以后还会跟您见面的。

赵元甲：那……那他没说他去哪儿了？

保安：没有。

赵元甲叹气：唉，林家辉呀林家辉，你可缺了大德了！

林恒匆匆地跑过来。

林恒：赵叔，到底出什么事儿啦？

赵元甲：没事儿了，走吧，咱回家。

赵元甲拉着林恒出门，向别克车走去。

行驶的别克车内。赵元甲面无表情地开车。林恒拨打电话，但总是不通，只得作罢。两人都不说话。赵元甲在一个路口左拐，林恒急忙阻拦。

林恒指着右边：哎，赵叔，我们家应该右转。

赵元甲：我知道，今天去我们家。

林恒感觉出不对来了：赵叔，到底出什么事儿了？

赵元甲：没出什么事儿啊。

林恒：那为什么我们不回家，也见不到我爸爸？

赵元甲：那是因为……你爸爸出差了，家里没人。

林恒：出差了？那他为什么不接我的电话？

赵元甲：那是因为……你爸爸出差的地方比较远……你爸爸出国了。

林恒：出国了他也应该接我电话呀。上次他在芬兰，还用手机教我做了十道数学题哪。

赵元甲：那是因为他出国……去了一个很偏远的地方，咳，什么偏远的地方啊，那根本就是一个原始部落。压根儿就没信号。

林恒：真的？我爸爸真去原始部落了？

赵元甲：这能有假？

林恒恼了：太差劲了，去原始部落为什么不带上我呀？

赵元甲：你爸爸那是怕耽误你学习，等你回来该跟不上了。

林恒：都去原始部落了我还回来干吗呀？我不回来了，从此我就不用上学了。

赵元甲：哎，你这孩子。

别克车驶远。

赵元甲所住的楼下。别克车驶来，赵元甲和林恒下车，两人一声不响地往里走。

陈家客厅。尤克勤在看电视，晨晨拿着玩具跑来跑去。陈老太拿着杯子从自己房间出来，看见尤克勤，有意挤对他。

陈老太：哟，小尤啊，今儿个怎么还没走啊，也不提前说一声儿，我可没预备你们爷俩的饭。

尤克勤继续看电视，头也没抬：不用预备，一会儿等元甲回来咱们上外边吃去。

陈老太走到茶几边上，拿起暖壶准备倒水，听此话停了下来：哟，敢情您要请客呀，那可是百年不遇的大事儿。

尤克勤急忙辩白：妈，不是我，我是说元甲……

陈老太：放心，元甲一定会给你这个面子的，你小尤好不容易请回客，他能不去？

尤克勤：妈，您……

门一开，赵元甲冷着个脸和林恒进来，两人换鞋。

尤克勤起身：哟，元甲回来了。

赵元甲一看尤克勤，马上做出一副春风满面的样子。

赵元甲：啊，二姐夫你也在呀，坐坐。我先去擦把脸。

说着走进卫生间。

尤克勤坐下：真是说曹操曹操就到，刚才我还念叨你呢。

陈老太话里带刺儿：念叨着让你请客哪。

陈老太拿着杯子转身回屋了。

林恒在沙发上坐下：对呀，赵叔，今天咱们请大伙到外边去吃吧。

赵元甲拿着毛巾擦着脸出来：那不行，今天咱们就在家里吃。

尤克勤：元甲你就别客气了，你一个月挣那么多钱……

赵元甲：哎，二姐夫，凡事就怕一个多字儿，想法太多，等于没想法；亲戚太多，等于没亲戚；债务太多，等于没债务；请客太多，等于没请客；挣钱太多，等于没挣钱。所以今天咱们哪儿不去，咱们就在家吃。

林恒有点儿失望：在家能有什么好东西吃？

赵元甲：没好东西也得在家吃，你既然在这儿住就得守这儿的规矩。

126

林恒一听此话惊住了：什么?! 赵叔，您是说我今儿晚上得在这儿住？

赵元甲：不光今儿晚上，以后你也得在这儿住。

林恒：那多不好意思呀，不麻烦大家了，我还是住酒店吧。四星的就成，四星以下的没法住。

赵元甲有点儿恼了：什么三星四星？你今天就老老实实在家住，想住酒店，门儿也没有。

林恒一听此话委屈极了：凭什么呀？

赵元甲大声怒吼：就凭你老子把你托付给我了。

陈老太闻声从房里出来了。

陈老太：元甲，你跟孩子凶什么？

尤克勤：就是，看把孩子给吓的。

陈老太：到底出什么事儿了？

赵元甲：他爸爸把他托付给我……让他来咱这儿体验生活，可这孩子老想着高消费，不管管怎么行？

陈老太：那你也不用这么凶啊。

陈老太俯身对林恒：好孩子，别生气了，今天就在奶奶家住，啊。

林恒：奶奶，在家住，我怕不方便吧。

陈老太：咳，咱们跟一家人也差不多，没什么不方便的。

林恒：奶奶，我是怕自己不方便，我一直盖的是蚕丝被，睡的是德国进口的实木床。我怕盖不惯您这儿的被子，睡不惯您这儿的床。

赵元甲终于恼了：你放心，我这儿没床给你睡，今天晚上你就睡沙发上！

陈老太：元甲！

林恒见陈老太站在自己这边，有底气了：我凭什么不能住酒店？我爸爸不是给你报销吗？

赵元甲怒不可遏：你少提你那倒霉的爸爸！

尤克勤一听此话，暗暗吃了一惊。

淑恬闻声也从厨房走了出来。

陈老太：元甲，你今天怎么了这是？

赵元甲急忙掩饰：没事儿没事儿，就是心情不太好。

淑恬：元甲，到底怎么了？

赵元甲：没怎么，就是有点儿烦！

淑恬：那你跟我来一趟。

拉着赵元甲走入厨房。

陈家厨房。淑恬把赵元甲拉进厨房，关门。

淑恬：元甲，到底怎么啦？

赵元甲：不跟你说了吗？我心里有点儿烦。

淑恬：那你就不能多点儿耐心，他毕竟还是个孩子。

赵元甲：你是不知道……

赵元甲差点儿说漏嘴，改口：那孩子有多烦人！

淑恬嗔怪：哟，你现在就烦了？那等哪天咱们有了自己的孩子可怎么办？

赵元甲：我跟你说这不一样，这林恒毕竟不是咱亲生的，他要是咱亲生的……我早大嘴巴抡上去了我！

淑恬：元甲，你到底怎么了？

赵元甲极力让自己平静下来：没什么没什么，饭快做得了吧？

淑恬：一会儿就能吃了。

赵元甲：那太好了，一会儿你们自己吃吧。

淑恬：那你呢？

赵元甲叹气：我？唉，你就别管了。

转身出厨房。

路边摊。夜色已深，小摊上烟雾缭绕，赵元甲和王先文坐在路边摊上吃烤串喝啤酒。赵元甲向王先文发牢骚。

赵元甲：他倒好，把孩子扔给我，他一拍屁股走人了！你说我招谁惹谁啦？

越说越懊恼，喝了一大口啤酒。

王先文：哎，别着急别着急，咱们慢慢想办法。

王先文冲摊主：老板，再来二十个肉串！

赵元甲：你怎么一张嘴就二十个呀，今儿个我心情不好，来四十个。

王先文：好。

王先文对摊主：来四十个！

王先文对赵元甲：刚才听你这么一讲啊，别的不说，你们这老板还真挺有眼光的。

赵元甲：有眼光他那公司能倒闭？

王先文：我没说这个，我是说他看人还是挺准的。你想想，他为什么把孩子交给你呀？就因为他认准了，你是个好人，不会为难孩子。

赵元甲：谁是好人哪？我告诉你我心眼最坏了，我明天就把他扔孤儿院去。

王先文：得了吧，你要是有那狠心，还用得着上我这儿来发牢骚？！

赵元甲：唉！

赵元甲长叹一声，把酒瓶往桌子上一蹾。

王先文：元甲，我再问你一句，那老板临走就留给你一封信？

赵元甲：谁说的，还有一个孩子呢。

王先文：我是问除了孩子和信，他还给你留了什么东西没有？

赵元甲：还有一张银行卡。

王先文：这不结了，不是还有一张银行卡吗？这里边要是有个一两千万，别说替他养一个孩子了，就是替他养个十七八个的，也富富有余呀。

赵元甲：那万一里边要没有一两千万呢？

王先文：那肯定也少不了。你想啊，那毕竟是个大老板的儿子，那是仨瓜俩枣能打发得了的吗？

赵元甲低头想了想：也是啊。

王先文举起酒瓶，跟赵元甲碰了一下：所以呀，你也别着急了，来，咱先喝酒，一会儿咱到自动取款机上一查，就全明白了。

王先文喝了口酒：哎，你卡带了吗？

赵元甲：带着哪。

王先文：这就好。等一会儿喝完酒，咱就查去。

赵元甲：还等什么呀？我现在就查去。

咕咚喝了口酒，把酒瓶一扔，抬腿就走。

王先文：哎，别走啊，刚要了四十个串……

王先文追赵元甲，回头冲摊主：哎，老板，那四十个串儿不要啦！

追赵元甲走远。

自动提款机旁。夜。自动提款机外有一扇透明玻璃门。赵元甲和王先文走来，站住。

王先文一指提款机的门：你进去查吧，我在外边等你。

赵元甲：别呀，一块儿进去吧。

拉开门，做了一个请的手势。

王先文：别，还是你进去吧。

赵元甲：咳，没关系的，咱是朋友。我还能信不过你吗？

王先文：正因为我还想接着跟你做朋友，所以我就不进去了。

赵元甲：那好吧。

拉门，进入。

赵元甲进门，掏卡，插入，输密码。

须臾，赵元甲转身出来了。

王先文关切地迎上去：怎么样？里头有多少钱？

赵元甲：不知道。

王先文：数儿太大数不过来？

赵元甲：不是，卡让机器给吞了。

王先文：什么？！

王先文推门进去了，赵元甲随后也进入门内。

玻璃门内。夜。王先文推门进来，赵元甲随之而入。王先文先是扒着插卡口往里看了看，又用手掏了掏，又开始拍打机器，希望机器能把卡吐出来，当然这些都是徒劳无功的。

赵元甲：哎，我找把螺丝刀来。

转身要出门。

王先文：别价，到时候人该把咱们当小偷了。

赵元甲：那该怎么办？

王先文：给银行打电话，让他们来修。

赵元甲：对呀！电话多少？

王先文指着提款机上的提示：这不写着吗？

赵元甲照着提示上面的电话，拨号，焦急地听着。

王先文：怎么样？

赵元甲：拨不通。

王先文掏出自己的电话，看了一眼：别打了，这儿没信号，咱们出去打。

赵元甲推门，王先文也要跟出，赵元甲回身拦住他。

赵元甲：你就别出去了，在这儿守着。万一有人来把卡拿走了呢？

王先文：哦，对对对。

赵元甲：在这儿守着，谁来也别让他使这个机器。

见王先文点头，出门。

马路边报亭旁。夜。赵元甲走过来，边走边看手机的信号强度，试了几次发现报亭边信号最强，于是开始拨号。因为天晚，报亭已经关门了，无人。赵元甲把手机放在耳边听，焦急地等待，手机提示音：普通话服务请按1。

赵元甲按了1，继续听，又按提示按了2，手机里终于有人声儿了。

赵元甲：喂，您好，我的卡让你们的提款机给吞了，请马上来修一下！什么？还得带身份证？还得上你们银行？还得明天上午？办什么手续呀？你们直接来一下不就得了？那不行，我现在敢离开这儿吗我？我的卡要是丢了你负责？你说不会丢就不会丢？喂喂？喂喂！嘿！

赵元甲只得重拨，把手机放在耳边听，按提示按了按键，着急地等待。

赵元甲：喂，您好，刚才我的银行卡让你们的提款机给吞了，请马上派人来修一下好吗？我知道，得带本人身份证，明天去你们银行办手续，可我现在怎么办哪？万一我那卡要是丢了……

电话问：请问您还有别的事儿吗？

赵元甲：有，请问你们领导的电话是多少？我要投诉你！喂？喂？

131

嘿！我还不信了！

按重播键，放在耳边听。

陈家客厅。夜。淑恬正在打电话，不通，只得把听筒放下。陈老太走过来。

陈老太：怎么样？

淑恬：还是占线。这么晚了还不回家，不会是出了什么事儿了吧？

陈老太：接着给他打。

淑恬：我都连着打了三个了。

陈老太：那就给他打第四个。

淑恬再次拿起电话。

提款机旁边，玻璃门内。夜。

王先文透过玻璃门焦急地看着远处的赵元甲，赵元甲匆匆跑过来，进门。

王先文：怎么样？银行的人什么时候来？

赵元甲：明天下午。

王先文：那不行啊，接着给他们打电话，让他们马上来。

赵元甲：打了，他给我放音乐。

王先文：放音乐也得接着打。

赵元甲：打不了了。

赵元甲掏出手机：没电了。

王先文：那……

王先文掏出自己的手机：用我的电话接着打。

赵元甲接过电话推门走了。

陈家客厅。夜。淑恬在打电话，陈老太关切地看着。淑恬无奈地放下电话。

陈老太：怎么？还是占线？

淑恬：没有，这次关机了。

陈老太：好小子，来这手儿！他走时候怎么说的？

淑恬：他说去找王先文。

陈老太：打王先文电话。

淑恬依言掏出手机，照着通讯录拨号，放在耳边听，不久又失望地放下。

陈老太：怎么？

淑恬懊丧：占线。

提款机旁，玻璃门内。夜。

王先文透过玻璃门焦急地看着远处的赵元甲，没留神一个健壮的男青年从侧面走过来，推门而入，把他挤到一边。

王先文：哎，你干吗？

男青年：取钱！请您回避一下好吗？

王先文：这机器不能用，坏了。

男青年端详取款机屏幕：坏了，这上面怎么没提示啊？

王先文：没提示也坏了。

男青年：你说坏了就坏了？你是银行的？

王先文就坡下驴：对，我就是银行的，负责看守这个提款机。

男青年：没听说过提款机还有用人看着的。

男青年指着门：请您出去一下，我要取钱。

王先文：这机器坏了。您干吗非使这个呀，从这儿坐三站地往东一拐，再走三百米还有一个提款机。

男青年用威胁的口气：你出去不出去？

王先文：怎么你还想动手啊？

男青年两手互捏，发出咯嘣嘣的声音：你想试试吗？

王先文：看你长这么壮的份上我不跟你一般见识。你想取钱可以，不过你事先得给我写个声明。

男青年：取个钱还得给你写声明？声明什么？

王先文：就说我提醒过你在这儿取钱的风险，你不听非要取，万一你的卡要是被克隆了与我无关。

男青年有点儿毛了：您什么意思？

王先文指着提款机：我们怀疑犯罪分子在这台机器上装了读卡器，用来盗取储户的个人信息和存款……

男青年扭头开门走了。

王先文：哎，我话还没说完呢。

赵元甲远远地跑过来，气喘吁吁进门。

赵元甲：刚……刚才那人……

王先文：让我打发走了。没让他用！你那儿怎么样？

赵元甲：可算有人接了……

王先文：他们怎么说？

赵元甲：说……说了没两句，你这手机也没电了。

掏出手机递给王先文。

王先文：啊？那咱们怎么办哪？

赵元甲：没办法，在这儿守一夜吧。

王先文：嘿，这叫怎么回事啊。

赵元甲：咱这也算是保护国家财产吧。

王先文：别扯了你。

陈家客厅。夜。淑恬在打电话，陈老太关切地看着她。

淑恬无奈地放下电话：王先文的电话也关机了。

陈老太警惕起来：嗯？这小子，是不是去了什么不良场所啦？

淑恬：妈，您想哪儿去了？元甲根本就不是那种人。

陈老太：那他就是有情人了。对了，他肯定是看他情人去了。

淑恬：妈，您为什么总不把他往好处想呢？

陈老太：那你说，这么晚了，他为什么还不回来。

淑恬：回来晚了就是有外遇啊？兴许他只是让车给撞……

淑恬被自己的话吓了一跳，急忙捂住嘴，生生把后半句话给咽了回去。

陈老太：放心，他不会出车祸的，肯定是有情人了。你呀加点儿小心吧。

淑恬：妈，您别说了成吗？元甲他……

陈老太：他跟以前不一样了，他现在是又有钱又有闲，这男人哪，一旦有了钱又有了工夫，那肯定干不出什么好事来！

淑恬：妈。

陈老太：你还别不信，妈这可是经验之谈。

淑恬：啊？妈，听您这意思我爸……

陈老太：行啦行啦，我们的事儿你们小辈儿少打听，赶紧睡觉吧。

淑恬：可林恒在我们那屋睡了。

陈老太：那你就上我这屋来吧。都多大了，还得让我操心。

叹气，回自己房间。

淑恬也进了陈老太房间。

提款机旁，玻璃门内。

王先文和赵元甲靠在提款机上睡着了，鼾声如雷。

天色渐渐亮起来。王先文慢慢醒过来，揉揉眼，看着外边的一切才想起昨天的事。

王先文用手推了推赵元甲：哎，元甲，醒醒，醒醒。

赵元甲伸个懒腰，不情愿地醒来：干吗呀？我睡得正香呢。

王先文使劲地摇晃赵元甲：别睡了，赶紧给银行打电话去。

赵元甲：给银行打什么电话……

赵元甲猛然想起昨天的事情：哦，对！给银行……可我怎么打呀？咱俩的手机都没电了。

王先文指着玻璃门外：那不有个报亭吗？报亭里有公用电话。快去，我在这儿替你守着。

赵元甲：好。

推门而出。

王先文看着赵元甲跑向报亭，头一歪，又沉沉睡去。

马路边报亭。天光大亮，马路上行人渐多，公交车也渐渐多起来。报亭摊主刚卸下门板，赵元甲跑过来。

赵元甲：老板，打市话多少钱？

摊主：三毛。

整理报纸。

赵元甲抄起电话，拨号，按提示音按键：喂，您好，我是你们的储户，你们在玲珑路的这个自动提款机出了点儿故障，我昨天把卡一塞进去……

赵元甲突然灵机一动，改口：一塞进去就出故障了，取一百给一万。我知道，一天最多只能取五千，可它就是给了一万。要不怎么说它出故障了呢？哎，这不是你们银行的促销活动吧？我也说呢，银行不会有这样的促销活动，可他们非不信。他们就是……咳，我周围全是人，我都让他们给包围了，他们听说提款机出了故障都想取钱。实话跟您说吧，为了保护国家财产我已经在这儿守了一宿了，眼瞅着就守不住了，我不让他们取钱，他们要打我。我为这事儿挨顿揍无所谓，要是给国家财产造成损失就不好了。你们快来吧，我快挡不住了！

赵元甲装蒜：都给我退后！这是国家财产，谁也不能侵占！哎哟哎哟，你们这是犯法的！

赵元甲表演正欢，猛抬头看见周围的人包括摊主都在看自己，仿佛在看一个疯子。

赵元甲：你们快来人吧，我坚持不住了！

放下电话。

赵元甲话音刚落，远处传来两声凄厉的警笛声，紧接着两辆警车赶到，急刹车停住，跳下四五个警察，直扑提款机。

赵元甲有点儿不敢相信自己的眼睛：我的妈呀，不会这么快吧?!

赵元甲夫妇卧室。林恒在赵元甲夫妇的床上酣睡。淑恬走进卧室，推醒林恒。

淑恬：林恒，林恒，你醒醒，醒醒。

林恒不情愿地睁开惺忪睡眼：什么事儿呀阿姨？

淑恬：昨天晚上你赵叔没回来？

林恒：没回来啊。

淑恬：啊？怎么这时候还不回来？

陈老太出现在门口。

陈老太：没回来就没回来，你赶紧上你的班去吧。

淑恬：可他没回来，谁送林恒上学呀？

陈老太：我去。

淑恬疑惑：您去？

陈老太：啊，打个车不就去了？林恒，快起床，该上学了。

林恒不情愿地坐起来。

提款机旁边，玻璃门外。

一名警察正在对王先文和赵元甲进行批评。王先文点头哈腰，装出一副低头认罪的架势。赵元甲有点儿抵触，透过玻璃门，可以看见一个身着工作服的银行维修人员正在修理提款机。

警察：你们这是报假案，这是违法行为，懂吗？

赵元甲：我们没报，是银行报的。

警察眉毛一扬，生冷地堵回去：一样！

赵元甲：这怎么一样……

王先文拉了赵元甲一把，小声：别顶嘴。

王先文对警察：对不起，我们错了，给您添麻烦了！

警察：这就对了！按理说，你们这是属于违反治安处罚法的行为，鉴于你们能够主动认错，就不予追究了。

王先文：谢谢！

警察：我们的警力资源有限，好钢要用在刀刃上，如果都像你们，你报一起假案，我也报一起假案，那我们还有法儿工作吗？

王先文：是啊是啊，您说得太对了。

警察：你们想一想，如果我们在处理假案的时候，真正的案情发生了，那会给国家、人民的生命财产造成多大损失？

王先文：是啊是啊，您说得太对了。

警察：还有，你们这种行为就好比是……那句话怎么说来着……

王先文：您说得太对了。

警察：我还没说呢，你知道我要说什么呀？

王先文：我虽然不知道您要说什么，但我知道，您说出来的肯定都对。

警察没脾气了：你们哪……唉！

此时银行的维修人员出来了，要走。赵元甲赶紧追上去，讨好地跟在人家后边。

赵元甲：同志，修好了吗？

维修员：修好了。

赵元甲：那我那卡……

维修员：拿出来了。

赵元甲伸手：谢谢！

维修员：可我不能给您。

赵元甲：为什么？

维修员：因为我不知道这卡到底是不是您的。请您带着您的本人身份证，到管机银行办理相关领取手续……

赵元甲：管机银行？

维修员：就是管理这台提款机的储蓄所。

赵元甲讨好：您看我都跟这儿守了一宿了，是不是……

维修员：您守着它干吗？卡又丢不了。

赵元甲：不是怕丢吗？您现在就给我成不成？

维修员：那可不行，凡事都得按程序走。我不按程序，我就得挨罚，您不会跟我为难吧？

赵元甲：那……怎么办这个领取手续呀？

维修员停下来，掏出一张名片，用笔在上面写了一组数字：这是管机银行的电话，具体的你们问他们吧。

把名片交给赵元甲，径自走了。

赵元甲停在原地：嘿，守了一宿，到了还是这句话。

王先文追上来。

王先文：怎么样了元甲？

赵元甲：还是得办手续去。

赵元甲所住的小区门口。陈老太和林恒站在路边打车。一辆车驶来，陈老太招手，车没停。

林恒：奶奶，我赵叔昨天去哪儿了？

陈老太：他呀，享福去啦。

陈老太见一辆出租车驶过，招手：哎，出租车。

车停了，陈老太拉着林恒向出租车跑去，二人上车，车走。

某银行的营业大厅。赵元甲正在窗口办手续，营业员将一张单子递给赵元甲，赵元甲签字。营业员将一张卡交给赵元甲，赵元甲办完手续，起身，来到等候席。

正在这里等候他的王先文见状站起来，两人一起向门口走去。

王先文：怎么样？

赵元甲晃着手里的卡：拿回来了。

王先文：里边多少钱哪？

赵元甲叹气：一共才十五万。

王先文有点儿出乎意料：十五万？那也不少啦。

赵元甲：什么就不少啊？十五万我得养个小孩呀！

王先文：那也得分怎么养，要是养到十八岁，十五万是有点儿少，可是要养个三年五载的，那还是富富有余的。

赵元甲：你是不知道这小孩有多难养。就这点儿钱，对他来说，别说三年了，三个月都不够。

王先文惊住了：我的天，这小孩这么难养？

赵元甲：那当然了。要不怎么孔子都说，唯那什么与小人难养也呀。

二人走出银行大门。

银行门口。赵元甲和王先文走出银行大门，来到台阶上。

赵元甲：麻烦你啦先文，足足地陪我守了一宿啊！那什么，我请你吃早点。

王先文打哈欠：吃什么早点哪？我还是先回家睡一觉吧我。

赵元甲：你至于那么困吗？

说着，也打起哈欠。

王先文：得，得，还说我呢，你也不怎么样。依我看，你干脆也跟我回家眯瞪会儿吧，省得一会儿疲劳驾驶。走吧，这地方离我们家近。

赵元甲：那你媳妇……

王先文：她一早上班了。

二人走下台阶。

王先文家客厅。王先文开门走进客厅，赵元甲随之而入。

王先文伸个懒腰：哎哟，困死了。

王先文把自己扔进沙发里，不料被屁股兜里的手机硌了一下：哎哟，硌死我了。

掏出，这才发现没电了，找出块电池，换上。

赵元甲想起自己的手机：哟，对了，我手机也没电了，你还有电池吗？

王先文：有啊，这不就是吗？

指着自己刚换下来的电池。

赵元甲：去，那是刚换下来的。我问你有没有有电的电池。

王先文：哦，那就太不好意思了。

赵元甲：那你借我充电器使使。

王先文：就在电视柜上呢，自己拿。

说罢，倒头大睡。

赵元甲走向电视柜，找到充电器，插上给自己手机充电，开机。

一连数声短信提示音响起，赵元甲查看短信，脸色大变。

赵元甲走到沙发前，摇晃王先文。

赵元甲：先文，先文，别睡了别睡了。

王先文：干吗呀？我这刚睡着。

翻身又要睡。

赵元甲继续摇晃：哎呀，别睡了别睡了。

王先文：你到底要干吗？

140

赵元甲：我老婆昨天给我发了五条短信。

王先文烦得不得了：她给你发短信你跟我说什么？

赵元甲：她问我昨天上哪儿去了。

王先文：咱不是在提款机那儿守了一宿吗？

赵元甲：还问我为什么关机。

王先文：那不是手机没电了吗？

赵元甲：你知道她不知道啊。

王先文：那你不会跟她解释一下吗？

赵元甲：是啊，我是得跟她解释啊。所以，你跟我走一趟吧。

王先文：怎么我还得去？

赵元甲：你现在是最直接的证人哪，陪我走一趟吧。

强拉王先文起来。

王先文挣扎：哎呀，不去不去。

赵元甲：哎呀，走吧走吧。

强行把王先文拉起来，向门口拖去。

王先文烦恼又无奈：我怎么这么倒霉呀！

林氏集团。林氏集团依旧被封条封着，尤克勤从走廊远处走来，看到这种情景不禁加快了脚步。尤克勤扒着玻璃门往里看，眼前的破败景象让他吃惊非小。看着这些景象，尤克勤的脸上充满了疑惑，他皱紧了眉头。

第 七 章

淑恬办公室。淑恬正在打字，赵元甲和王先文走进来。

赵元甲：老婆。

淑恬不正眼瞧他：你怎么来了？

王先文讪笑：嫂子。

淑恬：哟，先文也来了，今天怎么这么闲在呀？

王先文：跟着元甲一块儿来看看您。

淑恬：顺便帮他编个瞎话？

王先文：什么呀，昨天晚上啊，它是这么回事儿……

林氏集团所在的写字楼。尤克勤向写字楼保安打听林氏集团的情况。

保安：哦，您问那林氏集团呀，早倒闭了。

尤克勤：什么时候倒闭的？

保安：快一个礼拜了。

尤克勤皱起眉头：嗯？

淑恬的办公室。王先文、赵元甲向淑恬讲述事情经过已毕，淑恬连连点头，做出一副恍然大悟的表情。

淑恬：哦，你们俩昨天晚上刷卡去了。

赵元甲：对呀。

淑恬：卡让提款机给吞了。

赵元甲：对呀。

淑恬：你们怕卡让别人拿走，所以在那儿守了一夜。

赵元甲：对呀。

淑恬：直到今天上午你才把卡拿回来。

赵元甲：对呀。

淑恬突然脸色一变：你哪儿来的卡？

赵元甲猝不及防，有点儿慌乱：林老板给的。

淑恬：他为什么给你卡？

赵元甲：工资卡。

淑恬：你的工资卡一直都在我手里，忘了？

赵元甲：他又给我一张……

赵元甲见淑恬不信：算了，老婆，我跟你说实话吧，林老板公司倒了，他本人也跑了，临走留给我一张卡，让我帮他照顾儿子。

淑恬：什么？！

二人同时脱口而出：这事儿你可千万别告诉咱妈。

陈老太卧室。一辆电动遥控小汽车从卧室门外驶入，在墙上撞了一下，随即转弯，从床头柜附近钻到床下。拿着遥控器的晨晨从卧室门外进来，操纵遥控器，想让小汽车出来，但是遥控车可能在床下被什么东西挡住了，所以不管怎么操作，就是不出来。晨晨把遥控器放在床头柜上，自己趴在地上想把遥控车扒拉出来，几次都没有成功。陈老太抱着一堆刚晾干的衣服出现在门口，望着趴在地上的晨晨。

陈老太：晨晨，你干吗呢？

晨晨：我那遥控车跑到床底下去了。

陈老太：你等等啊。

陈老太把手中的衣服放到床上，从一件衣服上褪出一个塑料衣架，对晨晨：你起来。

晨晨起来，让在一边。

陈老太用手里的衣架在床底下一划拉，小汽车出来了。陈老太拿起小汽车，站起来，交给晨晨。

陈老太：给你，别在这儿玩了啊。

晨晨：哎。

143

接过玩具，拿起遥控器，跑到客厅玩去了。

陈老太看晨晨走远，关门，在晨晨刚刚趴过的地方蹲下，从床体的侧面拉开一个抽屉，看到抽屉里衣服下面的一万块钱安然无恙，这才松了一口气。

陈家客厅。晨晨玩遥控汽车，在客厅里咚咚跑。陈老太从自己卧室走出来。

陈老太：晨晨，你别老这么大劲儿跑，楼下的阿姨该有意见了。

晨晨：哎。

收敛了一点。

门铃响，陈老太开门，尤克勤进来。

尤克勤：妈。

换鞋。

陈老太：哟，小尤，今天怎么这么早啊？

转身往厅里走。

尤克勤得意：因为呀，我今天有重大消息要宣布。

陈老太不屑：你能有什么重大消息？又讹上谁啦？

尤克勤：妈，您这是什么话，我今天真有重大消息。

尤克勤往赵元甲夫妇卧室张望：哎？元甲呢？

陈老太：自打昨晚上出去，现在还没回来呢。

尤克勤：这就对了！妈，您没觉出来元甲最近有什么异常吗？

陈老太：我早就觉出来了，这小子肯定是有外遇了。

尤克勤：咳，根本不是您想的那么回事儿，我实话跟您说吧，元甲他最近……

正在此时，哐当门一开，大姐淑珍拎着一大堆副食蔬菜气哼哼地走进家门，换鞋。

尤克勤：哟，大姐来了。

淑珍：小尤你在这儿正好，一会儿帮我打打下手。

说完径自走入厨房。

尤克勤：啊？这……那什么大姐，我还有点儿事，咱改日吧。妈，回见了啊！

尤克勤冲晨晨：晨晨，别玩了，回家了。

晨晨答应一声，背上书包，跟尤克勤出门。

厨房里传出一阵带着怒气的当当当的剁菜的声音，陈老太皱紧眉头，长叹一声。淑珍在厨房折腾半天，见没人进来，心里有气，刀声更紧，但陈老太还是不理会，淑珍最后气得拿着把刀自己出来了。

淑珍：妈，我都这模样了，您怎么也不问问呀。

陈老太：还问什么呀，你老公有外遇了！我耳朵都听出茧子来了。

淑珍往沙发上一坐，抱怨：我就知道，我来也是白来，家里根本就没人关心我。

陈老太：我们还怎么关心你呀？我们听你的唠叨还少啊？你一天到晚总是疑神疑鬼，心里一不痛快就往家跑，弄得全家跟你一块儿闹心。

淑珍：我不往家跑我还能往哪儿跑？我在外边受了委屈，你们不给我出头也就罢了，怎么我跟你们说说都不成了？

陈老太：要是你说的那些事儿都是真的，我们肯定得替你出头，可关键是，你说的那些，全是你自己胡琢磨出来的。

淑珍：我就知道，你们根本就没把我当回事儿，都当我是神经病。

陈老太正要反驳，门一开，林恒和赵元甲回来了。

赵元甲：妈，我回来了。大姐也在呀？

陈老太如蒙大赦：元甲，你回来得正好，赶紧给你大姐打下手去。

赵元甲趿着拖鞋走过来：啊？大姐您又怎么啦……姐夫又有外遇了？

淑珍：你过来，我跟你细说。

说着，走进厨房。

赵元甲无奈，只得跟进去。

林恒：奶奶，什么叫外遇呀？

陈老太为难：这外遇呀，就是外国的玉。

林恒：哦，那应该不值钱。

陈家厨房。淑珍炒菜，颠勺儿，赵元甲帮着洗菜。

赵元甲把菜放进菜筐，放水冲：您说了半天，还是没凭没据呀，就因

145

为我姐夫多看了她一眼，就是对她有意思？这怎么可能呢？

淑珍将菜盛出来放在盘子里：也是，他们俩绝不可能……只是有意思这么简单，说不定都已经有事实了。

赵元甲苦笑，伸手要证据：证据，证据呢？您说我姐夫变心了总得有点儿证据吧？

淑珍：证据，那还不有的是？别的不说了，最近我们姐们黄薇的老公给她买了一个半克拉的钻戒，这不就是证据吗？

赵元甲：这算什么证据呀？

淑珍往炒完菜的热锅里倒凉水冲洗：可周致中从结婚到现在，就从来没给我买过哪怕一件礼物，你说，这是不是说明他心里从来就没我？是不是说明他已经变心了？是不是说明他有外遇了？

赵元甲叹气，耐着性子听。

陈家客厅。林恒在桌前做作业，陈老太坐在沙发上织毛衣，淑珍和赵元甲出。

陈老太：做好了？

赵元甲：啊。

陈老太：林恒别写了，洗手吃饭。

林恒答应一声走进洗手间。

淑珍：妈，我就不吃了，先走了。

陈老太怕女儿又要抱怨，也无心挽留：怎么又不吃就走啊。元甲，送送你大姐。

赵元甲：哎。

赵元甲和淑珍向门口走去。

陈老太：开慢点儿啊，注意安全。

赵元甲：哎。

陈老太：送到家啊。

赵元甲：哎。

赵元甲和淑珍出门。

陈老太望着女儿的背影，长叹了一口气。

146

行驶的别克车内。赵元甲开车送淑珍回家，淑珍不停地向赵元甲抱怨自己的丈夫。

淑珍：要想让他给我买件东西，那简直比登天还难，别的不说了，就说上次在百盛购物中心……

赵元甲：那事儿您都说三遍了。

淑珍：有一次他出国去意大利……

赵元甲：那事儿您也说了五遍了。

淑珍：那下边这事儿你肯定没听说过……

赵元甲：是你们去桂林旅游的事吧？

淑珍：你怎么知道的？

赵元甲：这事儿您都说了六遍了。

淑珍：这你也知道了，那我就跟你说说……跟你说什么呢？

赵元甲无奈：要不，您把百盛购物中心的事儿再说一遍？

汽车驶远。

周致中家楼下。别克车驶来，停在楼下，赵元甲、淑珍下车，向楼门走去，淑珍依旧在赵元甲身后喋喋不休。

淑珍：后来可能让我给说急了，不得已要给我买一个翡翠镯子，我一看价钱，好嘛，一个三万多，就说太贵了，咱别买了。你猜怎么着？他还真就不给我买了。

赵元甲：不是您说不买的嘛。

淑珍：我说不买就不买呀？

赵元甲：这不是听您的话吗？姐夫也是个节俭人。

淑珍：什么节俭，他心里根本就没有我这个人！他肯定是有外遇了！

赵元甲：您干吗非说他有外遇呀？要不这样，一会儿我上去帮您探探他，有没有外遇，我一探便知。

淑珍：真的？

赵元甲：您还信不过我？

二人进楼。

周家客厅。女儿梅梅正在做作业，门一开，淑珍先进来了。

梅梅放下手里的作业：妈，您上哪儿去了？我都快饿死了。

赵元甲在淑珍后面走进客厅。

赵元甲：你妈上你姥姥家做饭去了。

梅梅：啊？小姨父，您怎么来了？

周致中闻声从书房里走出来。

周致中：哟，元甲来了。

周致中往沙发上让：坐坐坐，喝茶还是喝咖啡？

赵元甲：姐夫，您就别跟我客气了，来，咱们俩单独聊聊。

赵元甲一把把周致中拉入书房。

周致中书房。赵元甲把周致中拉入书房，按在椅子上坐下，回身关门。

周致中看着赵元甲的动作有些奇怪：元甲，出什么事儿啦？

赵元甲走过来，向周致中作揖：大姐夫，我求您了，赶紧给大姐买件礼物吧。

周致中：怎么了到底？

赵元甲：实话跟您说吧，大姐她现在怀疑您有外遇。

周致中叹气：这事儿我知道。

赵元甲：嗯？您知道？

周致中：我能不知道吗？现在只要一进家门她就开始盘问我，到哪儿去了？见什么人啦？男的女的，多大岁数，已婚未婚，有没有孩子？跟你什么关系？简直就是十万个为什么。最近更是变本加厉，非要给我买个3G手机。

赵元甲：那是好事啊，3G手机，高科技呀。

周致中：什么高科技，她那是想监视我。3G手机有视频功能，我要是配上了3G，以后就是上个厕所，她都得要求现场直播。

赵元甲：哦，原来如此。

周致中：唉，你说我现在过的这叫什么日子？哪儿都不敢去，成天早请示晚汇报，连接个电话都提心吊胆，怕她问起来没完。不瞒你说，我现在觉得回家就跟坐牢一样。

赵元甲：瞧您说的，您这怎么是坐牢呢？顶多是个取保候审。

周致中：元甲，又拿我开玩笑？

赵元甲：我哪儿敢拿您开玩笑啊，实话告诉您吧，您并不是唯一的受害者。她现在一不痛快就往我们家跑，唠唠叨叨，直到把我们弄得跟她一样不痛快了为止。所以呀，您表现得好点儿，我们也能跟着沾光。

周致中：那我该怎么表现哪？

赵元甲：赶紧给她买个礼物啊。您还不知道吧，现在这事儿已经影响你们夫妻团结了……

向周致中解释个中原委。

周家客厅。梅梅做作业，淑珍假装看报，实际上一直在留意书房里的动静。

梅梅：妈，您怎么还不做饭哪？我饿了。

淑珍眼睛盯着书房门，没好气：再饿一会儿。

梅梅嘴一噘：哼，我自己煮方便面去。

梅梅赌气走入厨房，淑珍继续盯着书房门。

周致中书房。周致中听完赵元甲的讲述，已明白了事情原委。

周致中：可我给她买什么礼物呢？

赵元甲：哎呀，什么都成啊，衣服、首饰、化妆品，要不买块手表也行。价钱别太贵，三四千就成。

周家客厅。淑珍假装看报，依然盯着书房门。女儿梅梅端着一碗方便面从厨房走出来，示威似的坐在母亲对面，赌气把面吃得山响，淑珍不为所动。

门一开，赵元甲出来。

淑珍明知故问：哟，元甲，你们哥俩聊什么呢？还关着门。

赵元甲：没聊什么。大姐，我走了啊！

往门口走去。

淑珍：干吗这么急着走啊，吃了饭再走吧。

赵元甲：不了不了。

淑珍：那什么，你等等，我送送你。

淑珍尾随着赵元甲出门。

周家门口。赵元甲出门，淑珍随之跟出来。

淑珍小声：怎么样，元甲，给我探出来了吗？

赵元甲得意：探出来了，大姐夫他绝对没外遇。

淑珍：哦！

失望至极。

淑恬单位门口。别克车停在门口，淑恬从单位大门走出来，倚在别克车上的赵元甲向淑恬招手。

赵元甲：哎，老婆。

两人坐进车里，赵元甲启动汽车。

淑恬伸手阻止：哎，不忙走。

赵元甲停下来，不解地望着淑恬。

赵元甲：怎么了老婆？

淑恬：林恒呢？

赵元甲：送回家了。

淑恬：那就好。元甲，我跟你说件事，你以后别接我下班了。

赵元甲一惊，扭头看淑恬：出什么事了老婆？

淑恬：什么事也没有。就是现在汽油太贵了，养一辆车要花很多钱，你现在又没了工作，咱们省着点儿花吧。

赵元甲：那你以后……

淑恬：我可以坐公交啊。

赵元甲点头：行，那以后林恒我也不接送了，让他也锻炼锻炼。

淑恬：那可不行。接送他上下学是他爸爸给你安排的工作，一旦你不接送他了，我恐怕……

赵元甲：哦，恐怕到时候他就该知道自己父亲出事儿了。

淑恬：不光是这个，恐怕到时候咱妈也知道了。

赵元甲点头：对。可我怕瞒得了一时，瞒不了一世。他们早晚都会知道。

淑恬：能瞒多久就瞒多久吧，另外，你得赶紧再找个工作。

赵元甲脸色凝重地点点头，沉默了半晌，发动了汽车。

陈家客厅。林恒在沙发上熟睡，赵元甲穿着整齐从自己卧室里出来。

赵元甲推林恒：林恒林恒，醒醒醒醒，该起床了。

林恒懒懒的：知道了。

翻身又睡。

赵元甲：这孩子，怎么又睡了？

赵元甲再推，有点儿不耐烦：起来起来！

林恒翻了个身，又睡了。

赵元甲：嘿，我还不信了。

捏住林恒鼻子，堵住林恒的嘴。

林恒因为无法呼吸，不得不醒来。

林恒迷迷糊糊，烦躁：让我再睡一会儿嘛！

赵元甲：不行，赶紧起来。

把林恒拎起来。

林恒坐在那里，闭着眼睛，接着睡。

陈老太穿着睡衣从自己卧室里出来。

陈老太不满：这大早晨的你瞎折腾什么呀？

赵元甲指着林恒：我叫他起床。

陈老太指着墙上的挂钟：刚几点哪你就叫他起床？

赵元甲：再不起就该迟到了。

陈老太：迟到不了，今天星期六。

林恒哦了一声，一头睡倒。

赵元甲这才想起今天是星期六。

赵元甲：哎哟，我忘了，今儿是星期六。我也再睡会儿去。

转身欲回房间。

赵元甲电话响，他掏出手机，接听。

赵元甲：喂，您好。您又怎么啦？什么急事啊非得大早晨见面？好吧，我马上去找您。

陈老太打量着赵元甲的一举一动，有点儿阴阳怪气：谁的电话呀？

赵元甲苦笑：大姐。

某小茶馆。装修雅致的小茶馆里，淑珍坐在桌边细细地品茶。赵元甲匆匆地赶来。

赵元甲：大姐，又出什么事啦？

淑珍一指座位：坐，坐。

给赵元甲倒茶。

赵元甲落座：到底怎么啦？

淑珍将斟好的茶递给赵元甲，神秘地：实话告诉你吧，我最近又有了重大发现。

赵元甲：您又发现什么啦？

淑珍提起自己的一只袖子，亮出腕上的一款精美坤表。

赵元甲：哦，合着姐夫给您买了一块手表啊。

淑珍惊异：你怎么知道这是他给我买的？

赵元甲：这我能不知道吗？这就是我亲口……

赵元甲自知失言，改口：瞎蒙的。

淑珍：你蒙得还真对，这就是他给我买的。说来也怪，他以前不给我买，我生气，现在他给我买了吧，我又心疼。我闺女说这表起码得一两千。

赵元甲：什么一两千？您别听她胡说，这表至少得三四千。

淑珍更惊奇了：哎，你怎么……

赵元甲自知失言，赶紧找补：这也是我瞎蒙的。

淑珍：你又蒙对了，我去商场问过，四千二！你蒙得还真准。

赵元甲：那是……我运气好。

喝茶。

淑珍自言自语：哎呀，真不敢相信哪，前两天我还抱怨他不给我买东西，可昨天他就给买了一块表——你说他这是不是做了什么亏心事儿，做贼心虚，他想补偿我？

赵元甲被淑珍这个结论雷倒，瞪着眼半天说不出说话，一口茶差点儿没喷出去，努力半天，终于把茶咽下，呛得自己直咳嗽。

赵元甲：咳咳，不不不，绝不可能，姐夫是正派人。

淑珍：那他为什么平白无故给我买东西？

赵元甲：这……这说明他眼里有您哪。

淑珍：不可能，他要心里有我就不会给我买表，因为我根本不喜欢手表这类东西。这只能说明他根本就不了解我，根本就不知道我的喜好，根本就不把我当回事儿，根本就……就是有外心了……

听着淑珍这套歪理邪说，赵元甲彻底无语了。

行驶的别克车内。赵元甲一边开车，一边给周致中打电话。

赵元甲：您说，这不是没有的事儿吗？误会不但没解开，反而更深了。所以您现在得赶快给她买一样称心的礼物。我都给您套出来了，大姐她比较喜欢香水，您就给她买香水吧。我哪儿知道啊，我又不是香水专家。这您得去问经常买香水的人。好嘞，就这样吧。

赵元甲所住楼下。别克车驶来，停住，赵元甲下车，进楼门。

陈家客厅。赵元甲推门而入，发现客厅内无人。

赵元甲：我回来了。

换鞋。

没人应声，陈老太房间里却有异常动静。

赵元甲连忙跑到陈老太卧室门口，发现陈老太屋里已经天翻地覆，所有的抽屉都被拉开，衣服鞋袜都被翻出，堆得到处都是，被子也被卷起来，床垫也歪了。

淑恬和陈老太趴在地上正在寻找着什么。

赵元甲：妈，你们这是干吗呢？

153

淑恬转过头：妈丢了一万块钱。

赵元甲吃了一惊：嗯？难道咱家遭了贼了？

赵元甲马上查看窗户门扇，淑恬觉得奇怪。

淑恬：你干吗呢？

赵元甲做出一副大侦探的样子，严肃：看看有没有被撬的痕迹。

赵元甲查看一扇窗户：这儿没有。

赵元甲查看另一扇窗户：这儿也没有。

赵元甲掉头查看房门：哎?!

陈老太：怎么啦？

赵元甲：这儿也没有。

陈老太不满：那你哎什么？

赵元甲：我是觉得奇怪，没有撬痕这小偷是怎么进来的呢？屋里被翻得这么乱，看来小偷事先应该不知道钱在哪里……

淑恬哭笑不得：咳，这屋里是我们翻乱的。

赵元甲：哦。

赵元甲对陈老太：钱原来放在什么地方？

陈老太指着床侧面的一个抽屉：就放在这儿，塞在衣服下面。

赵元甲：会不会是夹在衣服里了？

淑恬：我们都翻过了，没有。

赵元甲对陈老太：会不会是您记错了？

陈老太：不可能啊，我绝不会记错。

淑恬：是啊，再说别的地方我们也找过了，都没找到。

赵元甲：哦，我明白了，看来这钱……已经被小偷拿走了。

陈老太恼了：你这不废话吗？

赵元甲思考：看来不能排除熟人作案的可能。这两天都谁来过咱们家？

陈老太：就晨晨还有他爸爸来过……好啊，原来是晨晨干的！这死孩子，小小年纪不学好，竟然敢偷……不对呀，晨晨星期五走的时候我还看了一遍，钱还在呀！

赵元甲猛然醒悟：林恒呢？

淑恬：出去了，说是参加一个同学的生日 party。

赵元甲：坏了，肯定是他拿走了。

陈老太长舒一口气：哦，是林恒拿走啦，那我就放心啦。

陈老太觉得林恒有钱，这肯定是临时借用。

赵元甲有点儿急眼：什么呀您就放心啦？

陈老太：钱没丢啊。

赵元甲：什么钱没丢，这不跟丢了一样吗？不行，我得找他去。

要走。

陈老太：干吗呀你，他一个孩子，一万块钱让他玩儿去吧。

赵元甲：您就不怕他乱花？

陈老太：搁别人叫乱花，搁他不算。他们家有的是钱。

赵元甲：您知道什么呀，他们家已经……

陈老太：怎么啦？

赵元甲：没怎么，我马上把他找回来。

怒冲冲要出门。

陈老太对着赵元甲的背影：哎，你急什么？你态度好点儿，别吓着孩子。

赵元甲所住楼门口。赵元甲从楼门口出，一边走一边给林恒打电话。

赵元甲压抑着怒气：好好，你就在那儿等着我，我马上去接你。那不行，今天情况特殊，我必须去接你！等着别动啊，我马上就来。

说着，赵元甲来到别克车旁，开门上车，车开走。

某 KTV 歌厅门口。夜。赵元甲驾驶着别克车进入停车场，停住，下车，一脸铁青走进歌厅。

歌厅走廊。走廊装饰豪华，灯光璀璨，不时从包间里传出一阵歌声，赵元甲一路走来，向一位服务生打听某包间的位置，然后转头向右走去。

歌厅包间。林恒和六七个同学在包间里开生日 party，茶几上饮料、零

155

食俱全，林恒拿着话筒，不断摆出各种酷炫的动作，声嘶力竭地唱《双截棍》，音乐震天，几个同学一起为林恒喝彩。

林恒：快使用双截棍！

众人：哼哼哈兮！

林恒：快使用双截棍！

众人：哼哼哈兮！

林恒：习武之人切记！

众人：仁者无敌！

林恒：是谁在练太极！

众人：风生水起！

赵元甲推门而入。

赵元甲大声：别唱了！

众人安静下来，目光一下子转向赵元甲。

林恒：哟，赵叔来了，来，大家欢迎赵叔来一首。

带头鼓掌。

众小同学鼓噪。

赵元甲怒不可遏：少来这套，赶紧跟我回家！

林恒一脸无辜：为什么？party 还没结束呢。

赵元甲：你的表演已经结束了，赶紧跟我走。

林恒赌气，拧上了：我不走！

赵元甲：你再说一遍？

林恒：我不走我不走我就不走！

赵元甲一言不发，上前抢下了林恒的话筒，往地上一扔，抓住林恒，牢牢地夹在腋下，推门往外就走。林恒挣扎，小同学吓得面面相觑，不敢作声。

歌厅走廊。赵元甲把林恒夹在腋下，往外就走，林恒挣扎，两条腿在空中乱踢。

林恒：你放开我，放开我！

一服务生见状欲上前询问。

服务生：先生……

赵元甲目露凶光：少管闲事！

服务生吓得让到一边，赵元甲夹着林恒走出歌厅。

歌厅门外，停车场。夜。赵元甲腋下夹着不断挣扎的林恒走出歌厅，来到停车场，打开别克车门，把林恒往里一塞。

赵元甲：给我进去。

林恒回身一推车门，要出来，赵元甲一把把车门按住。

赵元甲：你想干吗？

林恒：我要报警，你这是绑架小孩儿！

赵元甲：报警？好啊。

松开车门，林恒爬了出来。

赵元甲：报吧。我正想跟警察说道说道，你偷奶奶一万块钱的事儿呢。

林恒指着赵元甲鼻子：说话小心点儿，不然我告你诽谤。谁偷奶奶一万块钱了？

赵元甲：别跟这儿装了，奶奶那一万块钱难道不是你拿走的？

林恒坦然：对呀，是我拿走的。

赵元甲：这不结了？还是你偷的呀。

林恒怒不可遏：你胡说，我那是借，不是偷。

赵元甲：你说不是偷就不是偷？

林恒：那当然，我写借条了。

赵元甲：胡说，我们找了好几遍，抽屉里根本没有借条。

林恒：我放在茶几上，压在遥控器下边，你们没看见？

赵元甲：钱都没了，谁还有工夫看茶几？

林恒逮到理了：所以呀，我是借，不是偷。

赵元甲：写借条就不是偷了？那我要是把故宫博物院偷了，是不是写一张借条就没罪了？

林恒：那当然……还是有罪。

有些沮丧，声音弱了下去。

157

赵元甲：还是的呀，你现在知道偷和借的区别了吧？借，是需要还的。

林恒：我也没说不还呀？借奶奶那一万块钱，我将来一定会还。

赵元甲又有点儿生气了：你拿什么还？

林恒：我让我爸爸还，我爸爸有的是钱。

赵元甲无名火起，怒吼：你别提你那倒霉的爸爸了！

林恒被赵元甲的暴怒吓呆了，半天没说出话来，过了半晌，林恒突然拔腿就跑，此举出乎赵元甲意料，他愣了一下。

赵元甲追赶林恒：你要干什么去？

林恒：我要给我爸爸打电话，我要让他把我接走，我要回家！

赵元甲紧追不舍。

某大商厦门口。夜。商厦已经下班，门口没人。林恒跑过来，看看赵元甲没跟上来，掏出手机拨打自己父亲的电话号码。但每次提示音都告诉他：对不起，您所拨打的电话已关机。林恒不甘心，又打，提示音依然如故。林恒颓然地坐在商厦的台阶上，低下了头。

赵元甲远远地跑来，看见林恒，放慢了脚步。

赵元甲：林恒，你别跑，你别跑，有事儿咱们好商量，刚才是赵叔态度不好……

林恒慢慢地抬起头来，已是泪流满面。

林恒抽泣着：赵……赵叔，我爸爸是不是……不想要我了？

赵元甲走过去，摸着林恒的头：怎么会呢，你是他亲儿子，你爸爸他出国了，没时间来看你……别哭了，跟赵叔回家，啊。

林恒低着头，哭得更厉害了。

赵元甲夫妇卧室。夜。赵元甲坐在床上烫脚，淑恬用暖壶往他脚下的盆子里兑热水。

淑恬：你再试试。

赵元甲把脚伸进盆子里：哎哟！

一声怪叫，又把脚拿出来。

淑恬慌了：怎么啦？

赵元甲：没怎么，太舒服了！

把脚放回盆子里。

淑恬：没正形儿。你吓死我了。

赵元甲很享受的样子，感叹：累死我了，自打开上出租，我有十多年没这么跑过了。这小东西，跑得真快。

淑恬把暖壶放在墙角：这林恒也真是，太能花钱了，一万块钱，一天就抢光了。

赵元甲：其实也没全抢光，还剩下二百多呢。

淑恬：这跟抢光了有什么区别呀？

赵元甲：你现在知道这些富二代有多二了吧？

淑恬：哎？你那卡里究竟有多少钱哪？

赵元甲：你问这个干吗？

淑恬：我想先用这卡里的钱，把我妈那一万块钱先还上。

赵元甲：那不行，这卡里的钱我一分都不想动。

淑恬：为什么？

赵元甲：我想有朝一日找到林老板，把孩子连同那张卡还有那封信原封不动地还给他。咱们养不起这孩子，就别动这卡里的钱了。

淑恬：那林老板要是找不到呢？

赵元甲：那他总有亲戚吧？实在找不到林老板，咱们就把孩子交给他亲戚。

淑恬：他亲戚在哪儿？

赵元甲：不知道，慢慢找吧。林老板器重我，给我高薪，我这么做，也算对得起他了。

淑恬：那我妈的钱……

赵元甲：先用咱的存款垫上。咱现在一共有多少存款哪？

淑恬：至少一万五。

赵元甲：啊？怎么会这么少？

淑恬反问：你什么时候攒过钱哪？

赵元甲无语。

159

赵元甲所住楼门口。赵元甲走出楼门，迎面碰到大姐淑珍走过来。

淑珍：元甲。

赵元甲停住脚步，惊异：大姐，您怎么来了？

淑珍：我又有了重大发现。

赵元甲：嗯？什么重大发现？

淑珍凑近赵元甲，神秘地：你姐夫不年不节的突然给我买了瓶香水。

赵元甲烦得要死，心不在焉远远看着自己的别克车：哦，那是好事啊。

淑珍：你要出去呀？

赵元甲：啊，我正准备出去面试。

淑珍奇怪：你工作不是挺好的吗？怎么又去面试？

赵元甲知道自己说漏嘴了：啊，是啊，工作是挺好的，所以得去面试……咳，我是去面试别人。

淑珍：哦，你升官了？

赵元甲：啊，所以要再招聘几个。

淑珍指着别克车：哟，那可是大事，可不敢耽误了，别愣着啦，咱们赶紧上车吧。

赵元甲紧张起来：啊？您要跟我去面试？

淑珍：不，我就想在路上跟你聊聊我的新发现。

赵元甲：啊？

淑珍：走吧。

两人上车。

行驶的别克车上。赵元甲开车。淑珍向赵元甲讲述自己的新发现，她自认为终于揪住了丈夫的狐狸尾巴，找到了丈夫伤害自己的证据，语气里透着一股病态的兴奋。

淑珍：这还不是最关键的，关键的是那香水本身。

赵元甲：香水又怎么啦？

淑珍：怎么啦？那香水就是我最喜欢的牌子、最喜欢的香型。

赵元甲：那是好事啊，这说明大姐夫他了解您，心里一直装着您哪。

淑珍自言自语：前两天他还呆头呆脑，怎么现在一下就开窍了呢？他肯定是有情人了。

赵元甲：这跟情人有什么关系？

淑珍：你也不想想，就凭你姐夫那榆木脑瓜子，他能知道我的喜好？肯定是哪个狐狸精给他出的主意，他肯定是有外遇啦。

赵元甲：哎哟，我的大姐，我真佩服死您了，就凭您这想象力，窝在家里可太屈才了。你应该去当作家呀，要那样，咱中国早就能得诺贝尔文学奖了。

淑珍：你是说这些全是我想出来的？

赵元甲：不是您想出来的还是真发生的？证据呢？您有证据吗？

淑珍：是啊，没证据怎么服人哪？你这么一说倒提醒我了。我现在就去找证据，就从他们单位入手，从他周围同事开始查起。我就不信我找不到他的外遇嫌疑人。你停车，快停车呀。

赵元甲不明所以，在路边停了车。

赵元甲：干吗在这儿停车呀？

淑珍：这儿离他们单位近，走两步就到了。

下车，往前就走。

赵元甲惊呆了：啊？您这就要去呀？

赵元甲透过车窗玻璃看大姐走远，长叹了一口气，拿起电话。

赵元甲：喂，大姐夫……

学校操场。林恒穿着球衣和一帮同学踢足球，传、接、过人，非常有章法，有人为林恒喝彩，他很得意。同学严晓宇走过来。

严晓宇：林恒，一会儿再踢，找你有事儿。

林恒离开众人，走向严晓宇：什么事儿呀？

严晓宇：好消息！经过考核，王教练钦点你入选本校足球队，明天下午报到。

林恒：耶，我就知道我会入选的！

严晓宇：瞧把你牛的，报到的时候别忘了带上二百块钱。

林恒：干吗？

严晓宇：买装备呀，球衣、球鞋、护具，不都得要钱吗？这都不懂？

林恒：这我能不懂吗？我不明白的是，为什么买装备就要二百块钱？这么少？

严晓宇：二百块钱就不少了。

林恒：什么牌子的？

严晓宇：鸟人牌的。

林恒：鸟人牌？没听说过。

严晓宇：你很快就会听说了，因为这是咱们校足的指定品牌。知道了吗？

林恒：知道了——我可以不穿吗？

严晓宇：为什么？

林恒：穿二百块钱的装备，我丢不起那人。我有一套阿迪达斯的装备……

严晓宇：这恐怕不成，所有队员必须统一着装，你得向全体队员看齐。

林恒：为什么非得我向他们看齐？为什么不能他们向我看齐？

严晓宇：向你看齐？每个人都买套阿迪达斯？

林恒：那不挺好吗？

严晓宇：好什么呀？并不是每个人都买得起阿迪达斯。

林恒：那我非要穿阿迪呢？

严晓宇：那你恐怕得退队了。要么放弃阿迪，要么退队，你想清楚。

林恒：就没有更好的办法了？

严晓宇：能有什么更好的办法？

林恒：当然有，我给每个队员都买一套阿迪的装备不就得了？

严晓宇惊得半天没说出话来。

林恒：严晓宇，严晓宇，你怎么啦？

严晓宇：林恒，你太雷人了。

学校门口。别克车停在校门口，赵元甲坐在车内等林恒，透过车窗，

162

他看到学校放学，林恒向他走来。林恒拉开车门，一屁股坐进车里。

林恒：赵叔，给我点儿钱。

赵元甲：干吗？

林恒：我入选校足球队了，我想给队里捐点儿款。

赵元甲：哦，那是好事啊。

赵元甲翻出钱包，拿出一沓百元钞票，数出八张，将数出的八张放回钱包，只将剩下的一张递给林恒：拿着，这是赵叔赞助你的一百块钱。

林恒被雷倒：赵叔，这不够啊，我想给每个队员都买一套阿迪达斯的装备，一套装备就是六百多，我们一共二十个人，怎么也得一万二。

赵元甲：哦，是这样啊。

赵元甲掏出钱包：那我再赞助你一百。

又掏出一百交给林恒。

林恒：赵叔，那这也不够啊。

赵元甲：你急什么？听我把话说完，这二百块钱只是首付。

林恒：那剩下的钱……

赵元甲冷笑：你自己挣去吧。

林恒睁大了眼睛：赵叔，您没搞错吧？我上哪儿挣那么多钱去呀？

赵元甲微笑：说得对呀，能挣你就多捐，要是挣不到……你就少给我充大个儿的。

林恒没看出赵元甲已经生气，不知好歹，眼珠一转，有主意了：不行啊，赵叔，我已经跟我们同学打赌了，如果我捐不出一万二，我就得把咱的别克车输给他。赵叔，咱不能为了一万二，就把别克车输给人家吧？

赵元甲：当然不能。你就说你当时是开玩笑，口说无凭。

林恒找辙：可……我都给人家写了字据啦。

赵元甲：你现在是未成年人，没……那什么能力，所以你说的一切都不能算数。这个赌作废了。

林恒黔驴技穷，恼羞成怒：那……那你把那张卡还给我。

赵元甲：凭什么呀？

林恒：那张卡是我爸爸给你的，那里边的钱都是我的。

赵元甲：就算那里边的钱是你的，可你爸爸把你托付给我了，我就有权代管这张卡。

林恒：那卡里有多少钱？

赵元甲：我用得着告诉你吗？

林恒：你是不是把里边的钱都用光了？

赵元甲听到此话十分恼火：是又怎么样？

林恒推门下车。

赵元甲也下车：你干吗去？

林恒：报警，你偷了我的钱，我要让警察来抓你。

跑走。

赵元甲火上来了：去吧，去报警吧，让警察来抓我，我要拦你我就不姓赵。

林恒跑远。赵元甲看着林恒的背影，突然觉得有点儿不对，赶紧向林恒跑走的方向追去，可哪里还有林恒的影子？一丝焦急的神色掠过赵元甲的脸。

陈家客厅。夜。赵元甲懊恼地坐在沙发上，淑恬正在批评他。

淑恬：你也是，跟个孩子置什么气？

赵元甲：谁让他说我偷他钱来着？这明摆着就是侮辱我的人格。

淑恬：他一个小孩子，知道什么人格不人格，你就不能好好跟他说？你看看现在倒好，这都什么时候了，孩子还没回来。

赵元甲：放心，一到吃饭的时候他就回来了。

淑恬：万一要是不回来呢？

赵元甲赌气：不回来就不回来！

淑恬：你怎么跟孩子一般见识。

赵元甲：我就跟他一般见识，怎么了？他不是牛吗？不是想报警吗？不是想让警察来抓我吗？让他来呀，抓我呀！

正在这时，窗外响起一阵警笛声。

赵元甲：嗯？

赵元甲侧耳听了一下，心里有点儿含糊：怎么这么巧？就是警察真来了我也不怕，警察也得讲法吧？

淑恬有些不安，走到阳台上往下看。

淑恬有点儿担心地回头对赵元甲：还真来了一辆警车，就停咱家楼下。

话音刚落，楼下传来一阵急促的脚步声。

赵元甲真怕了，但还嘴硬：怕怕怕……什么？不做亏心事，不怕鬼叫门。

话音刚落，一阵急促的敲门声响起。

警察：开门，快开门！

淑恬担心地看着赵元甲，赵元甲起身，硬着头皮去开门。门开了，两名警察出现在门口。

警察甲严厉：刚才是你报的案吗？

赵元甲有点儿吓呆了。

第 八 章

陈家客厅。夜。

赵元甲有点儿吓呆了。

赵元甲：不是……也可能是……

警察乙：什么叫也可能是？这是3单元302吗？

赵元甲大喜过望，指着对面的房门：不是，302在对面！

两个警察回身敲对面的门。

赵元甲终于放松了，关门。

赵元甲：我说什么来着？找对面的。

淑恬失望：咳，合着不是来抓你的呀。

赵元甲走过来坐在沙发上，听到此话又站起：怎么？你还盼着抓我呀？

淑恬急赤白脸：我当然得盼着啦，这要是来抓你的，就说明林恒有下落啦，这孩子就丢不了了。

赵元甲：唉，倒也是。

赵元甲安慰妻子，口不择言：你别着急，说不定一会儿他们就来抓我……咳，说不定一会儿孩子就回来了。

淑恬：可他要是回不来呢？不管林老板做错了什么，人家可是把孩子托付给你了，这要是有个三长两短……你怎么跟人家交代呀。

赵元甲也急眼了：那你说怎么办？要不咱们上下边迎迎他去？

淑恬听了没言语，径直走向门外，赵元甲跟在她后面也出了门。

赵元甲所住楼门口。夜。赵元甲夫妇从楼里走出来，淑恬边走边埋怨赵元甲。

淑恬：你当时不会好好跟他说呀？

赵元甲：你是不知道那孩子的话有多气人。

陈老太晚锻炼结束，穿着练功服背着一口宝剑走过来。

陈老太：哟，你们俩这是要去哪儿呀？

赵元甲：我们……

淑恬：我们去找林恒。

淑恬脱口而出，赵元甲想要拦阻已经来不及了。

陈老太：找林恒？林恒怎么啦？

赵元甲冲淑恬使眼色，想掩饰：没怎么，就是……

淑恬指着赵元甲：林恒让他给弄丢了。

陈老太：什么?!

赵元甲：妈，您别听她胡说啊，林恒是自己离家出走的。

陈老太：这有什么区别呀这个？

赵元甲：反正现在林恒还没回家呢。

陈老太：那你们还愣着干什么呀？还不赶紧给我找去？

陈老太说着，转身就走，要去找孩子，淑恬和赵元甲紧随其后。

陈老太回头，看见二人，气不打一处来：跟着我干吗呀？分头去找。

三人分开，向三个不同方向找去。

林恒学校门口。夜。校门口灯光暗淡，颇为冷清，淑恬焦急地一路寻找过来。

淑恬：林恒，你在哪儿呀？快回家吧，林恒！

淑恬走进门口的传达室，透过传达室的窗户，可以看见淑恬在跟传达室的大爷焦急地说着什么，大爷连连摇头。

街心花园。夜。花园里灯光昏暗，路上三三两两全是散步的人，长椅上也坐满了乘凉的人们，孩子们玩滑板、骑自行车、玩轮滑，很是热闹。陈老太背着宝剑走来，见到跟林恒身量差不多的孩子就凑上去盯着看，孩子们吓得赶紧逃开，有更小的竟然吓哭了。

行驶的别克车内。夜。赵元甲一脸焦急，一边开车，一边留意街边的人群和马路两边的店铺，希望能找到林恒的身影。因为开得慢，后面的汽车频频鸣笛，赵元甲依然故我。

学校传达室内。夜。淑恬按照传达室大爷提供的电话号码，给班主任郝老师打电话。

淑恬拿着话筒等待：喂，郝老师吗？我是林恒的亲戚，您好您好，我想问一下，放学以后您还见过林恒吗？咳，现在我们找不到他了，请问，他平时都跟哪些同学关系不错……哦，那太好了，您能告诉我一下吗？

淑恬接过大爷递过来的笔在纸上记：谢谢您，麻烦您了。

淑恬挂机，又对着纸条上的电话号码拨号，等待。

淑恬：喂，您好，是严晓宇家吗？我是林恒的亲戚，请问他放学以后去过你家吗……

某繁华街道。夜。赵元甲开着别克车游弋，一边开一边寻找林恒，正当他要转弯的时候，蓦然回首，发现林恒站在马路对面一个哈根达斯冰激凌店的门口。

赵元甲悄悄地把车停在路边，过马路，蹑手蹑脚、悄无声息却迅速地从背后向林恒摸去……

赵元甲一拍林恒的肩膀：好小子，可找着你了。

那孩子吃惊地回过头来，却是一副陌生的面孔。赵元甲也惊呆了。

孩子的父亲拿着刚买的冰激凌从店里出来，见状忙把孩子拉到自己身边，警惕地充满敌意地望着赵元甲。

孩子爸：你想干吗？

赵元甲：对不起，认错人了。

孩子爸冷冷地打量着赵元甲：莫名其妙！

拉着孩子走了。

赵元甲过马路回到车上，刚要启动，一个收费员拍打车窗。

收费员：先生，停车费两块。

赵元甲烦死了，但收费员锲而不舍，他不得已摇下窗玻璃，做出要掏钱的动作，就在收费员掏收据的一刹那，赵元甲一踩油门，把车开走了。

收费员在他身后破口大骂。

火车站候车室。夜。候车室人不多，林恒在候车室的椅子上酣睡。另一边，候车室门口，一个车站的客运员正要走进候车室，赵元甲匆匆跑来，焦急地向他打问，用手势比画林恒的身高、体重、年龄和长相。客运员摇了摇头，赵元甲向另一个方向跑去。客运员开始巡视，回答一些乘客的问题，提醒一些乘客看好自己的行李，防止被盗，突然他好像看到了林恒，于是快步向林恒走去。正在这时，他的电话响了。

客运员接电话：喂？我马上到。

跑出候车室。

林恒一无所知，依旧酣睡。

赵元甲匆匆跑过来，在门口一闪而过。

赵元甲又退了回来，他发现了林恒，轻轻地快步向林恒走来，一把抓住林恒的手。

赵元甲摇醒林恒：林恒，别睡了，快跟我回家。

林恒睁眼，见是赵元甲，拼命挣扎。

林恒：你放开我！

奋力一挣，竟然挣脱，向候车室门外逃去。

赵元甲在后面紧追不舍。

赵元甲：站住，你给我站住。

候车室外的走廊。夜。林恒逃出候车室，赵元甲紧追不舍。

赵元甲：站住站住！

林恒拼命想逃脱，但人小力弱，被赵元甲三步两步追上。

赵元甲死死钳住林恒的手：我看你还往哪儿跑。

林恒挣扎：放开我放开我！

赵元甲平静：跟我回家。

林恒拼命挣扎：不回！就不回！你放开我！

169

几位乘客向这边张望。

林恒的挣扎越来越激烈，赵元甲不为所动。

赵元甲：有能耐你跑啊。

林恒：你放开我！

赵元甲：跟我回家。你上火车站来干吗？

林恒：我要去青岛找我妈！

赵元甲一听，喜出望外：啊？原来你有妈呀！

林恒白了赵元甲一眼：你才没妈呢。

赵元甲：我是说，原来你妈在青岛啊，怎么没听你爸爸说起过？

林恒沉默半晌：他们离婚了。

赵元甲长出一口气：是这样啊，那太好了。

林恒误会，愤怒了：你说什么？！

赵元甲：我是说，能得到你妈妈的下落太好了。好吧，找你妈去吧，我不拦着。

林恒冷冷地：谢谢。

赵元甲：现在先跟我回家。

林恒：你不是不拦着吗？

赵元甲：回家，我开车送你去青岛找你妈。

林恒抬头冷冷地看着赵元甲，渐渐地，两人都笑了。

陈家客厅。晨晨正在看动画片，看得很高兴，门铃响，晨晨去开门，尤克勤走了进来。

晨晨：爸。

陈老太闻声从房间里走出来，穿着睡衣，神情委顿。

陈老太：小尤，你来得正好，快给我倒杯水。

疲惫地挪到沙发边，坐下，揉太阳穴。

尤克勤倒水，放在陈老太身前：哟，妈，您这是怎么啦？

陈老太：别提了，昨天林恒闹出走，我们仨找了大半夜才找着，折腾得我这血压又高了。

尤克勤假装说漏嘴：咳，依我说，您现在用不着对这孩子这么上心，

170

想走就让他走，留着也是个累赘，他爸爸都已经破产了，现在都不知道跑哪儿去了……

陈老太吃了一惊：什么？你再说一遍，林恒的爸爸破产了？！

尤克勤假意遮掩：啊？那个……元甲没告诉您哪？那就算我什么都没说。都怪我多嘴！那什么，晨晨，走了，回家啦。

尤克勤回头：妈，再见了啊！

尤克勤领着晨晨向门口走去，门一开，淑恬进来了。

淑恬换鞋：哟，二姐夫，走啊。

尤克勤：啊，晨晨，跟小姨说再见。

晨晨：小姨再见。

尤克勤父子出门。

淑恬换完鞋，抬头，发现陈老太神色有异：妈，您怎么啦？

陈老太：怎么了？我正想问你呢。

淑恬一下子愣在那里。

学校门口。别克车停在校门口，林恒从学校出来，坐进别克车，正在车里打瞌睡的赵元甲猛然惊醒。

赵元甲：跟老师说好了？

林恒：没有，我没敢找老师。我直接找了校长。

赵元甲：校长怎么说？

林恒：校长同意我请假。

有点儿留恋地看着校门。

赵元甲递过来一张银行的单子：你先看看这个。

林恒接过单子：什么呀？

赵元甲：这是我刚从银行打印回来的单子。

赵元甲拿出一张银行卡：你看，这就是你爸爸用我的名字办的那张卡。

赵元甲又指着单子：卡号就是这个，这儿写着呢啊。

林恒充满疑问地看着赵元甲。

赵元甲：你看啊，开卡的时间是十九号，那时候你爸他还没……出

171

国，我是二十一号拿到这张卡的，当时你也在场。开卡那天，也就是十九号，卡里总额是十五万，到今天，还是十五万，中间没有存取款的记录，你仔细看一遍，看我说得对不对。

林恒：我不看。

赵元甲：为什么？

林恒：因为我知道，你这人虽然不怎么样，但你就是饿死，也不会偷卡上的钱。

赵元甲：为什么？

林恒：因为，你丢不起那人。

赵元甲点着林恒的鼻子：你……好小子，你算把赵叔看准了，我还真丢不起那人。就冲这句话，我请你吃哈根达斯。

林恒大大咧咧：谢啦！

陈家客厅。淑恬向陈老太讲述已毕，陈老太颇为不满。

陈老太：啊？他就这么把儿子甩给咱们了？

淑恬：是啊，他这就算是把儿子托付给元甲了。

陈老太：那他得托付多长时间哪？

淑恬：这就不好说了，他现在人在哪儿都不知道。

陈老太沉默半晌：这孩子可不能留在咱们家里。

淑恬有点儿不满了：妈，林恒还是个孩子，不管他犯过什么错，我们都应该好好待他。

陈老太：我可没说不好好待他，可你待他再好，能有他亲妈好吗？

淑恬：那也说不准。

陈老太：不管怎么说，你们俩必须尽快把林恒送到他亲妈身边去！要不这算怎么回事啊。

哈根达斯冰激凌店。林恒和赵元甲在品尝冰激凌。

林恒：赵叔，以后欢迎你来青岛看我。

赵元甲：好啊，也欢迎你来北京看我。

林恒：我以后可能不会来北京了，我丢不起那人，碰上原来的同学怎么办？说好了给足球队捐一万多块钱，最后没办到，我还有脸回来吗我？

赵元甲：也是。

林恒：还有，就算以后再见面，您也别请我吃哈根达斯了。

赵元甲觉得奇怪：嗯？

林恒：毕竟我爸出事儿以后，没人给你发工资了。

赵元甲假装不懂：什么？你爸出什么事儿啦？

林恒：行啦，赵叔，您就别瞒我啦。

赵元甲：你都知道了？

林恒：当然啦，我又不是傻子。

赵元甲无语。

林恒看看吃得差不多的冰激凌：赵叔，今天我来买单吧。

赵元甲：你哪儿来的钱？

林恒：你那张卡……

赵元甲：不行，我得亲手交给你妈妈。

林恒：死心眼儿！

无奈地摇摇头。

陈家客厅。夜。客厅的地上茶几上摆着各种出行的必备品，赵元甲坐在沙发上，对着一张单子，和林恒一起查点要带的东西。

赵元甲念单子：矿泉水一箱。

林恒指着地上：在这儿呢。

赵元甲：卫生纸一卷。

林恒指着茶几上：这儿呢。

赵元甲：地图一张。

林恒：这儿呢。

赵元甲：指南针一个。

林恒指着桌上：这儿呢。真落后，还得带指南针，我爸要在这儿就好了，他那手机有 GPS 定位功能。

赵元甲不屑：少跟我提什么 GPS，就算有那玩意儿咱也不用。

林恒：为什么？

赵元甲指着自己的头：咱带着脑子呢。

赵元甲接着念单子：不锈钢小锅一个。

林恒：这儿呢。

赵元甲：手电筒一个。

林恒：这儿呢。

赵元甲：打火机一个。

林恒：有。赵叔，您又不抽烟，带打火机干什么？

赵元甲：生火呀。万一路上车坏了，又前不着村后不着店的，咱们至少能用这东西生火煮点儿粥喝。

林恒：哇，太酷了，原来是野炊用的！

赵元甲：什么野炊，这叫野外求生。

林恒：您想得真周到！

赵元甲得意了：那当然，万一车坏了，这些东西就用上了。

林恒：哇，车要是多坏几次就好了。

赵元甲：去，少说这丧气话。

赵元甲继续念单子：大米一小袋。

林恒：这儿呢。

赵元甲：碘酒一瓶。

林恒：这儿呢。要碘酒干吗使？

赵元甲：万一有个磕着碰着的不得用碘酒啊？黄连素一瓶。

林恒：这儿呢。

赵元甲所住楼门口。赵元甲和林恒把一应物品放入后备厢，最后放入一箱矿泉水，赵元甲扣上车后盖儿。

林恒举起手中的手电筒和打火机：赵叔，这俩还没放进去呢。

赵元甲：这两样东西可能很快就会用到，放前边去。

林恒：哎。

他们转身，向站在楼门口的淑恬和陈老太告别。

赵元甲：妈，淑恬，你们回去吧。

林恒：奶奶，阿姨，再见。

淑恬：路上多加小心。

陈老太：见着你妈给带个好。

赵元甲：放心吧。

赵元甲和林恒向二人挥手，上车，车开走。

行驶的别克车内。赵元甲开车，林恒显得很兴奋，左顾右盼。

赵元甲：林恒，现在可以给你妈妈打电话了吧？

林恒：不行，我要给她一个惊喜。

赵元甲：真拿你没辙。哎，我跟你说啊，到你妈那儿之后，头一条是一定要听妈妈的话，二是要好好学习。

林恒：都是这一套，知道了。

赵元甲：别像现在似的，动不动就离家出走。

林恒：您放心，就是出走我也是来找您。

赵元甲：别价，您饶了我吧。

林恒：跟您开玩笑的，哪能老离家出走啊？老用一招就不灵了。哎，赵叔，您小时候离家出走过吗？

赵元甲：当然出走过，哪个男孩子没离家出走过呀？有一回我考试没考好，我爸给了我一巴掌，我一怒之下，就离家出走了。

林恒：后来呢？

赵元甲：后来我就回去了。

林恒：回家以后挨打了吗？

赵元甲：没有，他们根本就没发现我出走。

林恒：为什么？

赵元甲：因为我就出走了半个钟头。

林恒：您这算什么出走啊，才半个钟头。

赵元甲：没办法，半个钟头以后我就饿了。

林恒：饿了就回去了？您可真没骨气。

赵元甲：跟自己父母，犯得上那么有骨气吗？

赵元甲突然发现林恒把打火机放在了仪表盘上：哎，你怎么把打火机放这儿了，赶快拿走。

林恒：为什么？

赵元甲：晒时间长了容易爆炸。

林恒拿起打火机：那放哪儿呀？

赵元甲：实在不行先放你兜里吧。

高速公路上。车水马龙，别克车驶过。

行驶的别克车上，赵元甲边开车边与林恒谈话。

赵元甲：等你长大了就知道了，一般老师和家长经常唠叨的话，基本都对。比如说，要好好学习，等长大了，做一个对社会有用的人。

林恒：赵叔，为什么要做一个对社会有用的人？我要是做一个对社会没用的人呢？

赵元甲：我这么跟你说吧，要是真成了一个对社会没用的人，到时候倒霉的是你自己。没有人会注意你，没有人会在乎你，没有人会尊重你，没有人会喜欢你，因为你没用，所以总是你求人，没有人来求你，这感觉才是最要命的。

林恒沉思：好像有点儿道理。

赵元甲：等你长大了，就会理解得更深刻了。

林恒：赵叔你现在是不是就是一个对社会没用的人啊……

赵元甲：胡说，我再没用，管着一个没用的你也算是有用吧？

林恒：我爸说小孩如果把大人说急了，一般就是他说对了。

赵元甲：我……算了，不跟你多说了，反正咱要分开了……

赵元甲说了这话，两人都有点儿伤感：有什么感想？

林恒：我想尿尿。

赵元甲：早说呀，刚过了一个出口。你稍等会儿呀，下一个出口在十公里以外。

林恒：那我可能憋不住了。

赵元甲：有个孩子可真够烦的。

林恒：有个大人孩子也烦。

赵元甲：是啊，咱俩是在一块儿待烦了。

别克车驶出高速路，停在荒地边上。

赵元甲对林恒：下去吧。

林恒四下打量了一下这个地方：赵叔，这儿没有厕所呀。

赵元甲：你不会找棵树啊？

林恒有些不安：这行吗？

赵元甲：怎么不行？你们有钱人总是喊着要亲近自然，回归自然，现在好不容易有机会了又……去吧去吧，这才是真正的纯天然原生态呢。

林恒在赵元甲的鼓励下，犹犹豫豫下了车，左顾右盼，像贼似的，跑到一个老树边，开始撒尿。不久，林恒跑回车上。

赵元甲启动汽车：怎么样？

林恒兴奋：太酷了！我有过不在厕所小便的经历了。

汽车开走。

行驶的别克车上。夜。赵元甲边开车边和林恒谈话。

赵元甲：我们那时候，经常好几个小孩站一排，就比谁尿得远。由此我还悟出一个人生哲理来。

林恒：什么人生哲理？

赵元甲一本正经：站得高，尿得远。

林恒：我晕！不过挺有道理的。

正在这时，车突然停了。

赵元甲叹气：坏了，车出毛病了！

林恒：是不是没油了？

赵元甲：不会吧，可能是油表坏了。我下去看看。

开门下车。

偏僻的乡间公路。夜。暮色渐深，别克车停在路边，赵元甲和林恒下车。

赵元甲打开油箱盖儿，查看油箱。

林恒：是没油了吗？

赵元甲：看不清楚，给我照个亮儿。

林恒：好嘞。

掏出打火机点着，递了过去。

只听砰的一声，同时赵元甲发出一声惨叫。

一小旅馆标间。夜。赵元甲裹着浴巾坐在床头，林恒拿着记号笔给他画眉毛。

赵元甲埋怨林恒：我让你拿手电筒，谁让你拿打火机啦？

林恒：不对吧，赵叔，当时您说的是，给我照个亮儿。没说拿手电筒。

赵元甲：那你也不能拿打火机呀，那是汽油啊。好在是真的没油了，要不咱俩都得烧死……还好是我，要不怎么把你还给你妈啊。你看看现在，眉毛胡子全没有了。

林恒：我这不正给您画呢吗？别动啊，就差最后一笔了。

林恒画最后一笔：好了，终于完成了。

林恒退后一步，端详，欣赏：哇，帅呆了，比您原来那眉毛强多了。

赵元甲站起，来到梳妆镜前，查看，林恒也凑过来。

林恒颇为自得：怎么样？像不像谢霆锋的眉毛？

赵元甲在镜子里斜了林恒一眼：你别糟蹋人家谢霆锋了，人谢霆锋的眉毛是一高一低的？

林恒不服气：哪条低呀？

赵元甲指着自己的左眉毛：这条低。

林恒仔细看了看，狡辩：这条，不低呀，挺高的。

赵元甲：可那条比这条还高。

越看越生气。

林恒赔着小心：那，赵叔，我再给您改改？

赵元甲：不用了，我怕你越描越黑。

赵元甲端详着镜子，半天沉默不语。

林恒有点儿心虚：赵叔，您想什么呢？

赵元甲：我又悟出了一个人生哲理。

林恒：什么哲理？

赵元甲：眉毛，还是自己的好。

林恒做了个鬼脸，自我解嘲。

行驶的别克车上。别克车沿着高速公路旁边的乡间辅路行进。赵元甲开车，林恒百无聊赖地看着车窗外，昏昏欲睡，天气很热。渐渐地，路边出现了一个卖桃子的小筐，一个和林恒岁数相仿的乡下女孩守在摊子边上。

林恒坐直了：赵叔。

赵元甲：什么事儿？

林恒：我想买几个桃子。

赵元甲：等着。

推门下车。

赵元甲走到摊子前，向女孩询问价钱，给钱，然后买了两个大桃回到车上。

赵元甲把桃子往后座上一放，启动汽车。

林恒看着赵元甲，犹豫了半天，现在终于开口：赵叔……

赵元甲停下来，看着林恒：又怎么啦？

林恒指着摊子上的小女孩：赵叔，天多热啊，你看人家在太阳底下站着，晒得多难受啊。

赵元甲：你还知道心疼人了。

林恒：要不，咱把她那筐桃子都买下来吧。

赵元甲：咱可没那闲钱了。

林恒：那能花多少钱啊？

赵元甲嘲笑：林恒记住了，天底下可怜的人多了，那小女孩算一个，你赵叔也算一个，还有你也算一个，咱可不能跟以前比了，咱现在得先心疼自己。

林恒：我觉得她挣点儿钱真不容易。

赵元甲把脸一绷，冷冷地：谁挣钱容易呀？

要发动汽车。

林恒一时语塞：可……那……反正桃子也不贵，就是都买下来也花不了几个钱。

赵元甲：那这路上摆摊卖桃子的人多了，人人都在大太阳底下晒着，怎么着？你想把他们的桃子都买下来？

林恒：我……

赵元甲不等林恒辩驳，接着往下说：都买下来你吃得了吗？吃不了就得烂，烂了就得扔，扔了就是浪费，浪费就是对人家劳动的不尊重。

林恒指着小女孩：可她……

赵元甲不耐烦地发动汽车：得啦，你还是先把你自己的问题解决了再说吧。

别克车扬起一片尘土，从附近的入口，开上了高速公路。

行驶的别克车上。别克车在高速公路上奔驰，赵元甲沉着脸开车，两人谁也不理谁。林恒望着窗外，嘴噘着，极不高兴，眼往上看，怕眼泪流出来，但眼里还是有泪光。赵元甲用眼角瞟着，终于心中不忍，方向盘一转，从最近的出口驶出高速路，别克掉头就往回开。

路边小女孩的水果摊。赵元甲将别克车开到水果摊对面停下，递给林恒一百块钱。

赵元甲：去吧，把桃子买回来。

林恒：哎！

林恒欢快地下车，跑到水果摊前，向小女孩询问价钱，然后给钱，吃力地搬起那筐桃子就走。

小女孩追上来，要找给林恒钱，林恒摇摇手，表示不用找了。小女孩不高兴了，把一百块钱塞还给林恒，并要抢回桃子，林恒不得已，收了找回的零钱，把筐搬到车边。这一边，赵元甲早就打开了后备厢。二人把桃子放进后备厢，盖上盖。

汽车再次启动，林恒摇下玻璃，向小女孩挥手告别，小女孩也笑着向林恒挥手。林恒的表情十分开心。

赵元甲看着这场面也挺感动，但他嘴上不饶人：我看这么些桃子你怎么吃完。

林恒：我不吃，这是送给我妈妈的礼物。

赵元甲：好小子，不愧是你们老林家的人，都算计好了，吃不了亏。

别克车再次开上了高速公路。

青岛市区。别克车驶入青岛市区，在车流里行进，到处是繁华的街景、德国式的建筑。别克车停入路边停车场，赵元甲和林恒下车。林恒望着繁华的街景，感到目不暇接。

赵元甲：哎，林恒，现在可以给你妈妈打电话了吧？

林恒：当然可以啦。

林恒掏出手机，拨号：喂，妈，我是林恒，都挺好的。妈，我来找您了。对呀，我现在就在青岛啊！您告诉我地址，我一会儿就到了。什么？那您什么时候回来？哦，那好吧。

赵元甲：出什么事儿啦？

林恒有点儿失望：我妈出国了。

赵元甲有如兜头被浇了一瓢冷水，有点儿急眼，埋怨起来：我早就跟你说过，先给你妈打个电话，你就是不听，你看看现在……还惊喜呢，这回一路上的钱算白花了……她什么时候回来呀？

林恒：她说，说不好什么时候回来。赵叔，现在咱们怎么办哪？

赵元甲十分恼火：还能怎么办？回北京呗。都赖你，害我白跑一趟。

赵元甲说着向别克车走去。

林恒拦在身前：赵叔，你把我爸留下的钱花了吧，咱们都到青岛了，怎么也得到海边去玩玩吧，要是就这么回去，那可真是白跑一趟了。

赵元甲停下脚步，林恒的话有理，他也犹豫了。

林恒见赵元甲犹豫，趁热打铁：咱就在这儿玩三天，三天我妈回来了最好，回不来，咱们回北京。

赵元甲听罢，不再犹豫，再次向别克车走去。

林恒哀求：哎……赵叔，就三天。

赵元甲：三天也好，五天也好，咱们总得先找个旅馆住下吧。

林恒喜出望外：啊？您答应啦？太好了！

兴高采烈地上车。

别克车开走。

商店。林恒在试戴一副游泳镜，赵元甲百无聊赖地在旁边看。

林恒摘下泳镜，对服务员：就这副了。

林恒转头看着赵元甲：赵叔，您不来一副？

赵元甲：我不会游泳，一下去就冒泡。

林恒：怕什么，我教您哪。

林恒对服务员：再给我拿一副大的。

服务员拿出一副泳镜递给林恒，林恒让赵元甲试戴。

赵元甲：我不要。

这时电话响了。是淑恬来的。

赵元甲：哎，老婆……在海滩上呢。一千呀，足够了，没事，省着花呗，你打进卡里以后，给我发个信息，没事，放心吧。

海滨浴场。浴场里人满为患，到处都是遮阳伞，游泳的人很多。赵元甲抱着一个游泳圈，和林恒穿着游泳裤，从远处走过来。赵元甲犹豫着不敢下水，林恒动员半天也没用，没奈何，林恒只得趁其不备把他推下水。赵元甲手忙脚乱，大呼救命。林恒教赵元甲游泳，赵元甲不得要领，丑态百出，喝了很多水，不久，赵元甲狼狈地爬上岸。

林恒随着赵元甲也上岸：赵叔，您怎么不游了？

赵元甲仰面躺在沙滩上，大口喘气：不行了，我实在喝不下去了，撑得慌。

林恒：真没毅力！实在不想游就算了。那什么，您在这儿等我一下，我一会儿就回来。

赵元甲：你干吗去？

林恒：刚才憋了一泡尿，我得去趟厕所。

向远处张望。

赵元甲一指大海：找什么厕所，你尿那里边不就得了。

林恒：那不行，我爸爸从小就教育我，不能在游泳池里小便。

赵元甲：这又不是你们家那私人泳池。

林恒：我爸爸还教育我，更不能在公共场所随地大小便。

赵元甲被林恒教育了一顿，感觉很丢面子，想找回来，于是便嘲讽林恒：嚯，想不到你们这些富二代也知道讲公德。

林恒：咳，谈不上公德，就是做人的基本要求。您想想，我要是尿在那里边，那别人还怎么喝呀？

说罢，林恒走向厕所。

赵元甲：倒也是。

赵元甲突然发觉林恒这是在讽刺自己：嘿，你个臭小子。

当地的海鲜市场。海鲜市场里稀稀拉拉地有几个顾客，赵元甲和林恒穿着鲜艳的衬衫、短裤走来，在各个摊子前挑选海鲜。

林恒抓起一个大螃蟹，向赵元甲展示，然后放进塑料袋里。

林恒拿起几个生蚝，向赵元甲展示，然后放进塑料袋里。

林恒抓起一个象拔蚌，向赵元甲展示，然后放进塑料袋里。

林恒抓起一个大龙虾，向赵元甲展示，然后又放回水里。

林恒：太贵了，吃不起呀。

海鲜干货市场。赵元甲和林恒从干货市场走过。摊贩甲从摊子里探出头来。

摊贩甲：哎，老板，买鱼翅吗？上好的鱼翅。

林恒头也不回：多好的都不要，我们要保护鲨鱼。

摊贩甲：嘿，还碰见个低碳族。

摊贩乙从摊子里迎出来。

摊贩乙指着自己柜台上的干鲍：哎，老板来我这儿看看吧！我这儿没鱼翅，有鲍鱼。您看看！

林恒逞能，一时兴起，抓起一个鲍鱼对着灯光看起来。

摊贩乙赶紧恭维：嚯，别看您岁数不大，可一看您这架势，就是行家。

林恒：我可算不上行家，只是鲍鱼吃得比较多而已。

摊贩乙：没错儿，这世上本没有行家，吃得多了也就成了行家。那您看我这货⋯⋯

林恒：外干里湿，没溏心，新水。

林恒把鲍鱼递给赵元甲：赵叔你看呢？

赵元甲猝不及防，慌忙接过鲍鱼，假装看：没错没错，新水！

赵元甲小声对林恒：到底好还是不好啊？

林恒小声：当然是不好，年头短。

赵元甲放下鲍鱼：年头太短了。

摊贩乙：您别急，我这儿还有好的呢，您看看这个。

拿出另一种货让赵元甲看。

赵元甲装行家，推辞：不用，他看就成了。

林恒拿过来仔细看了看，放下，想脱身故意挑毛病：太小了。

摊贩乙：您别急，我这儿还有五头的。

林恒：也小。

摊贩乙：我这儿还有四头的。

林恒：还是太小。

摊贩乙：那您想要多大的？

林恒：有两头的吗？

摊贩乙：啊？两头？

摊贩乙惊异地望着林恒，不说话了。

林恒：没有就算了。赵叔，咱们走。

拉着赵元甲要走。

摊贩乙连忙拦住：等等，有两头的，我给你们上仓库拿去。

林恒：那好吧。

林恒看摊贩乙匆匆离开，一拉赵元甲：赵叔，咱们赶紧走。

赵元甲：你不是让他拿去了吗？

林恒：拿来也肯定是假的。

赵元甲：万一是真的呢？

林恒：真的咱们买不起。

赵元甲责怪地用手点着林恒：咳，你这是带着我逗闷子呢。

林恒：走吧。

拉着赵元甲走了。

摊贩乙拿着一个包装盒匆匆跑过来。

摊贩乙：哎？人呢？

一个代人加工海鲜的小餐馆。赵元甲和林恒在吃饭，桌上摆满了最便宜的壳类海鲜，服务员上菜。

服务员把盘子放在桌上：您的菜齐了，请慢用。

赵元甲：谢谢。

服务员走了。

赵元甲夹了一筷子，品尝：嗯，还不错。

林恒也尝了一口：不错什么呀，都是最低档的货，比我原来吃的东西差远了。

赵元甲：咳，行啦，您就别提原来了。

赵元甲举起酒杯：来，咱爷儿俩干一个。

林恒与赵元甲碰杯：干杯！

赵元甲：干杯！

海上。一艘摩托艇劈开波浪，急速驶来，溅起雪白的浪花。赵元甲和林恒坐在摩托艇上，衣袂翻飞，神采飞扬。傍晚，海滩上，落日的余晖把一切都镀上一层金色。海浪轻拂沙滩，海鸥展翅飞翔。赵元甲走在沙滩上，他前面走着林恒，林恒一会儿正着走，一会儿倒着走，沙滩上，留下一大一小两对足迹。

小旅馆标准间。夜。赵元甲躺在床上看电视，林恒坐在桌子边上写着什么。

林恒回头：赵叔，您把声音关小点儿，影响我写作。

赵元甲拿起遥控器，调小音量：就你还写作……你那儿写什么呢？

林恒：写日记呀。

赵元甲觉得惊奇：你什么时候开始写日记了？

林恒：今天晚上啊。

赵元甲：咳，刚开始啊。

林恒：今天是我最高兴的日子，所以我要把它写下来。赵叔，您今天最高兴的是什么呀？

赵元甲歪着头想了想：我今天最高兴的是……跟你一块儿吃海鲜。怎么，这个你也要记下来？

林恒：对呀。

埋头写日记。

林恒在本上写下几行字。

今天是我最高兴的一天！赵叔今天也很高兴，他最高兴的是跟我一块儿吃海鲜！而我最高兴的，是看赵叔喝海水……

林恒写到这儿，回头看赵元甲，狡黠地笑了。赵元甲不明所以，也跟着笑。

沙滩。赵元甲和林恒在沙滩上玩排球。林恒没接住球，球滚远了，他把球捡回来。

赵元甲：来呀，接着来。

林恒把球丢给赵元甲：一会儿再玩吧，赵叔，我去买两瓶饮料。

赵元甲：那可不行，要买就买一瓶，我不渴。

赵元甲掏钱给林恒：去吧。

林恒拿着钱去买饮料，他穿过玩沙滩排球、踢沙滩足球的人们，向卖饮料的小卖部走去。赵元甲独自颠球。

林恒在排队买饮料时，突然停住了脚步，他好像看到了什么，一下子愣在了当地。

半晌，林恒猛然掉头往回跑。

赵元甲还在玩着球，远远看到林恒回来了，手里没拿饮料。

赵元甲：怎么没买啊？钱丢了？

林恒带着哭腔：赵叔，咱们回去吧。

赵元甲：怎么了，累了？也好，咱回宾馆喝热水去。

林恒：赵叔。

赵元甲：怎么了？说话呀。

林恒：赵叔，我……我想回家了……我想回北京。

赵元甲停止颠球：怎么啦？咱不是说玩一个星期再走吗？

林恒：不玩了，咱们现在就走吧。

赵元甲：怎么了？跟叔说，谁欺负你了？

林恒低着头：没人欺负我。

赵元甲急了：那到底怎么了？你倒是说话呀。

林恒沉默了一会儿：我……我刚才看见我妈了。

赵元甲一时没反应过来：那是好事儿呀……嗯？她不是出国了吗？

林恒：不，她说谎，她没出国，她就在青岛，我刚才看见她了。她……她肯定是不想要我了！

终于哭了。

赵元甲赶紧安慰：不可能，哪个当妈的能不要自己的孩子？别哭别哭，咱男儿有泪不轻弹。你妈怎么会不要你呢？肯定是你刚才看错了。

林恒：我没看错，我刚才看见的就是她。

赵元甲：嗯？你妈在哪儿呢？

林恒指着不远处的海滩：那儿。

赵元甲顺着林恒的手指看去，愣住了……

第 九 章

　　不远处的海滩上，林恒的母亲孙琦一身泳装，坐在茶座里，拿着一杯饮料和两个女伴有说有笑。赵元甲本能地觉得她似曾相识。

　　赵元甲抬腿向孙琦走去，却被林恒拉住。

　　林恒：赵叔，您别去，我不想求她收留我。

　　赵元甲：谁说我要去找她了？

　　林恒：那您……

　　赵元甲：去趟厕所不行啊？你在这儿等着，我从厕所出来咱就回北京。

　　林恒点头，赵元甲向厕所走去。

　　赵元甲走进厕所，旋即又出来，张望一下，确定林恒没有注意他，转头向茶座上的孙琦走去。

　　孙琦正和女友甲、乙说笑：我老公想发财都想疯了，最近注册了个公司想起名叫"赚钱"。

　　女友甲：赚钱？这名字也挺好的。

　　孙琦：好什么呀，没过两天他自己就给否了。

　　女友乙：为什么呀？

　　孙琦：你总不能叫"赚钱有限"公司吧？

　　赵元甲走到孙琦身边。

　　赵元甲：您好，能单独跟您说句话吗？

　　孙琦回头，发现不认识赵元甲，立时充满警惕，上下打量赵元甲：对不起，咱们认识吗？

　　赵元甲：您肯定不认识我，但我见过您一次，在北京，林氏集团总部……

孙琦有点儿惊慌，脸一沉：对不起，你认错人了，我没去过北京，也不知道什么林氏集团。

起身就走。

赵元甲在后面紧跟不舍：哎，您别走啊，您听我说，我是您儿子林恒……

不知道该怎么给自己定位。

孙琦：对不起，我没儿子。

赵元甲：您听我把话说完，我是您儿子林恒……的朋友，这次是专程送他来青岛寻亲的。

孙琦停下脚步，脱口而出：什么？你们怎么还没走？

赵元甲：走不了了，林氏集团倒闭了，林老板也下落不明，林恒现在只能投奔您了。

孙琦：什么？林氏集团倒了？家辉他……

孙琦意识到自己说漏了嘴：对不起，我没去过什么林氏集团，也不认识什么林家辉。

拔腿就走，想脱身。

赵元甲紧跟不舍：不认识您怎么知道他名字？您不能这样啊，林恒是您亲儿子！

孙琦不搭话，拼命地跑向一群踢沙滩足球的壮汉，其中就有薛立新，孙琦现在的丈夫。

薛立新见妻子惊慌失措地跑来，赶紧迎上。

薛立新：怎么啦？

孙琦回身一指赵元甲：他耍流氓。

说罢逃走。

赵元甲追过来，被薛立新等人拦住。

薛立新：站住！

赵元甲：不关你们事儿。

薛立新：少废话！

冷不防一拳将赵元甲击倒。

几个壮汉上来对着赵元甲拳打脚踢。

赵元甲抱着头在沙滩上翻滚。

群众拍手叫好。

林恒远远地从大人的脚下看到了这些……

小旅馆标准间。夜。赵元甲坐在床上，林恒噙着泪水给赵元甲的伤口涂碘酒。

赵元甲：你哭什么？男儿有泪不轻弹。这有什么呀，你赵叔我练过。你记住了，要想打人，首先得学会挨打。遇到这种情况，首先得保护好头脸，其次是肚子。

林恒手哆嗦，泣不成声。

赵元甲：你看你，怎么还哭啊？别哭了。

赵元甲指着自己的前额：往这儿再擦点儿。当初我就说得带着碘酒吧，你还不信，看看，现在用上了吧？

林恒：赵……赵叔，我以后再……再也不……不理我妈了。

赵元甲：小子，这话你可不能说，永远也别说。

林恒：为什么？

赵元甲：因为……她是你妈，而且永远是你妈。

行驶的别克车。别克车在高速公路上行驶。赵元甲面无表情地驾车，林恒失神地望着窗外。气氛沉闷。

赵元甲所住楼门口。赵元甲和林恒下车。

林恒：赵叔，等一下，您把后备厢打开。

赵元甲：怎么啦？

林恒：咱还有一筐桃子呢，我要把桃子送给阿姨和奶奶。

赵元甲点头，走过去打开后备厢，只觉得一股酒味袭来。

林恒伸头过去，发现桃子早已烂掉了。

赵元甲把那筐烂桃子扔进垃圾桶，拍拍手，又向楼门口走去。

林恒：赵叔，您就这么回去？

190

赵元甲：怎么啦？

林恒：您不化化妆？您这脸……

赵元甲摸自己鼻青脸肿的脸，摸到伤口，咧了一下嘴：我脸怎么了？

林恒：没怎么，就是……太酷了！

某批发市场。赵元甲在一个小摊位前试戴一顶牛仔帽和一副墨镜，转头给林恒看。

赵元甲：这回怎么样？

林恒：更酷了！

陈家客厅。陈老太正在吃药。门一开，赵元甲走进来，换鞋。

赵元甲：妈，我回来了。

陈老太：哎哟，你可算回来了。

陈老太忽然看到跟在赵元甲身后的林恒，一愣：嗯？林恒怎么也回来了？

赵元甲：啊……这个，待了两天觉得没意思，所以就回来了。哎哟，累死我了。

陈老太拦住他：哎，你别走啊，到底怎么回事啊？

赵元甲不得已在沙发上坐下，装傻：什么怎么回事？

淑恬闻声从厨房出来，看到林恒，也感到意外。

淑恬：元甲，这……事儿怎么样了？

赵元甲：挺好挺好。天天吃海鲜，我都吃腻了。

陈老太：谁问你吃什么了？

赵元甲：住的也不贵。

陈老太：你少兜圈子，到底怎么回事？！

赵元甲：这个……

淑恬：见着林恒的妈没有啊？

赵元甲：见着了。

淑恬：那……

眼睛看着林恒。

林恒闻言一声不发，进了洗手间，关了门。

赵元甲：见着她们邻居了，邻居说他妈妈出国了，可能得过几个月才回来，你说这事儿有多不凑巧？

陈老太：是够不凑巧的。元甲，怎么在屋里还戴着墨镜啊？

赵元甲：我这是开车时间长了，得了红眼病。

陈老太：开车能得红眼病？这我还是头回听说。

赵元甲：开车嘛，就老得瞪着眼睛看前边，瞪着瞪着，眼睛就充血了，就红了。

淑恬：那你进屋怎么还戴着帽子啊？

赵元甲：那不是因为……这几天没睡好，斑秃，就是鬼剃头。我不是不愿意摘帽子，我是怕摘了帽子吓着你们。

淑恬：哎哟，那既然这样，你赶紧回屋休息吧。

赵元甲：哎。

忙不迭地跑进卧室。

淑恬跟进。

陈老太眼里充满疑惑。

赵元甲夫妇卧室。赵元甲进屋，淑恬跟进。

淑恬扶着赵元甲躺下：快快，你快躺下。

趁赵元甲不备，淑恬迅速摘掉他的墨镜和帽子，看到赵元甲满脸伤痕。

赵元甲想遮掩已经来不及了。

淑恬：哟，你这红眼病可真厉害，怎么连眼眶子都红得发紫了？

赵元甲：这……老婆，我跟你说实话吧，林恒可能要在咱家待一段时间了。

淑恬：你这是被谁打的？

陈老太推门进来。

陈老太：到底怎么回事儿？我也想听听。

赵元甲：啊？妈你……

192

尤家客厅。淑静在打扫屋子，尤克勤领着晨晨垂头丧气地进来，把手中的公文包狠狠地往茶几上一扔，一屁股坐在沙发上。

淑静把手中的笤帚往墙上一靠：又怎么啦？

晨晨拿出游戏机玩：我爸爸看见孙三叔叔了。

尤克勤没好气：你少提孙三。

淑静：见着孙三就至于把你气成这样？他怎么气你了？

晨晨：孙三叔叔没气我爸爸，是他开的那辆奥迪 A6 气着我爸爸了。

尤克勤：你少提那奥迪 A6。

淑静：咳，不就一辆奥迪 A6 吗？至于把你气成这样？

尤克勤：我不是气他有辆奥迪 A6，我是气他那辆奥迪 A6 不是偷的，也不是抢的，更不是租的借的，而是他自己挣的。

淑静：他自己挣的就自己挣的呗。这你生什么气？

尤克勤懊恼：我怎么就挣不着啊?!

淑静：他靠什么挣这么多钱？

尤克勤：炒股。最近股市火得一塌糊涂，他说他每个礼拜都能挣一万多，他现在真是富得尿油啊。说起来我学历比他高，能力比他强，脑子也比他聪明，为什么开奥迪 A6 的不是我呢？

淑静：你急什么？这也许是你成为有钱人的条件还不成熟。

尤克勤：那成为有钱人的最重要的条件是什么呢？

晨晨边玩游戏边搭茬：成为有钱人的最重要条件，那当然是得有钱了。

尤克勤被这句话气坏了：再搭茬信不信我抽你？滚，回自己屋里玩去。

晨晨一吐舌头，回自己房间了。

尤克勤：老婆，把咱家存折全拿来，我看看咱家还有多少钱。

淑静：你想干吗？

尤克勤：干什么？他能炒股，我也能炒。

淑静：啊？你也要炒股？

尤克勤：赶紧去。

淑静走进自己卧室。

赵元甲夫妇卧室。淑恬坐在床边，陈老太坐在椅子上听赵元甲讲述事情经过，讲述已近尾声。

赵元甲：后来也没办法，我们就只好先回北京了。

陈老太听罢站起，气愤：这……这也太过分了！

淑恬：是啊，哪儿有这样当妈的呀。

陈老太：我是说她对咱们太过分了，这不等于把孩子甩给咱们了吗？

赵元甲：可是事情已经这样了，咱们也不能不管哪？咱们总不能把他轰出去吧？

陈老太：谁说我要把他轰出去了？

陈老太想着无缘无故要养一个不相干的孩子，心里窝火，没处撒气，数落赵元甲。

陈老太：唉，当初你一个月挣一万五的时候，我就知道不是什么好事，因为你配不上这笔钱。我当初说什么来着？无贪意外之财，无饮过量之酒。有意外之财者，必有飞来之祸。你们不听啊?! 你看看现在，唉！

摇头叹气而去。

赵元甲望着陈老太的背影：您什么时候说过这话呀？我请大家吃饭时谁也没说不去啊。

尤家客厅。淑静把所有存折都摊在茶几上，用计算器给尤克勤算账。

淑静注视着计算器：还剩两万多。

尤克勤：怎么会这么少？

淑静：你别忘了，咱每个月还有三千多块的房贷要还呢。还有，咱每个月不吃饭了？这水电煤气、吃穿用度，哪样不要钱？这还是一天三顿饭有两顿在咱妈家蹭出来的呢。

尤克勤：可两万块钱实在是太少了。

淑静：那要不咱们卖掉一套房子。

尤克勤：不行，房子怎么能卖？

淑静：那咱们卖点儿首饰？

尤克勤：不行。

淑静：那咱们卖点儿家具？

尤克勤：不行。

淑静：那咱们卖点儿什么呀？

尤克勤：你怎么老想着卖自己家东西呀？

淑静：我倒想卖别人家东西呢，人家干吗？

尤克勤：我是说，要想发财，你不能光盯着自己家这点儿钱。

淑静：嗯？你又盯上谁家的钱了？

尤克勤：元甲那儿不是还有一张卡吗？

淑静：啊？那……那合适吗？

淑静用一种不敢置信的眼光看了尤克勤一眼，意思是，你可真能算计。

陈家客厅。门铃响，陈老太自厨房出，开门，尤克勤进来。

尤克勤：妈，我来了。晨晨呢？

陈老太：刚才打电话说，学校要补课，晚点儿回来，让你直接去学校接他。不跟你多说了，火上炒着菜呢。

转身进厨房。

尤克勤：哎，妈……

跟入厨房。

厨房。陈老太进厨房，接着炒菜。尤克勤跟入，把陈老太炒好的菜逐个儿揭开来看，发现陈老太炒的全是素菜。

尤克勤：妈，这几天家里怎么天天吃素啊？

陈老太白了尤克勤一眼，没好气：没人给我交钱啊，可不得吃素啊？

尤克勤：妈，您就别生气了，元甲这事确实做得不对。

陈老太：光是元甲吗？

尤克勤：妈，我最近买了房子，手头……

陈老太起锅，将菜倒入盘子：行啦，你不用解释，我又没说你一个人。

尤克勤：元甲也是，他卡里那么多钱，为什么不交给您呢？

195

陈老太涮锅，听见此话停住手：卡里？什么卡？

尤克勤：林老板给他留的那张卡呀。

陈老太：那是林老板养儿子的钱。嗯？你怎么知道这事儿？

尤克勤：这您就甭管了，没有我打听不到的事儿。妈，我觉得吧，既然你们替他照顾孩子，就有权用这笔钱，我认为，元甲应该把这卡里的一百万全交给您。

陈老太：谁告诉你那卡里有一百万？

接着炒第二个菜。

尤克勤：啊？没那么多呀？

陈老太故意逗尤克勤：谁说的，比那个多得多。

尤克勤：啊？这不可能吧？元甲最近都由中南海改抽都宝了，按说卡里没那么多钱吧？

陈老太：你要是真想知道那里边到底有多少钱，我给你出个主意。

尤克勤：您说您说。

陈老太：你直接问元甲不就结了？

尤克勤点点头。

赵元甲所住楼下。赵元甲驾驶着别克车停在楼下，下车。尤克勤从楼门口出来，见到连忙打招呼。

尤克勤：哎，元甲元甲。

尤克勤跑到赵元甲身边：最近忙啊？

赵元甲锁车门：啊。

尤克勤语带讽刺：哎，咱哥俩可有日子没去顺峰喝酒了啊。

赵元甲：是啊，怎么着？您要请客？

尤克勤：啊？我请客？你可真会开玩笑，我请客你多没面子呀，我可不能干这种事儿。

赵元甲故意调侃尤克勤：没事儿，你干吧，我愿意丢这个面子。

尤克勤：那也不行，你挣那么多钱，咱不能守着金山吃窝头啊。

赵元甲：挣再多钱，咱也不能天天吃顺峰啊，那是暴发户的做派。回见了您哪！

196

转身要走。

尤克勤连忙拉住他。

尤克勤：哎，元甲，别走啊。

赵元甲不得已停下：您还有什么事儿？

尤克勤：前些日子不是说要给咱老丈人买块好墓地吗？

赵元甲：哦，对对，怎么？您现在想张罗这事？那好啊。

又想走。

尤克勤：别别，以前不是你张罗的吗？

赵元甲：对呀，怎么现在您想接手？

尤克勤：不，不，你那么多钱，我别夺人之美。我是想问问，你现在张罗得怎么样了？

赵元甲：这个……墓地我倒是看了几块，都不错，只是有个共同的毛病，就是太便宜，才五万多块钱一平方米。我已经想好了，不涨到一百万一平方米咱绝对不买，丢不起那人。

尤克勤：啊？那得等到什么时候啊？

赵元甲：实在等不及，我就在月亮上给咱老丈人买块墓地，再跟国际天文学会商量商量，看能不能用咱老丈人的名字给月球命名。

尤克勤：这能成吗？

赵元甲：差不多吧，谁让咱有钱呢？

拔脚就走。

尤克勤对着赵元甲背影：你说的是真的还是假的？

赵元甲头也没回：信不信由您。

走入楼道。

尤克勤看着赵元甲背影这才觉出被对方愚弄了，无声地骂了一句。

赵元甲所住小区门口。林恒背着书包，一路踢着一块小石子，向小区走来，尤克勤从小区门口出。

尤克勤假装惊异：哟，这不是林恒吗？你一不坐车我差点儿没认出来。怎么？现在自己回家了，不用人接送了？

林恒：幼稚！我多大了，还让人接送？再说，我赵叔讲过，自己上下学，节能、环保、低碳、健康。总之一个字儿，酷！

尤克勤：你别听他胡说，什么节能、环保、低碳、健康？说白了他就是舍不得钱。说句掏心窝子的话，你以后得小心着他点儿。

林恒：小心他什么呀？

尤克勤：小心他把你爸爸留给你的那张卡给眛了呀。你最好早点儿把那张卡要出来，那么多钱，放在别人手里你能踏实吗？他用了你都不知道。

林恒：尤叔叔，您是不是想知道卡里有多少钱哪？

尤克勤被林恒说中，心中暗惊，急忙掩饰：这……瞧你说的，卡里有多少钱跟我有什么关系？

林恒：哦，那可能我猜错了。

林恒话锋一转：这事儿奶奶怎么说的？

尤克勤：奶奶说卡里至少一百万以上，可我不信。

林恒得意：您就是想知道卡里有多少钱。

尤克勤：好吧，就算我想知道卡里有多少钱，你能告诉我吗？

林恒：当然能。

尤克勤：那卡里有多少钱？

林恒伸手：那……拿来吧。

尤克勤：拿什么呀？

林恒：这是有偿服务，您得给点儿信息费。

尤克勤：那……信息费得多少啊？

林恒：真话二百块，假话四百块！

尤克勤：哦……不对吧，假话怎么比真话还贵？

林恒：假话当然得贵了，真话我实话实说就行了，假话我得费脑子现编，累！您想听真话还是假话？

尤克勤掏出二百块钱：当然是真话。

林恒从尤克勤手里接过钱。

林恒：您问吧。

尤克勤：卡里有多少钱？

林恒：不知道。

尤克勤：嘿，你怎么这样啊？你刚才保证要说真话的！

林恒：我说的就是真话呀——不知道。

尤克勤：嘿，你个臭小子！

要抓林恒。

林恒撒腿就跑，尤克勤追了几步，又停了下来，扭头走了。

陈家客厅。陈老太在打电话。林恒从门外进来。赵元甲看报，淑恬从卧室里出来。

赵元甲放下报纸：老婆，再给我点儿钱。

淑恬：干吗？

赵元甲：加油啊，油箱里快没油了。

淑恬顿了顿，忍不住埋怨：元甲，以后你能不能不开车出去？

赵元甲：可我得找工作呀。

淑恬：找工作也可以坐公交啊。有几个像你这样开车出去找工作的？

林恒上前，从兜里掏出二百块钱，塞在赵元甲手里。

林恒：赵叔，这二百块钱您拿去加油。

赵元甲：嗯？你哪儿来的钱？

林恒：尤叔叔给的。

淑恬：不可能，他会给你钱？你这不是从他那儿骗来的吧？

林恒低头不语。

淑恬催问林恒：你说话呀。

赵元甲：算了算了，二姐夫的钱，不骗白不骗。

淑恬：万一他一会儿找来了怎么办？

赵元甲：放心，他不会来的。

淑恬：你怎么知道？

赵元甲：他挺大个人，让个孩子给骗了，他说得出口吗？他丢得起那个人吗？

淑恬拿赵元甲没办法，叹气：唉，你呀。洗洗手准备吃饭了。

陈老太放下电话走过来。

陈老太：哎，等一下，吃饭之前跟你们两口子说个事儿。林恒，你先洗手去吧。

林恒应声走进洗手间。

淑恬：妈，出什么事儿了？

陈老太：你小姨家的二儿子下半年就要去美国留学了。

淑恬：哟，终于考上了，这是好事啊。

陈老太：好什么呀，一年的学费就十几万。

赵元甲：这回可够小姨一呛。

陈老太：看怎么了！所以咱们得赞助你小姨点儿，我都想好了，咱们这样，你们三家合起来凑一万块钱，后天给你小姨送去。我让淑静、淑珍她们两家各出四千，你们俩出两千。

淑恬无奈地点点头：哦。

陈老太：如果你们俩没什么意见，我这就通知她们两家……

赵元甲：谁说我没意见？我意见大了我。小表弟出国留学，凭什么让我们出两千？

陈老太脸色一沉：那依你的意思……

赵元甲：依我说，咱们三家一家三千三，剩下的一百，您掏。这样谁也甭说谁，谁也别在背后说人家闲话，一般远近嘛。您让我少掏就是瞧不起我。

陈老太：好，元甲有骨气！

赵元甲不爱听了，情绪有点儿激动：妈，您可千万别这么说，什么叫有骨气呀？您说我有骨气本身就是瞧不起我。

淑恬拉了赵元甲一把：元甲。

陈老太：这话怎么说的？

赵元甲：只有弱者才配有骨气，强者是没有骨气的。

淑恬：元甲。

陈老太被赵元甲说蒙了：你这话我听不懂。

赵元甲：妈，咱们打个比方吧，比如，美国前总统奥巴马请我吃饭，我不去，我这叫有骨气。如果我请美国总统奥巴马吃饭，奥巴马不来，他这就不叫有骨气，这叫不给面子，跟骨气一点儿关系都没有。为什么呢？因为奥巴马比我强一大截子。您刚才说我有骨气，是不是认为大姐夫、二姐夫也比我强一大截子？

陈老太：这……元甲，说得好！自打咱们娘儿俩认识以来，我头回听你说出这么有骨气……这么没骨气的话。

淑恬：行啦行啦，咱们都洗手吃饭去吧。

赵元甲夫妇卧室。夜。淑恬将正剔着牙的赵元甲拉入卧室。

淑恬：说说吧，咱们怎么办哪？

赵元甲一屁股坐在床上，装傻：什么怎么办？

淑恬：你刚才说了那么些没骨气的话，现在咱们这钱怎么办哪？

赵元甲：咳，这事儿呀，明天再说。

拿起遥控器，要看电视。

淑恬一把夺下遥控器：别明天呀，后天就得把钱送过去了。

赵元甲：咱家不是还剩五千多块钱吗？

淑恬：别提那五千块钱了，你去了一趟青岛，花得就剩下三千五了。

赵元甲：三千五，那不正好给小表弟吗？还能剩二百。

想从淑恬手里抢回遥控器，未遂。

淑恬：那咱们以后怎么办？不过日子啦？

赵元甲：这……以后再说吧。

淑恬：以后再说？眼瞅着就揭不开锅了，还以后再说?！哎，要不咱们先动用一下那卡里的钱？

赵元甲：那不行，这一动用接下来就没完没了。老婆，你别操心这事儿了，大不了，我明天再找个工作去。

淑恬来气了：找工作找工作，你天天找工作，可哪天你真正找到工作了？

赵元甲：唉，这不是档次高了下不来了吗？月薪低于五千的工作，我都觉着……不是工作。

淑恬：元甲，你还是现实一点儿吧，别老想着找林老板那样的工作。那只是一场梦，你该醒醒啦。

赵元甲懊恼起来：要真是个梦就好了。有个活生生的林恒在这儿摆着，我想把它当成梦都不成。就是个梦也是个噩梦，而且一直都醒不过来。

淑恬捂赵元甲嘴：哎呀，你小点儿声，让人家孩子听见又该伤心了。你就别想这些个啦，还是好好琢磨怎么找工作吧。

赵元甲叹口气：老婆，我跟你说实话吧，现在工作真挺难找的，别说五千块一个月，就是两千块一个月，我都找不着。哎，要不，你……

淑恬：怎么？

赵元甲：你跟范明辉……沟通沟通，让他帮忙给我找个工作？

淑恬：那可不行，万一你吃醋了怎么办？

赵元甲：你放心，我这回绝不吃醋。

淑恬：真不吃醋？

赵元甲：真不吃醋。

淑恬：那好。

淑恬掏出手机，拨号：喂，是明辉吗？我是陈淑恬……你好你好……没什么事儿，我老公要和你说话。

回身将手机塞给赵元甲。

赵元甲猝不及防，像接了一个烫手山芋，赶紧推拒，然而为时已晚，只得硬着头皮接电话。

赵元甲：喂，明辉吗？我是赵元甲。最近忙吗？这个……生意还好吧？哦，那就好那就好，希望你们继续开拓创新，锐意进取，振奋精神，真抓实干，为我区的经济发展做出应有的贡献。

淑恬听着赵元甲不着调的话有些急了：你跟他说这些个干什么？你算哪级领导啊？

赵元甲对电话：你不用感谢我的关怀，赶紧抓落实吧。你别不当回事，这件事必须落到实处……哦，这事不赖你，我还没跟你说什么事儿呢。就是，我最近想找个工作，我从林氏集团辞职了……哦，那好吧。

赵元甲放下电话，拿起遥控器，打开了电视。

淑恬：怎么样了？

赵元甲看着电视：他答应了。

电视里传来足球赛的声音。

陈家客厅。赵元甲看电视，晨晨正在忘情地用 PSP 打游戏，林恒在旁边看得十分羡慕。

林恒：晨晨，打这么半天你一定累了吧？

晨晨头也不抬：不累。

林恒：那你也该歇会儿了，老师说，老打游戏对眼睛不好，容易得近视眼。

晨晨：近视就近视呗。

林恒没办法，给晨晨倒了杯水。

林恒：晨晨，喝口水吧。

晨晨：我不渴，你给我倒水我也不给你玩。

继续玩游戏。

林恒指着 PSP 游戏机：这还是我给你的呢。

晨晨：什么你给我的？这是我拿竹蜻蜓跟你换的。

林恒：它原来就是我的。

晨晨：可它现在是我的了，就不给你玩。

门铃响，晨晨走过去开门，尤克勤进来。

尤克勤：晨晨，别玩了，收拾收拾，准备回家。

晨晨：哎。

嘴里答应，可并没有放下手中的游戏机。

尤克勤：听见没有？

尤克勤一吸鼻子：嗯？什么这么香？

尤克勤走进厨房：妈，又做带鱼了，真香！

陈老太没好气：那是，不花钱的带鱼可不香吗？

这时候林恒默默地坐到赵元甲身边。

许久，赵元甲才发现林恒正可怜巴巴地看着自己。

赵元甲：怎么啦林恒？

林恒委屈：赵叔，您能把那张卡给我用用吗？

赵元甲：干什么？

林恒：我想买个 PSP。

赵元甲一指晨晨：晨晨那儿不是有一个吗？你们俩一块儿玩，啊！

203

林恒：晨晨他不给我玩。

赵元甲关掉电视，走到晨晨身边：晨晨，把游戏机给林恒玩玩，啊！

晨晨头也不抬：为什么？

赵元甲：好孩子要懂得分享。

晨晨停下手中的游戏机：我凭什么听你的呀？我爸爸说你就是一没钱的废物。

赵元甲被晨晨的话激怒了：嘿，我……不看你是个小孩，我真想给你个大耳帖子。尤克勤，你给我出来！

尤克勤听到晨晨的话，觉得不妙，赶紧从厨房出来。

尤克勤：晨晨，又跟你姨父瞎贫什么呢？别玩了，赶紧跟我回家。

赵元甲：等等，刚才这怎么回事？

尤克勤：什么怎么回事？

赵元甲：别装了，刚才他的话你没听见？

尤克勤：这个，咳，童言无忌童言无忌！没事儿……

赵元甲：我有事儿！

尤克勤：何必跟孩子一般见识呢？我儿子一向心直口快，有什么说什么。

赵元甲：这么说，你真说过这样的话？

尤克勤：没有，我从来不在背后说别人坏话。我一直都跟他说，你是个绝种好男人。

尤克勤对晨晨：晨晨，咱们走。

晨晨和尤克勤出。

林恒走过来：赵叔，什么叫绝种好男人？

赵元甲：就是说这个男人太好了，是这个世界上的稀有品种。

林恒：那绝种是什么意思？

赵元甲：绝种就是说这种男人太稀有了，眼看就要灭绝，绝种就是没有后代……他妈的！尤克勤！

赵元甲正要追出，座机电话响起。

赵元甲忍住怒气，走过去接电话：喂，您好。哦，好的，明天下午见。

陈老太扙掌着双手自厨房出。

陈老太：刚才谁的电话？

赵元甲：范明辉来的，他说给我找了份工作。

赵元甲恨恨地看着房门，重重地叹了口气。

林恒同情地看着赵元甲：赵叔，都是我不好。

赵元甲：没你的事儿。

林恒：赵叔，我一定要给你出这口气。

赵元甲：什么出气不出气，以后少搭理他就成了。赶紧写作业去吧。

林恒默默地走开了。

某球迷餐厅门口。赵元甲驾驶别克车到餐厅门口停下，下车，走进餐厅。

球迷餐厅。球迷餐厅内部装潢很有球迷特色，由于不是饭点儿，没有顾客。

赵元甲走进餐厅，找个靠窗的位置坐下来。一个服务员端了杯水拿着菜单向赵元甲走来。

服务员把水放在赵元甲面前，打开菜单：先生，请问您用点儿什么？

赵元甲：我等人。

服务员：哦，那打扰了。

拿起菜单离开。

赵元甲开始打量四壁的球星海报。

陈家客厅。晨晨忘情地打游戏，门一开，林恒背着书包走进来，换鞋。

林恒讨好地走到晨晨身边。

林恒：晨晨，给我玩会儿成吗？

晨晨：不成。

林恒：我不白玩你的，我可以教你一手魔法。

晨晨停下游戏：什么魔法？

林恒：隔空取物。

晨晨：什么叫隔空取物？

林恒伸手在墙上比画：就是……就是隔着一堵墙，把墙那边的东西拿过来。

晨晨上下打量林恒，还是有点儿不信：吹牛！

林恒：不蒙你，不信咱们可以当场演练。

晨晨将信将疑：怎么演练？

林恒：你跟我来。

一把拉起晨晨走入厨房。

厨房。晨晨脸朝前，身体呈"大"字形，后背紧贴在墙上，双臂平展，掌心向前，手背贴在墙上。在他的双手、后背和臀部，林恒各放了一个碗，这些碗完全靠晨晨的挤压固定在墙上。林恒拿起最后一个碗，放在晨晨脑后。

林恒：靠紧了，不要动，我这就到隔壁把碗给你取出来。

说罢，走进客厅。

晨晨觉得有点儿吃力：你快点儿啊！

林恒：你放心吧，马上就好。

客厅。林恒从厨房出来走进客厅，拿起晨晨的游戏机坐在沙发上聚精会神地玩起来。厨房里传出晨晨哀求般的声音。

晨晨：林恒，你怎么还没把碗取走啊。

林恒玩游戏，头也不抬：着什么急呀？这个魔法使用起来比较费时间。

晨晨：那你可快点儿啊，我快坚持不住了！

林恒：你催什么？你老催这魔法就不灵了。

厨房。晨晨靠在墙上狼狈不堪，额头上汗水直冒。

晨晨哀求：林恒，你快点儿把碗取走吧，我不行了！

林恒：着什么急呀？没告诉你再等会儿吗？

206

晨晨：林恒，你是不是在耍我呀？

林恒：谁耍你……你心不诚，这碗没法取了。

晨晨：我求你了，咱别隔空取物了，你过来给我取下来就成。

林恒：不管，谁让你破坏我的魔法的。

晨晨听罢此话，有些绝望。晨晨想把手上的碗先取下来，可因为是手背靠在墙上，碗比较重也比较大，怕摔了碗，费尽九牛二虎之力也没能成功。

陈家客厅。林恒坐在沙发上聚精会神玩游戏。门一开，尤克勤走进来。

尤克勤：这谁呀？门也不锁。

尤克勤扫视了一下客厅，不见晨晨：哎？晨晨上哪儿去了？晨晨？

晨晨：爸……

话音未落，厨房里传出来一片瓷器落地碎裂的声音。

球迷餐厅。赵元甲百无聊赖地在餐厅里等待，门一开，范明辉走了进来。

赵元甲起身相迎：哎，明辉。

范明辉走过来，一指椅子：坐坐坐。

赵元甲落座：你干吗约我在这儿见面哪？

范明辉：因为我想介绍你到这儿工作呀。

赵元甲迷惑了：到这儿工作？我能在这儿干什么呀？经理？

范明辉：不不不，经理已经有了。是这样，我听淑恬说，你有点儿做饭的手艺，还有二级厨师的本子……

赵元甲失望了：哦，敢情你是想让我当厨师长啊。

范明辉：不不不，哪儿能让你当厨师长呢，他们这里暂时还没有厨师长，就是普通的厨师，你看……

赵元甲：没事儿，看你面子，将就了。

范明辉：这餐厅的老板是我一个好朋友。我知道你这人……挺有性格的，可咱们……是吧，此一时彼一时，希望你好好干，别让我为难。

207

赵元甲：没问题，全看你面子了。

餐厅门一开，餐厅的老板米先生走进来。

范明辉见到米老板，起身：哟，米老板！可算把你等来了。

见赵元甲还坐着，范明辉捅了他一下，赵元甲被迫也站了起来。

米老板：行啦，范总，您就少拿我开涮了吧，在您面前，能有几个敢叫老板的？

范明辉：您又拿我打镲。

范明辉一指赵元甲：这就是赵元甲，我跟您说过的。

米老板与赵元甲握手：哦，你好你好。

范明辉：那你们聊聊吧。

米老板：聊什么呀，不用了，明天就来上班吧，月薪先按三千块钱算！

范明辉一捅赵元甲，示意他赶紧表示感谢。

赵元甲：谢谢米老板。

米老板客气两句：哪里哪里，赵先生，那就委屈您了。

赵元甲：咳！没事儿，是金子在哪儿都会发光的。

赵元甲语出惊人，让米老板忍不住对他"另眼相看"。

陈家客厅。尤克勤训斥林恒，林恒做出一副低头认罪的样子。晨晨在一边听着解气。

尤克勤：太不像话了！今天这件事，你必须向我儿子道歉，不然我跟你没完！

林恒做出一副诚恳的样子：晨晨，对不起，我错了，我不该跟你开玩笑！不过我真的会魔法……

尤克勤：行啦行啦，收起你那套吧。怎么着？你还没骗够啊？

林恒：没有。不，骗够了。也不是，我没骗他。我真会魔法。

尤克勤：你会什么魔法？怎么着？又隔空取物？

林恒：隔空取物是瞎掰，我会大变活人。

尤克勤冷笑：得了吧，你会大变活人？蒙谁呀？

林恒：真不骗您，我真会大变活人。不信咱们可以现场演练。您在这儿摆个姿势，我一发功，就能把您变到天安门广场上。

尤克勤：行。那咱们打个赌吧，如果你能把我变到天安门广场上，我请你吃肯德基。

林恒：行。

尤克勤：可如果你输了，就得借你爸爸那张卡上的钱给我用用。

林恒：借多少？

尤克勤：至少一百万。

林恒：行。

尤克勤：好，那你开始变吧。

林恒：这样我变不了，您得扎个马步。

尤克勤大大咧咧：好，扎个马步。

扎马步。

林恒递过来一张报纸：您手里还得拿一张报纸。

尤克勤：行，拿张报纸。

尤克勤接过报纸：你变吧。

林恒：我变不了。

尤克勤：嘿！

林恒：我得先发功。

尤克勤：你发。

林恒走八卦步，装模作样围着尤克勤走了三圈。

林恒停住，深吸一口气，双掌向着尤克勤的方向猛力一推：走你！

尤克勤纹丝未动。

尤克勤父子狂笑不止。

尤克勤好不容易止住笑，嘲笑：我说这位大师，我怎么还在这儿呢？

说罢要起身。

林恒拦住他：别动！

尤克勤：为什么？你已经输了。

林恒：谁说我输了？我发这个功有点儿慢，您再等会儿，保持这个姿势别动，二十分钟过后，您就会发现自己来到了天安门广场。

尤克勤：好，我就再等你二十分钟。

重新扎好马步。

林恒：尤叔叔，我现在得出去拿晚报了，一会儿就回来，您保持这个姿势不要动，再等二十分钟。

尤克勤：不动就不动，不就二十分钟吗？到时输了你得跟你赵叔说借我一百万，那钱是你的，谁也管不着。

林恒：行，我走了。你不许耍赖。

尤克勤：行，绝不耍赖。

林恒：那我先出去了。

尤克勤：行啦，你赶紧走吧。

林恒暗自带着一脸坏笑离开。

看着林恒离开，尤克勤脸上的笑容消失了，变得严肃，一本正经。

尤克勤继续扎马步，教训儿子：晨晨，你记住了，以后别人家说什么就信。还什么隔空取物？还什么魔法，他顶多就会点儿魔术。知道什么叫魔术吗？

晨晨：知道。就是能变钱、变鸽子的戏法。

尤克勤：那都是骗人的。我告诉你，你要想变出一分钱来，首先你得有一分钱。

晨晨：也有真的吧，我看电视上就有大变活人的。

尤克勤：那也是骗人的。大变活人是高级魔术，林恒怎么可能会？他不可能会。等一会儿他回来，我就跟他要一百万。

晨晨：他能给吗？

尤克勤：我这是借不是要。

晨晨：对您来说这不一个意思吗？

街心公园。一群小朋友在踢足球，林恒跑过来，加入他们一起踢。

陈家客厅。尤克勤继续一边扎马步一边教训儿子。

尤克勤：所以，凡事你都得多动动脑子，没坏处。哎，是不是到点儿了？

晨晨：还差五分钟。

尤克勤：好嘞。再过五分钟，林恒就彻底输啦。我看到时候他还怎么吹牛。

门一开，赵元甲提着一购物袋菜和陈老太进来。

赵元甲边走边和陈老太谈话：所以，您放心吧，工作问题已经解决……

赵元甲见到尤克勤在扎马步，觉得很可笑：哟，二姐夫，您这是在练什么功夫啊？

尤克勤：不知道吧？这就是所谓的"大变活人"。

赵元甲围着尤克勤转了一圈儿：我看您这不像是大变活人，倒像是"活人大便"。

说罢，赵元甲和陈老太哈哈大笑。尤克勤立刻就知道自己上了林恒的当了，脸涨得通红，赶紧站起。

陈老太：小尤，这到底怎么回事啊？

晨晨：是这样，我爸爸跟……

尤克勤赶快打断儿子：我跟晨晨开了个玩笑，没事儿了没事儿了。

陈老太：没事儿就好。我还以为你犯了哪路毛病了呢。

从赵元甲手中接过菜，走进厨房。

随即，厨房里发出一声惊叫，陈老太愤怒地从厨房走出来。

陈老太：谁干的？谁干的？是谁把碗摔坏了？

晨晨吓得不敢说话。

尤克勤给晨晨使眼色：晨晨，你怕什么，姥姥问你话呢，是谁把碗摔坏的？

晨晨心领神会：是林恒摔的。

陈老太和赵元甲都吃了一惊。

第 十 章

陈家客厅。尤克勤唆使儿子晨晨向陈老太和赵元甲诬告林恒。

赵元甲：妈，我看这事儿，林恒他不可能……

陈老太冷冷地打断赵元甲：行啦，你什么也别说啦。这事儿你自己看着办。人家是亿万富豪的孩子，我这儿可容不下。

陈老太说罢，直接进了自己卧室，留下赵元甲在原地发愣，尤克勤父子得意非凡。

赵元甲所住小区门口。尤克勤和晨晨走出小区，二人边走边聊。

晨晨：爸，您为什么不在姥姥面前再告林恒一状啊？

尤克勤：告他什么？

晨晨：他骗你扎马步，骗我……

尤克勤：你傻呀你。咱爷俩都让人给耍了，说出去光彩呀？

晨晨：那……这事儿就这么算了？

尤克勤：当然不能算。

晨晨：那咱们怎么办？

尤克勤：你说呢。

晨晨：您是想跟他要一百万炒股。

尤克勤：好小子，猜对了……

晨晨：爸，他要是没那么多钱呢。

尤克勤：那也不要紧，最起码我知道他有多少钱了。里外不亏。

二人走远。

赵元甲夫妇卧室。夜。林恒噘着嘴站在屋里，赵元甲站在他面前，表面上对其进行“严厉训斥”，其实是虚张声势，话多半是说给外边的陈老太听的。

赵元甲：太不像话了！有你这么干的吗?！啊？你就不能……把事情做得滴水不漏一点儿？你就不能不给人家留下栽赃陷害的把柄？你看这一地碗碴儿，我想替你说句话都不成。

林恒：赵叔，我错了。

赵元甲大声：光认错有什么用？你得改。下次你再这样，别怪我不客气！

淑恬一推门走进来，挡在林恒身前。

淑恬：你那么大声干吗呀你？再吓着孩子。

安慰地轻轻抚摸林恒的头。

赵元甲见妻子求情，更来劲了，声音提高八度，指着林恒假作气愤：这孩子太不像话了！必须严加管教！

淑恬：行啦，说两句行啦，不就碎了几个碗吗？至于的吗？哎，听妈说，这次你真找到工作了？

赵元甲：那能有假？

淑恬：在哪儿呀？

赵元甲：就是工体附近一个挺大的球迷餐厅。

淑恬有些意外：球迷餐厅？

赵元甲：你别看不起呀，因为挨着工体，好多球星都是那儿的常客，像什么高宝光啊、王海亮啊，都经常去。

林恒：哎，赵叔，如果您哪天遇见朱非，可一定得给我要个签名啊。我是他的粉丝。

赵元甲：没问题。那什么，时间不早了，赶紧写作业去吧。

林恒应声而出。

淑恬长出一口气：唉，可算又找到工作了。

淑恬从怀里掏出一张用十字绣小袋装着的卡片：这个你拿着。

赵元甲埋怨妻子：咳，我找个工作那还不是手拿把攥的事？还用得着送礼物？

赵元甲口不对心，查看：这里边什么呀这个？

淑恬：公交卡。现在油价又上涨了，你以后别开车上班了，坐公交吧。

赵元甲为难：啊？我都多少年没坐过公交了，万一坐岔了……坐岔了还是小事，万一要是影响了上班，那多不好啊。

淑恬：怕坐岔了就早点儿出发，多坐几次就熟了。

赵元甲：那好吧，那我后天就开始坐公交。

淑恬：干吗后天哪？明天就开始吧。开着车去给人家打工，也不怕人家笑话。

赵元甲嘟囔：这会儿没车开才让人笑话呢。

话虽如此说，赵元甲还是不情愿地把公交卡放进口袋里。

球迷餐厅后厨。赵元甲和几个厨师在餐厅经理的监督下正在做营业前的准备。

赵元甲边做准备边和厨师甲聊天：听说咱们这儿经常来球星？

厨师甲：那当然了。

赵元甲：那朱非来过吗？

厨师甲：就属他来得最多。

西装革履的经理听见他们的谈话有些不满。

经理：上班时间不要聊跟工作无关的事情啊。

一个服务员匆匆走进来。

服务员：赵师傅，外边有个顾客点名让您出去一趟。

赵元甲有点儿不相信自己耳朵：什么？找我？

经理闻声走过来。

经理：老赵，你是不是把菜炒煳了，顾客有意见？

赵元甲：不能吧经理，我一个菜还没炒呢它怎么就煳了？

服务员：是啊，咱们还没开始营业呢。

经理：那这到底怎么回事儿？

赵元甲：我哪儿知道啊。

经理不耐烦：快去看看。

赵元甲应声走出后厨，走进餐厅大堂。

球迷餐厅大堂。因未到营业时间，餐厅里空空荡荡。赵元甲匆匆地从后厨走入大堂，发现有个女顾客正背对着自己坐在餐桌前。赵元甲走过去。

赵元甲：您好，请问是您找我……

那女人一扭头，赵元甲赫然发现那人正是大姐淑珍。

赵元甲：大姐？您怎么来了？

淑珍：有要紧事。

淑珍示意赵元甲在对面坐下：我最近去了一趟你姐夫的单位。

赵元甲：啊？这……您又有什么新发现了？

淑珍：我找到周致中的外遇嫌疑人了——就是他们单位的秦晓莹。

赵元甲无奈：哎哟，我的大姐，您怎么又来了，你凭什么说人家有外遇，您有证据吗？

淑珍：还要什么证据呀？我用鼻子一闻就闻出来了，肯定是她，没跑儿。

赵元甲震惊：什么？大姐，我没听懂，您是……闻出来的？

淑珍：对呀，秦晓莹用的那香水的牌子、香型，跟周致中买给我的一模一样。他们俩肯定有一腿！

赵元甲：啊？别人还不能用跟您一模一样的香水了？这算什么证据呀？

淑珍：那什么才算证据啊？

赵元甲：您至少得查出点儿看得见摸得着的东西吧？比如，他们俩之间有频繁的通话记录，或者他们俩之间有暧昧的短信来往。

淑珍：哦，你这么一说倒提醒了我，我马上去查。放心吧，到时候保证让你口服心服。

起身离开。

赵元甲望着淑珍的背影：您让我口服心服什么呀？又不是我有外遇。

赵元甲掏出手机拨号：喂，姐夫，有件事我得问问您……

周致中办公室。周致中正在接赵元甲的电话。

周致中：咳！那香水呀，它本来就是我托秦晓莹给买的，那能不一样吗？人家当时在香港出差，一共买了两份，一份自己用，一份给了我，我又给我老婆……我怎么跟她解释啊？我解释不了，你还不知道你大姐那脾气，解释了她也不听。

陈家客厅。林恒正在写作业，晨晨一推门走进来，故意走到林恒面前。

晨晨：林恒，你干什么呢？

林恒：别捣乱，没看我正写作业呢吗？

晨晨大模大样地从右边兜里掏出一个大枣，放在嘴里，脆脆地一咬。

林恒：你吃什么呢？

晨晨得意：大枣。

林恒有点儿眼馋，讨好：能给我吃点儿吗？

晨晨：不成。要吃就得吃一把。

从左边兜里掏出一把大枣，递给林恒。

林恒接过，拿起一个放进嘴里一咬，立刻就觉得辣，再看晨晨不怀好意的表情，马上就知道自己上当了，但他做出一副若无其事的样子，依然把它咽了下去。

林恒：好吃，真好吃！

又拿起一个大枣。

晨晨被弄蒙了：好吃？不会吧？

林恒：就是好吃！

作势又要吃。

晨晨彻底蒙了：不可能啊。

晨晨指着自己左边兜：这兜里的我明明都抹了辣椒啦。

晨晨从自己左边兜里掏出一个大枣，塞进嘴里，一咬，马上被辣得哇哇大叫，表情痛苦，狼狈地跑进卫生间。

林恒这才忍不住也露出了痛苦表情，将嘴里的东西吐进垃圾篓，倒水漱口。

216

林恒看着卫生间的方向：哼！跟我斗。

球迷餐厅后厨。赵元甲和众厨师正在做营业前的准备，厨师甲走近赵元甲。

厨师甲：周五有场比赛，朱非可能上咱们这儿来。另外……

餐厅经理衣冠楚楚地走进来，扫视众人，厨师甲急忙躲开。

经理清了清嗓子：今天，大家都把准备工作做充分一点儿啊，下午老板来视察……

一个服务员走进来。

服务员对赵元甲：赵师傅，上次那个顾客又来了，点名让您出去一趟。

赵元甲：啊？怎么又来了？

经理皱眉：我说老赵，你怎么老出这种事儿啊。

赵元甲无奈：我也不想啊。

经理不耐烦地一挥手：快去把事儿摆平了，完事儿赶紧回来。

赵元甲应声走出厨房。

球迷餐厅大堂。淑珍坐在餐桌前等赵元甲。赵元甲走进大堂。

赵元甲：大姐，您怎么又来了？

淑珍神秘地：我又有了重大发现。

赵元甲无奈地坐在淑珍对面：您又发现什么了？

淑珍：你上次不是让我找证据吗？

赵元甲：啊！

淑珍：我查过你姐夫的手机了，他跟秦晓莹之间没有频繁的通话记录，更没有什么暧昧短信。

赵元甲：哦，那好啊！

淑珍：好什么呀，肯定都让你姐夫给删了。你说他这人心眼儿有多多！

赵元甲被淑珍的思维方式雷倒：啊？这……

淑珍：还有，你姐夫的手机里根本就没有秦晓莹的电话号码。

217

赵元甲：那好啊，这说明……

淑珍抢过话头：这说明你姐夫已经把秦晓莹的电话号码记在心里了，他根本就不用存。

赵元甲彻底被雷倒：啊？大姐，您这疑心也太重了！

淑珍：我疑心重吗？你想想，周致中的通讯录里谁的电话都有，为什么偏偏没有秦晓莹的？这不是此地无银三百两吗？这不是欲盖弥彰吗？

赵元甲：大姐，您可不能这么无缘无故地就怀疑人家。

淑珍：什么叫无缘无故啊？我做过调查，秦晓莹在他们单位，跟你姐夫一样，平时作风都极其正派。

赵元甲：那不挺好吗，这说明……

淑珍：说明他们动了真感情了，绝不是随便玩玩儿那么简单。并且秦晓莹至今未婚……坏了，看来他们两个真好上了，哎呀，我可怎么办哪？

赵元甲：大姐，您别老这么胡思乱想好不好？您说姐夫跟秦晓莹有不正当关系，您看见啦？

淑珍：啊！没看见哪——这还用看见吗？事实就在那儿明摆着……

赵元甲：这算什么事实？这都是您瞎想出来的。

淑珍：那什么才算事实啊？

赵元甲：俗话说，耳听为虚，眼见为实……

经理从后厨走过来，站在桌前。

经理：我说老赵啊，上班时间别老瞎聊天成吗？赶紧回去干活。

说完就走。

赵元甲如蒙大赦，起立：大姐，那什么我……

淑珍把赵元甲按回到座位上：你坐下。

淑珍自己站起，对经理：这位先生，什么叫瞎聊天呀？作为顾客，我有权要求他为我服务。

跟经理拧上了。

经理也不示弱：您算哪门子顾客呀？您点菜了吗？

淑珍：我马上就点。

经理对服务员：小刘，给这位女士拿菜单！

服务员拿着菜单走来。

淑珍甩给经理五百块钱：不用了。这是五百块钱，您看着安排吧。

服务员：啊？您一个人吃五百块钱？

淑珍：剩下的是你的小费。

经理：对不起，本餐厅不能收小费。

淑珍：那就给我存着，去吧。

经理：嘿！

悻悻而去。

赵元甲觉得有点儿过意不去，站起：经理我……

经理回头，没好气：你什么你？好好为这位顾客服务吧！

赵元甲无奈只得坐下，继续听淑珍唠叨。

淑珍：咱们刚才说到哪儿了？

赵元甲：眼见为实。

淑珍：对，眼见为实。咱们接着说啊。

赵元甲听着，表情痛苦。

赵元甲所住的楼门口。林恒背着书包往楼里走，不料晨晨和尤克勤这时从楼里走出来，冷冷地挡在他的身前。

林恒有些惊恐：你们想干什么？

尤克勤：干什么？林恒，咱们的那笔老账该了了吧。

林恒迷惑：什么老账？

尤克勤：你当初跟我打赌，说能把我变到天安门广场上。可最终呢，你没做到。

林恒：那次中间有人干扰了，咱们再来一次吧。

尤克勤急忙拦住：少来这套，你以为我是傻子啊？

林恒点头：啊！

尤克勤：啊什么啊？你输了得把钱借给我。

林恒：钱在赵叔那儿呢。

尤克勤：好吧，我回头去找他，你先把卡里有多少钱告诉我。

林恒：太多了，我忘了。

尤克勤：太多是多少。

林恒：也就一千多万吧。

尤克勤：一千多万？再见。

尤克勤乐疯了。

尤克勤夫妇卧室。夜。夫妇俩已经就寝，卧室里一片漆黑。突然，尤克勤在黑暗中发出一阵狂笑。

尤克勤：哈哈哈！

妻子淑静不耐烦地一翻身扭亮了台灯。

淑静：又撒什么癔症啊你？还让不让人睡觉了？

尤克勤自说自话：一千多万哪，我是站着花，躺着花，拿着大顶花，这辈子怎么也花不完啦！

淑静：你就发神经吧你，我就不明白了，人家卡里有一千多万，你高得哪门子兴啊？

尤克勤：你懂什么，那笔钱早晚是我的。

淑静：你就做梦吧！

淑静赌气关灯，又躺下睡了。

尤克勤在黑暗中继续自说自话：等这笔钱到手，我先换一套大房子，再换一套红木家具，再换一辆新车……

淑静听着不顺耳，赌气又扭亮了台灯，翻身坐起，盯着尤克勤。

淑静语带嘲讽：老婆是不是也得换一个呀？

尤克勤沉浸在幻想中：那当然了，不光是老婆……

尤克勤意识到自己说漏了嘴：儿子也不能换。

淑静哼了一声，扭身关灯又睡了。

球迷餐厅。餐厅里已经有了一些客人。淑珍坐在餐桌前等赵元甲。赵元甲从后厨走出来，来到淑珍面前。

赵元甲一脸苦笑：大姐，您怎么老这时候来呀，我在上班呀。

淑珍：那我正好照顾你生意呀！菜我都点好了。

赵元甲一挪椅子，坐下：您今天又有什么事儿啊？

淑珍：你上次不是让我眼见为实吗？所以今天我又去了一趟你姐夫他

们单位。我得调查调查，我倒要看看你姐夫跟秦晓莹到底有没有私情。

赵元甲：那您怎么调查的？

淑珍：我先找了他们同事王颖，又找了他们同事小姚，还找了他们单位的李阳，最后才去找秦晓莹。

赵元甲：结果呢？

淑珍：结果，秦晓莹没找到——她出差了。

赵元甲气乐了：咳！您来就为告诉我这事儿呀？

淑珍：不光是这事儿，我还想问问，下一步我该怎么办呢？

赵元甲：还能怎么办，眼见为实，她不回来您怎么眼见为实？

淑珍：你是说我还得等她回来？

赵元甲：多新鲜哪。

话音未落，球星朱非和经纪人以及一个记者模样的人走了进来。

朱非：服务员，有包间吗？

服务员：您跟我来。

引着朱非和记者走向一个包间。

赵元甲：大姐，您手里有小本吗？

淑珍：好像有一个。你要它干什么？

赵元甲一指包间的方向：您没看见朱非来了吗？我想请他给我签个名。

淑珍：朱非是谁呀？

赵元甲：猛虎队的前锋，著名球星！

淑珍：啊？咱中国还有"著名球星"哪？

"著名球星"四个字咬得很重，颇含讥讽。

赵元甲：咳！这您就别管了，赶紧给我找个小本吧。

淑珍：好好。

在自己的坤包里寻找。

这一边，很多顾客、球迷已经认出了朱非。

球迷甲：朱非，我最喜欢看你踢球了，能给我签个名吗？

球迷乙：能跟我合个影吗？

朱非不理，走。

球迷甲有些疑惑：哎？是他吗？

球迷乙：应该是吧。走，过去看看。

球迷餐厅包间。朱非和经纪人正在接受记者采访。

记者：那下个赛季，您在转会方面有哪些打算呢？

朱非：这个我目前不便表态。

一群球迷拥进来。

球迷甲：朱非，您就是朱非吧？

朱非不耐烦地看了球迷甲一眼：有事吗？

球迷乙：哎哟，真是您哪！我最喜欢看您踢球了！

球迷甲激动得语无伦次：是啊，不瞒您说，我是您的偶像啊！

朱非：什么?！

球迷甲：不，您是我的偶像，我是您的粉丝！

球迷乙：您能给我签个名吗？

球迷甲：我能跟您合个影吗？

众球迷七嘴八舌：也给我签一个，给我也签一个！

赵元甲也举着一个小本挤进来。

赵元甲把小本放在朱非面前：朱非先生，能给我签个名吗？

朱非恼怒地把小本一推：干吗干吗干吗，起什么哄啊都？这儿还有人管没人管哪？

赵元甲被朱非的无礼举动弄蒙了：啊，你这……

朱非注意到赵元甲穿着厨师的衣服：嗯？你是这餐馆的？

赵元甲：对呀。

朱非：那你还愣着干什么呀？赶紧把这帮人给我轰出去，讨厌不讨厌哪？没看我正接受采访呢吗？赶紧把他们都给我轰出去。

赵元甲被朱非的无礼举动激怒了：凭什么呀？你说轰就轰?！

朱非指着赵元甲鼻子：你知道你在跟谁说话吗？

赵元甲：我知道。你不就是一个踢球的吗？怎么了，你是有点儿名气，可你别忘了，是球迷捧红了你，没有球迷，你算个什么气体

222

（屁）呀？

朱非：你……

站起，要发作，被经纪人按住。

赵元甲指着众球迷：你记住了。这才是你的衣食父母，没他们你什么都不是。可他们这么喜欢你们，你们又是怎么对待他们的？内战内行，外战外行，一到国际赛场就拉稀，除了输球，就是假赌黑！你们把球迷的心都给伤透了！可就是这样，他们还是瞎了心地原谅你们，鼓励你们，喜欢你们。还有人让你给签名，还有人愿意跟你合影，这是给你脸呢你知道吗？可你呢，却想把他们轰出去，简直就是忘恩负义，不识抬举！你还有脸轰人家？你算个什么东西呀你？

朱非被说得面红耳赤，恼羞成怒：他妈的我……

一拍桌子，就要动粗，被经纪人拦住，朱非挣扎。

朱非和经纪人激烈争吵。经纪人暗中指指记者，暗示朱非注意影响和自己的形象，朱非这才安静下来。经纪人与朱非耳语，朱非恨恨地点头。

经纪人转过头来面向众球迷，清了清嗓子：各位，我是朱非先生的经纪人，刚才那都是误会，误会！最近朱非先生的身体不好，所以情绪有点儿不稳定，以至于……造成了刚才的误会，希望大家不要介意。我刚才跟朱非先生商量了一下，他表示愿意跟大家合影。现在请大家排好队，不要乱，一个一个地来。你们谁先来呢？

众球迷面面相觑，有些蠢蠢欲动。

经纪人一指赵元甲：这位先生，要不你先来吧。

赵元甲：什么？我？

赵元甲对朱非：您又愿意跟我们合影了？

朱非无奈点头：啊！

赵元甲：可我不愿意跟你合影——因为你不配。

转身走出包间。

球迷甲鼓掌，球迷乙鼓掌，全体球迷鼓掌，掌声响成一片。

记者、经纪人感到十分难堪。朱非的脸被气成了猪肝色，恼羞成怒地拿出手机拨号。

球迷餐厅大堂。赵元甲昂首挺胸走出包间，自感豪情万丈。谁知餐厅经理正站在门口，见状一把把赵元甲拉到一边。

经理：老赵，你吃错药了，怎么跟顾客这么讲话？

经理暗中一挑大拇指，小声：说得好，痛快！

经理提高声音：朱先生是咱们这儿的 VIP 你知道吗？

赵元甲：我管他是什么屁呢。

经理小声：说得好！

经理大声：怎么说话呢这是，赶紧回去干活去。

赵元甲应声走向厨房。

经理的手机突然响起。

经理：喂，您好。哦，我知道我知道。

经理对着赵元甲背影：老赵，等一下。

赵元甲停住，回头：什么事儿？

经理：老板让你去一趟。

赵元甲有些意外，指着自己鼻子：我？

老板米先生的办公室。米老板拿一支笔在纸上涂鸦。赵元甲进。

赵元甲：老板，您找我？

米老板抬起头，示意赵元甲坐下：听说你刚才仗义执言，把朱非教训了一顿？

赵元甲得意：咳，那是我应该做的。

米老板讽刺：你英雄啊你？

赵元甲一下子愣住，笑容僵在脸上：呃，您什么意思？

米老板：不管朱非多不是东西，他都是咱们的顾客，你这么对待顾客让我还怎么做生意？

赵元甲：这个，该怎么做就怎么做呗，咱们是球迷餐厅，主要的顾客就是球迷，我这是为球迷出气……

米老板：你这是只知其一，不知其二。来咱们餐厅的球迷确实不少，可他们绝大多数是冲着球星来的。球星不来，他们谁还来？再者说了，球迷吃一百顿花的，还没有朱非吃一顿花得多，哪个轻哪个重你分不清啊？

224

赵元甲：这我倒没想那么多。

米老板：没想那么多？这件事你必须向朱非道歉。

赵元甲也来气了：那我要是不道歉呢？

米老板：那我就只好跟你说拜拜了，虽然你是范总推荐来的。

赵元甲本想反驳，但听到范明辉的名字，沉默了。

米老板以为赵元甲没听懂：不知道我说明白了没有，现在您只有两个选择，要么道歉，要么走人，我可以给你一天时间考虑。

赵元甲手一抬，做个拒绝的手势：用不着，我已经考虑好了。

赵元甲起身，毅然决然：我道歉！

米老板看着赵元甲的样子又有些不忍：其实你也没做错什么，我要是个普通球迷也会支持你，可我是个商人……

赵元甲：我明白，您什么都甭说了。

米老板：那我就明天把朱非约来，你当面向他道歉。

赵元甲：行，全听您安排。我走了。

转身出办公室。

米老板望着赵元甲的背影叹了口气，拿起电话。

陈家客厅。林恒、晨晨对坐写作业，尤克勤坐在沙发上玩 PSP。晨晨大概算错了题，一时懊恼起来，抓起草稿纸，撕碎，扔在地上，不久又撕一张。陈老太开门进来。

陈老太看到满地的废纸，气不打一处来：这是谁干的？谁干的？

晨晨有点儿做贼心虚，眼神游移。

尤克勤将 PSP 放到茶几上，阴阳怪气：晨晨，姥姥问你呢，谁干的呀？

晨晨有点儿张口结舌：这个……我……

尤克勤赶紧给儿子解围：他……说不好。

陈老太：什么叫说不好呀？

尤克勤：其实也不是说不好，是不好说。关键是，就是说了人家也不认！

用眼睛瞟林恒。

林恒本能地为自己辩解：奶奶，不是我！

尤克勤：我说什么来着？说了人家也不认！

林恒：你诬赖好人！奶奶，真不是我！

陈老太：我知道，不是你，还能是谁呀？哼，赶紧给我收拾了！

走进自己房间。

林恒徒劳：奶奶，真不是我！

怨恨地看着尤克勤。

尤克勤不为所动：晨晨，别写了，该回家了。

晨晨应声收拾东西，爷儿俩正要出门，赵元甲回来了。

尤克勤：哟，元甲回来了？

赵元甲疲惫：啊！

尤克勤父子出。

赵元甲见林恒恨恨地瞪着尤克勤父子的背影：林恒，你怎么啦？出什么事啦？

林恒装作若无其事，收拾地上的碎纸：没什么。赵叔，朱非的签名您给我搞到了吗？

赵元甲：还没有……不过也快了。

林恒发觉赵元甲表情不对，垂头丧气的：赵叔，您怎么啦？

赵元甲：没怎么，就是……没怎么。

说罢，走进卧室。

林恒看着赵元甲的背影有些不解。

球迷餐厅包间。朱非嘴里嚼着口香糖大模大样坐在桌前，神情倨傲。米老板拉着赵元甲走来，恭恭敬敬站在桌前，向其道歉。

米老板：朱非先生，上次我们这位员工有眼不识泰山，对您多有冒犯，我已经严厉地批评过他了，今天请您来，就是想让他当面给您敬茶道歉。

米老板暗中一推赵元甲，用眼色示意他说话。

赵元甲：朱先生，上次是我态度不好，多有得罪，现在我当面向您道歉，请您原谅。

恭恭敬敬斟好一盏茶，双手捧到朱非面前。

朱非翻了一下白眼，没接。

赵元甲颇感尴尬，硬着头皮只能继续：上次都是我不好，惹您生气了，您大人不计小人过，就原谅我吧，请用茶。

朱非轻蔑地把嘴里口香糖吐到桌子上，还是没接，只把嘴凑到茶碗边上，向里面吐了口唾沫。

赵元甲被激怒，想发作，被米老板用眼神制止。米老板示意赵元甲再次敬茶。

赵元甲把茶碗放在一边，再次倒了一碗茶，耐着性子，恭恭敬敬双手捧过去：朱先生，我错了，请您原谅。

朱非再次把嘴凑到茶碗边上，向里边吐了口唾沫。

赵元甲怒火中烧，但米老板拉住了他，用眼神示意他再次敬茶。

赵元甲硬着头皮，又倒了一碗茶捧过去：朱先生，请用茶。

朱非冷冷地又吐了口唾沫。

赵元甲终于被激怒了，他手一翻，一碗茶泼在了朱非脸上。

米老板和朱非全都惊呆了。

赵元甲转身就走。

米老板办公室。赵元甲坐在老板桌对面的椅子上低头生闷气，米老板在屋里走来走去数落他。

米老板：你为什么就不能再忍一下呢？

赵元甲一仰脸：如果换成您，您忍得了吗？

米老板：当然忍不了！不过要是换成了我，我当初就不会去招惹他，也就用不着道歉了。你看看现在这事儿闹得——可别怪我当初没给你机会呀！

赵元甲：我知道，好汉做事好汉当，我走人。要不是因为范明辉，我昨天就走了。

米老板叹口气：其实我也不愿意开你，可是我……

赵元甲：知道，您是个商人。我走了。

转身就走。

米老板急拦：哎，你回来！

赵元甲回身：怎么啦？

米老板一指门外：到财务领三个月薪水再走！

赵元甲有意调侃：哟，您这可就不像个商人了。

米老板脸一绷：怎么，你还不想要是吧？

赵元甲：谁说的，不想要是傻子！谢您啦！

向门外走去。

米老板突然想起了什么，急拦：哎，你回来！

赵元甲回身：又怎么啦？您后悔了？

米老板指着赵元甲身上的工作服：谁后悔了？走之前记着把这身衣服给我留下。

赵元甲笑了：您到底还是个商人！

走出办公室。

米老板目送赵元甲远去。

陈家客厅。晨晨坐在沙发上看电视，频繁换台，都没有什么可看的节目。

晨晨把遥控器一扔：唉，真没劲！

林恒从卫生间里出来。

林恒：是够没劲的。

林恒走到晨晨身边：哎，晨晨，要不咱们玩个游戏吧。

晨晨：玩什么？又变魔术？

林恒坐在沙发上：怎么还变魔术啊，太 out 了，今天咱们玩个新鲜的。

晨晨：玩什么呀？

林恒：这个游戏叫诚实 or 勇敢，就是诚实或者勇敢的意思。

晨晨：怎么玩啊？

林恒：首先，咱俩先玩锤子剪子布，谁输了谁就得受罚。

晨晨：这也太老土了！

林恒：你听我把话说完。受罚的时候，受罚的人可以有两个选择，诚实或者勇敢。诚实呢，就是我问你一件事，你必须说实话，不许撒谎。

晨晨：要是撒谎了呢？

林恒：撒谎的人就会倒大霉。吃糖不甜，喝醋不酸，吃鱼得胃溃疡，吃肉得脑膜炎！

晨晨惊愕地张大嘴：这也太夸张了吧？

林恒：要是不想选择诚实，你还可以选择勇敢。勇敢就是，我让你去做一件事，你必须去做，无论这件事是什么。

晨晨思考了一下：听着好像也没什么意思呀。

林恒：玩起来就有意思了。要不咱们试试？

晨晨：试试就试试。

林恒：好，那咱们开始吧，咱们先玩锤子剪子布。

晨晨：好。

林恒：预备，开始。

两个小孩伸出手，开始猜拳。

二人：锤子剪子布，锤子剪子布，锤子剪子布。

林恒故意卖个破绽，输了。

晨晨得意非凡：哈！你输了！诚实还是勇敢？

林恒：勇敢！

晨晨：勇敢？

想不起游戏规则了。

林恒：就是你可以让我去干任何事情。

晨晨：真的？

晨晨见林恒点头，计上心来：那我就不客气了，你喊三声我是大傻瓜。

林恒：啊？这……

晨晨：说话算数，不许反悔呀！

林恒：行，不反悔就不反悔。我是大傻瓜！我是大傻瓜！我是大傻瓜！

晨晨看着林恒的狼狈样，开心极了。

林恒假装急眼了：不行，再来！

晨晨得意忘形：再来就再来！

二人重新猜拳：锤子剪子布！锤子剪子布！锤子剪子布！

林恒获胜，晨晨看着自己的手势傻眼了。

林恒：哈哈，你输了！说，诚实还是勇敢？

晨晨不假思索：诚实！

林恒：说，你几岁才不尿炕的？

晨晨：六……我还是选择勇敢吧。

林恒：成！马上下楼，把十三号楼的二胖叫下来。

晨晨：叫他干吗？

林恒：你要问他一个问题。

晨晨：什么问题？

林恒：你问他，你是不是想找抽啊？

晨晨：啊？问他这个，那不成我找抽了？那还不如我自己抽……我能不能再换一个？

林恒：你怎么老换哪？还讲不讲信用？

晨晨：最后一次，再不换了！

林恒：好！

林恒指着陈老太房间：你马上去奶奶房间，趁她现在正睡觉，把她的脸画成大花猫。

晨晨：啊？这……

胆怯地看着陈老太的房门。

林恒：你自己说的，这是最后一次，再也不换了。

晨晨只得点头：那好，可我没有笔呀，怎么画？

林恒：不用笔，用淑恬阿姨的口红。

晨晨：啊？这能成吗？

林恒重重地点点头。

陈老太房间。陈老太在床上熟睡，林恒和晨晨悄悄地推门进来。晨晨有点儿害怕，林恒将一管口红塞在晨晨手里，用下巴示意他上前。晨晨心有余悸，拿着口红，向陈老太床前摸去……

球迷餐厅门口。赵元甲从餐厅出来，举手拦了一辆出租车，绝尘而去。

出租车上，赵元甲坐在后座上，正在给范明辉打电话，电话通了。

赵元甲：喂，明辉呀，告诉你一事儿啊。我辞职了。没出什么事儿。老板对我不错，同事关系也好，是我不想干了。我就是嫌这工作将来没什么发展。以后我自己再找呗，就不麻烦你了。谢谢啊！

出租车驶远。

陈老太房间。陈老太依旧酣睡。晨晨在林恒的指挥下，用口红把陈老太的脸画得十分滑稽，大红嘴唇，红脸蛋，活像过去的老媒婆。晨晨正要再画，陈老太翻了个身，晨晨吓得心惊胆战。

晨晨低声对林恒：差不多了吧？

林恒点点头，表示认可，接着一招手，两个孩子悄悄地溜出房间。

某大型商场自动扶梯。赵元甲站在扶梯上缓缓上升，上楼后走向一家名牌运动鞋柜台，拿起一双鞋仔细端详。一个女售货员见状走过来。

售货员：这双鞋打完折五百九。

赵元甲点头：嗯，不错。有小号的吗？

售货员：您穿多大号鞋？

赵元甲：咳，不是我穿，是我……儿子穿。

售货员：哦，童鞋在这边。

售货员引着赵元甲走向童鞋区：你儿子今年多大？

赵元甲：十二。

售货员：那他多高啊？

赵元甲给售货员比画林恒的身高、脚的大小。

陈老太房间。陈老太依然酣睡，被画得乱七八糟的脸让人看着忍俊不禁。电话铃突然响起，陈老太一激灵，坐起来。

陈老太：谁呀这是！

陈老太睡眼惺忪地走进客厅。

陈家客厅。客厅空无一人，林恒和晨晨已经出去玩了。陈老太走进客厅，急匆匆扑向座机。

陈老太：喂，哪位呀？咳，他刘大妈呀，刚才我正睡觉呢。什么事儿？咳，超市的大米能有多便宜呀？什么？一块五？不可能！是今年的新米吗？你等等啊，我来，我一定来，你等着我啊。陈老太着急忙慌地找钱，找购物袋，最后匆匆出门，丝毫不知道脸上已经被画成了大花猫。

赵元甲所住楼门口。陈老太拿着购物袋急匆匆走出楼门。附近来往的人看到陈老太脸上的"彩妆"皆掩口而笑。陈老太觉出众人的异常，但也没太在意，继续急匆匆地往前走。

某居民楼下。刘大妈也拿着几个大购物袋，正在这里等陈老太。陈老太带着一脸"彩妆"匆匆走来，忙不迭地向刘大妈打招呼。

陈老太：哎哟，他刘大妈呀，让您久等了，咱们赶快走……

刘大妈一回头，看见陈老太的滑稽样子，先是惊愕，继而指着陈老太狂笑不止，笑得弯了腰。

陈老太不明所以：他刘大妈，您这是怎么啦？出什么事儿了？

陈老太脸一绷：别笑了！什么毛病这是？

被刘大妈带得也笑了，于是显得更加滑稽。

刘大妈指着陈老太的脸笑得说不出话。

刘大妈：你！你！你……哈哈哈！

陈老太：到底怎么啦？

陈老太下意识地摸了一下自己的脸，然后看自己的手，于是看到手上的口红印记，她的脸沉了下来。

某超市收银台。赵元甲拎着一大袋子东西正在结账。收银员把最后一件商品扫描，放进塑料袋。

收银员：一共七百八十八块六毛。

赵元甲付款，拎着自己所购商品走到储物柜前，拿出密码纸，扫描，柜子弹开，赵元甲从里边取出一个名牌鞋的袋子，拎起来正要走，手机响了。

赵元甲放下手里的袋子，接电话。

赵元甲：喂，妈，出什么事儿啦？到底怎么啦？好好，我马上回来。

赵元甲拎起东西急匆匆出了超市。

赵元甲所住楼门口。一辆出租车驶来，赵元甲匆匆下车，拎起东西往楼里跑。

赵元甲急匆匆上楼，开门，走进客厅。

客厅里，陈老太已洗去"铅华"，怒容满面坐在沙发里，晨晨站在她面前，哭得上气不接下气。

赵元甲不明所以：妈，出什么事儿啦？

陈老太怒指晨晨：你问他！

晨晨哭得哽咽了：都……都是林……林恒让我干的。

赵元甲还是丈二和尚摸不着头脑，看看晨晨，又疑惑地望着陈老太。

陈老太：元甲，我今天把话撂在这儿，从现在开始，不管你想什么办法，必须马上把那孩子给我弄走！

赵元甲惊呆了。

第十一章

街心小广场。林恒正在跟一帮小孩踢球，转身盘带，颇有兴致。赵元甲怒气冲冲走来。

赵元甲目光锁定林恒，高喊：林恒，别踢了。林恒！

林恒用手背擦着脸上的汗，向赵元甲跑过来：赵叔，什么事儿？

赵元甲：你甭管，到地方你就知道了。

赵元甲说罢，径直朝前走，林恒不明所以地跟在后面。

小区门口。林恒跟着赵元甲走出小区。赵元甲抬手打车。

林恒有点儿发毛：赵叔，到底什么事儿啊？

赵元甲：不告诉你了吗？到地方就知道了。

一辆出租车停在二人身边，赵元甲：上车。

二人上车，出租车开走。

哈根达斯冰激凌店门口。出租车停在店门口，林恒与赵元甲下车。赵元甲径直向店里走去，林恒却叫住他。

林恒：赵叔，到底什么事儿啊？

赵元甲：你说呢？

赵元甲一指哈根达斯的牌子：都到这儿了，还能有什么事儿？一个字儿——吃。

赵元甲进店，林恒跟进。

哈根达斯冰激凌店内。赵元甲和林恒已将冰激凌吃光。林恒擦擦嘴，把餐巾纸一扔。

林恒：赵叔，说吧，到底什么事儿？

赵元甲对林恒的直言不讳很不适应：你干吗老认为我有事儿呢？

林恒指着面前的残羹剩炙：这不明摆着吗？您要没事我能有这待遇？

赵元甲自己倒有点儿不自然了：这个，其实也没什么事儿，就是吧，最近家里气氛不好，我想，如果你能到别的地方住个几天，那也不是什么坏事，你别多心哪，其实我……

林恒心里明白了，装出一副无所谓的样子：赵叔，我明白您的意思了。我能提个条件吗？

赵元甲：什么条件你说。

林恒：我能再吃一份吗？

赵元甲：行行行。

赵元甲招手叫服务员：服务员，再加一份儿。

赵元甲夫妇卧室。夜。赵元甲和淑恬躺在床上，都睡不着。

淑恬：你跟孩子说清楚了吗？

赵元甲：说清楚了，肯定说清楚了，那么聪明的孩子，他能不明白吗？

淑恬轻轻叹口气：唉，孩子也太可怜了！人说养的狗要换三个人家，都会疯了。林恒就要换三家了。

两人无语。

突然从客厅里传来一阵轻轻的啜泣声。

淑恬指着客厅的方向：元甲，你听。

赵元甲：什么呀？

淑恬：林恒是不是哭了？

赵元甲：不至于吧，白天的时候还满不在乎呢。

淑恬一推赵元甲：你去看看。

赵元甲应声下床，披上衣服，开门走进客厅。

陈家客厅。夜。客厅一片漆黑。赵元甲走进客厅按亮了电灯。沙发床上，林恒捂着头睡着，赵元甲走过去，拉开被子。

赵元甲：林恒，你怎么啦？

林恒不愿回头，背对着赵元甲：没怎么。

赵元甲：我听刚才有声音……

林恒：我着凉了，鼻子不通。没事儿了。

吸了两下鼻子，以印证自己的话。

赵元甲：哦，没事就好，早点儿睡吧。

林恒应声又把被子拉上了。

赵元甲走向卧室。

赵元甲夫妇卧室。夜。淑恬坐在床上，望着门口，等赵元甲回来。赵元甲进屋，关门，坐在床上。

淑恬：他哭了？

赵元甲：啊，太可怜了，我实在不忍心再看下去——必须尽快把他送走。

淑恬：都那么可怜了你还想把他送走？

赵元甲无奈：你也不想想，有二姐夫和晨晨在，家里就没有他的好日子。咱们所能做的，就是尽量给他找个好人家。

淑恬没答话，只是轻轻叹了口气。

某快餐厅门口。一辆出租车停在餐厅门口，王先文下车，走进餐厅。

餐厅内没什么人，赵元甲坐在靠窗的位子上等王先文，面前摆了两杯饮料。王先文进来，左右踅摸，赵元甲向他打招呼。

赵元甲：哎，先文，这儿呢，这儿。

王先文走过来，坐下，喝饮料。

王先文：哎呀，渴死我了！

赵元甲：怎么样，那天我跟你说那事儿，想得怎么样了？

王先文有些为难，放下饮料杯：我倒无所谓，就是我媳妇不同意。

赵元甲：咳，你一个大老爷们，还做不了她的主？我这可是紧着你，多好的事儿呀，你身不动膀不摇一点儿力气都不费就白捡个爸爸当……

236

王先文：可我觉得，当爸爸这事儿……还是自己费点儿劲好。

赵元甲彻底失望：这么说，你不想帮这个忙了？

王先文：谁说的？我帮林恒找了个人家。对方也姓王……

赵元甲：打住，你先别说他姓什么，他家庭条件怎么样？

王先文：你想要什么条件的？

赵元甲：有三室一厅的房子吗？

王先文气乐了：你怎么还要求房子了？我也没有三室一厅的房子，你当初为什么想把孩子送给我？

赵元甲：这不一样，你是熟人，我知道你的人品，我跟那位不认识，所以只能要求他的硬件了。你就告诉我，他有没有三室一厅的房子？

王先文喝口饮料，抬头，沮丧：还真没有，只有一套四室两厅的跃层，您看行吗？

赵元甲明白自己遭到了调侃，继续提条件：土大款可不成，必须得本科毕业。

王先文：又让您失望了，人家两口子都是博士毕业。

赵元甲：是外企白领吗？

王先文：算不上，两人都在大型国企任职，职位也不高，中层。

赵元甲：那……别的我就不说了，他最好没爹没妈，没兄弟姐妹，没儿没女，没岳母，没老丈人。

王先文：好嘛，为了收养您这孩子，人全家还都得死光了？

赵元甲：我是怕亲戚太多，孩子过去以后受气。

王先文：那我也跟你说实话，人家两口子在这世上还真没什么亲人，就他们俩外带一条狗。这条件怎么样？

赵元甲：还可以。

王先文：可以那咱们就约个时间见见面。

赵元甲点点头。

陈家客厅。赵元甲在客厅里翻箱倒柜找东西，翻开电视柜的抽屉没找到，又开始摸电视柜顶部。门一开，淑恬走进来，站在他背后，许久才发话。

淑恬：你找什么呢？

赵元甲头也没回，奔向茶几接着找：车钥匙。

淑恬：怎么又要开车？现在汽油这么贵……

赵元甲：明天我要带林恒去跟那家人见面，这种事总不能坐公交吧？你就让我再开一回吧，弄不好这是最后一次了……

淑恬：什么意思？

赵元甲：如果这次"面试"顺利，人对方愿意收养林恒，我就连孩子带车还有那张银行卡，一总交给人家。

淑恬：行啦，你别找啦。

淑恬打开自己的坤包，拿出车钥匙一晃：钥匙在这儿呢。

赵元甲转身接过钥匙，放进自己口袋里。淑恬沮丧地坐进沙发里。

淑恬：一说这孩子真要走吧，我还真有点儿舍不得。

赵元甲抚着淑恬的肩膀，叹口气：唉，我也舍不得，可是为了孩子好，咱们必须送他走。

两人抱在一起。

赵元甲所住楼门口。赵元甲、王先文、林恒走出楼门。淑恬跟在后边相送。

淑恬：完事早回来呀，我给你们包饺子。

赵元甲：知道了。

赵元甲掏出车钥匙交给王先文：拿着。

王先文：什么意思？

赵元甲：今天你开车，我们爷俩想好好聊聊。

王先文：行。

王先文打开车门，林恒和赵元甲跟淑恬挥手告别，上车。车开走。

行驶的别克车上。王先文开车，赵元甲和林恒坐在后座上。林恒好像很高兴，一边看窗外的风景，一边哼《Nobody》。赵元甲张了张嘴，却不知道该说什么。

赵元甲终于鼓足了勇气：林恒啊，一会儿到人家里，可不许淘气啊。

238

林恒十分不耐烦：知道了，唠里唠叨跟我爸似的。

赵元甲：我唠叨那是为你好。

林恒：这话说出来像我妈。

开车的王先文忍不住乐了。

赵元甲：嘿！我……

想给林恒两句，最终没忍心。

林恒继续哼歌：nobody nobody but you，nobody nobody but you…

陈家客厅。淑恬送走赵元甲和林恒之后，心神有些恍惚。她呆呆地盯着电视屏幕，却什么也看不下去。门一开，二姐淑静回来了，淑恬视而不见。

淑静：淑恬，妈呢？

淑静见淑恬没反应，挥手在她眼前晃：淑恬，淑恬，你怎么啦？

淑恬这才注意到淑静：哟，二姐来啦！

淑静：你这是怎么啦？怎么老愣神呀？

淑恬：没怎么没怎么。

淑静：妈呢？

淑恬：出去练剑了。

淑静：元甲呢？

淑恬：带林恒去"面试"了。

淑静：带个孩子面什么试啊？

淑恬叹口气：林恒要走了……

向淑静述说事情原委。

一高档小区楼下。别克车驶来停下，赵元甲、林恒、王先文下车，走进楼内。

赵元甲三人从电梯出，来到王总门口，王先文按门铃。门一开，王总抱着条狗出现在门口。

王先文：王总，我们来了。

王总：哦，请进请进！

239

众人进门换鞋。

王先文指着赵元甲：王总，介绍一下啊，这就是我朋友赵元甲。

王总：您好您好！

王总一指沙发：请坐。

三人落座。

王先文指着林恒：这位就是跟您说的那位小朋友——林恒。

赵元甲：林恒，快叫王叔叔。

林恒白了王总一眼，没言语，直接跑到水族箱前看鱼去了。

王总十分不解，指着林恒：他怎么……

赵元甲为转移王总的注意力，没话找话：哎哟，王总，您这狗不错呀！

王总高兴了：您也懂狗啊，那咱们可得好好交流交流了。

赵元甲一听这话，慌了：那我可不敢，其实我也是个外行。

王先文打圆场：是啊，连外行都说您的狗好，可见您的狗是真的好。

王总：其实五楼徐总的狗也挺不错的。

赵元甲：是啊是啊，大家好才是真的好。

王总：我这狗啊，别的地方都好，就是太馋，正经的狗粮都不吃，每天要喝三瓶酸奶，吃半斤火腿肠，还得嚼点儿美国大杏仁和开心果。我老觉着它的生活太奢侈了。

赵元甲：不奢侈不奢侈，随着劳动人民物质文化生活水平的提高，狗的生活水平也提高了嘛。吃好点儿怕什么的？

王总：其实我也不想让它吃这么多东西，都是让我老婆给惯坏了。它刚开始的时候也不这样，后来我出国了几个月，回来……咱们别说狗了，还是说说孩子吧。

赵元甲：对对，说说孩子。

王总：我跟我老婆吧，哪儿都好，就是结婚十多年了，也没个孩子。所以呢，就想收养一个。

王先文：这是您有爱心的表现。

王总：过奖过奖，也谈不上什么有爱心，就是想让自己的生活更圆满更充实一点儿。

赵元甲：那您这比爱心的境界还高。

王总：谈不上，谈不上，我对孩子就一个要求，就是一定得聪明活泼。

赵元甲：那您算找对人了！我们林恒别的优点没有，就是活泼聪明。活泼得都出圈儿。

王总疑惑地望着在水族箱前发愣的林恒：他活泼吗？我怎么没看出来？

赵元甲：那是他跟您还不熟。林恒，给王叔叔唱首歌。

林恒转过头，翻了翻白眼，没理这茬儿，接着看鱼。

赵元甲：这孩子有点儿认生。

王总：嗯？你不是说他活泼吗？

赵元甲：他是活泼……可他不是跟您还不熟吗？林恒，给王叔叔讲个故事。

林恒又一翻白眼，还是没理这茬儿。

王总觉出不对来了，指着林恒：他是不是哑巴呀？

林恒转过脸，挑衅：你才是哑巴呢。

王总：啊？

三人全惊住了。

赵元甲所住楼门口。别克车驶来，赵元甲、林恒下车。赵元甲气冲冲地往楼里走，林恒垂头丧气地跟在后边。

陈家客厅。客厅里没人，赵元甲气冲冲走进客厅，林恒随入。赵元甲见林恒进来，反手把门一关，一把把林恒拉到自己面前。

赵元甲怒视林恒：你到底想干什么？

林恒一脸无辜状：什么想干什么？

赵元甲：你少跟我装糊涂！那王总，那是多好的人家，有钱、有车、有房，该有的全有，该没的全没了。他对狗都那么好，对人肯定差不了。在这么个家里生活，那得多滋润？

林恒：这跟我有什么关系？

赵元甲点着林恒的鼻子：嘿，你还别不领情！为了给你找个好人家，我跟你王叔不但得给人家拍马屁，还得给他的宠物拍狗屁。我们容易吗我们？

林恒：那是你们自愿的！

赵元甲：嘿！你这是人话吗？为了你我们在人家面前低三下四，你倒好，从一进门就开始臭来劲。你是不是成心搅和呀你？

林恒胸脯一挺：我就是想搅和……因为我喜欢这个家，哪儿也不想去。

陈老太这时出现在门口。

赵元甲：既然你想留下，为什么还老在家里生事儿？捉弄你尤叔叔跟晨晨？

林恒：他们老挤对你，我看着不顺眼，我要帮你出这口气。

赵元甲被林恒的话说愣了，半天才反应过来：胡说！谁敢欺负我？要欺负那也是我欺负人家，用得着你给我出气？笑话！

话虽如此说，赵元甲还是挺感动，眼角见了泪，转头偷偷去擦，一转头看见陈老太站在门口。

赵元甲指着林恒，连忙掩饰：妈，这孩子又胡说。

陈老太一言不发，跟没事儿人似的，走进自己房间。

尤家客厅。尤克勤正在看报，淑静从门外走进来。

淑静：老公，告诉你一个好消息，妈和元甲他们准备把林恒送走。

尤克勤一惊，放下报纸：送哪儿去呀？

淑静：还没定，正给他找人家呢。

尤克勤：啊？好好的孩子干吗送给别人哪？

淑静怀疑自己听错了：好好的孩子？你不老说这孩子跟你们爷俩不对付吗？

尤克勤痛心疾首：不对付也不能送走啊！

淑静：为什么不能送走啊？

尤克勤：他人要是送走了，那车、那卡里钱不也得送走啊，那卡里可有一千多万呢。

淑静：哦，原来是惦记上人家的钱了。

尤克勤在屋里走来走去：我不惦记，别人也得惦记，现在最重要的，是得想办法让他们把林恒留下。

淑静：怎么留下呀，我妈特讨厌那孩子。

尤克勤：实在不行……我把他收养了。

淑静：啊，家里有一个小祖宗还不够啊，你还想再收养一个?!

尤克勤：我是收养他那人吗? 我是想收养他那钱，一千多万哪!

淑静：那你怎么收养啊? 你平时跟人家闹那么僵，现在想收养了，人家愿意吗?

尤克勤：你甭管，我有办法。

淑静：你什么办法呀?

尤克勤恼羞成怒，指着自己脑袋：你没看我这儿正想着呢吗?

淑静一看丈夫发火，不敢言语了。

陈家客厅。赵元甲坐在沙发上打电话。

赵元甲：不行，必须得三室一厅，要不孩子没有个人空间……学历必须在本科以上……哦，这家还行，唯一的缺点是他父母健在……你不知道，我们这孩子淘气，我怕他过去以后招老人不待见，到最后吃亏的还是孩子……好吧，你再帮我踅摸踅摸。

赵元甲放下电话，发现陈老太正站在门口看着他。

赵元甲：妈，您别着急呀，我又托朋友去问了，暂时还没有合适的人家。

陈老太冷冷地：哼! 就冲你那个条件，有合适的人家才怪呢。

走过去，拿起暖壶，给自己倒了杯水。

赵元甲：妈，您别误会，我这也是为了孩子着想，既然人林老板把孩子托付给我了，咱就得对孩子负责。

陈老太把茶杯往茶几上一蹾，冷冷地打断赵元甲：行啦，你不用给我讲大道理。反正我先把话给你撂在这儿，如果你不能在一个星期之内把这孩子给我送出去，那我也没办法——只好把他留下了!

赵元甲怀疑自己听错了，一时没反应过来：什么? 把他留下?!

243

陈老太急赤白脸：不留下怎么办？你还想把他轰到大街上去呀？

赵元甲：谁想把他轰大街上去了？

赵元甲明白了，陈老太这是原谅林恒了，只是嘴硬，不肯服软。

门铃响，赵元甲走去开门，尤克勤一家三口进来了。

晨晨一进门，就找玩具玩。

尤克勤走向沙发，热情地招呼：哟，妈，元甲，你们都在呀。

陈老太冷冷地：啊！

尤克勤：林恒呢？

赵元甲：哟，您怎么关心起他来了？

尤克勤：瞧你说的，我一直就挺关心他的。这么跟你说吧，我关心他胜过关心我儿子。

晨晨不高兴，把玩具一摔，白了尤克勤一眼：哼！

淑静：晨晨，大人说话，不许捣乱。

淑静转头对陈老太：妈，听说你们要把林恒送走？

陈老太：嗯，有过这打算。咱家条件也差，怕耽误人家，所以想找一户人家收养。

尤克勤：那……林恒要是被收养了，那他爸爸留下的那车、那卡，怎么处理呀？

赵元甲有意挑逗尤克勤：这个……哎，既然他人都走了，他爸爸现在也下落不明，所以，咱们不妨把那车那卡……都让他带走。本来就是人家的嘛。

尤克勤急了，打断话头：别呀，要是那样，还不如让我收养呢。

陈老太本来想喝口水，一听此话停住了：什么？你想收养林恒？

尤克勤：对呀，肥水不流外人田哪！

陈老太：嗯?! 说的是实话。

尤克勤知道自己说漏了嘴，赶紧解释：不，我是说咱们都是亲戚，不如先紧着我们……不是，我是说，我们跟他熟悉，这样收养起来比较方便。

赵元甲：啊？您真要收养林恒？这恐怕不合适吧？

尤克勤：怎么不合适？都是收养，你们为什么不找我呀？

赵元甲：因为我们想找个有爱心的人家。

尤克勤：怎么说话呢这是？好像我没爱心似的。我告诉你，我有爱心，我特别有爱心。

赵元甲：光有爱心还不够，为了不让林恒受委屈，还得符合其他条件。

尤克勤：还有什么条件？

赵元甲：首先，得有三室一厅的房子……

尤克勤迫不及待地，抢话头：我就有三室一厅的房子，我有两个三室一厅。

赵元甲：另外还至少得是本科毕业。

淑静：我们就是本科毕业呀，我们两口子都本科毕业。

赵元甲：另外还得没爹没妈，没兄弟姐妹。

尤克勤抢话头：对呀，我就没爹没妈，没兄弟姐妹！

赵元甲：还得没儿没女。

尤克勤：对呀，我就没儿……虽然我有个儿子……可，那不正好给林恒就伴儿吗?！对啦，收养之后，我先给他办转学，我把他跟晨晨转到一个学校去，他们俩在一块儿也好有个照应。妈，这两年晨晨在您这儿，没少给您添麻烦，等他们转到一个学校以后，就不用麻烦您了，您就可以在家安享一个清静的晚年了。

陈老太讽刺：哟，难得你有这份孝心！可要这样，谁来照看这俩孩子呀？

淑静：我呀。

陈老太：可你得上班。

淑静：那，实在不行，我先内退了，就留在家里一心一意照顾他们俩。

陈老太：嗬，这可真是，太阳从西边出来了！

尤克勤：妈，您看我这主意好不好？

陈老太：好是好，可是我们得听听林恒的意见。

尤克勤夫妇听到此话，面面相觑，极不情愿地点了点头。

陈老太卧室。陈老太正在织毛衣，赵元甲敲门进来。

赵元甲有点儿心事重重：妈，刚才我又仔细想了想，我觉得二姐夫收养林恒的动机不纯，他可能别有所图。

陈老太放下手里的活计：这不用你说，他的为人我还不知道吗？他要不图点儿别的，他就不是尤克勤了。

赵元甲：您想的跟我一样，所以，林恒绝对不能让他收养。

陈老太：可是要这么硬生生地给他回了吧，恐怕他不会善罢甘休，还得上门来纠缠。

赵元甲：那您的意思……

陈老太：先听听林恒的意见再说。

赵元甲：您的意思是……

陈老太：先让林恒折腾折腾他。

赵元甲：哦……

陈老太有点儿不耐烦了：我还要跟你说多明白呀？！

林恒出现在门口。

林恒有些胆怯：奶奶，您找我？

陈老太：啊，是这样，你尤叔叔想收养你，让你到他们家去过，我们想问问你有什么意见。

林恒仔细想了一下：意见……奶奶，我能不去吗？

陈老太意味深长：那就得看你的表现了，如果你能发挥自己的特长，这个目标不难实现！

林恒心领神会点点头：嗯，我知道了！

赵元甲：知道就好，那我们再问你一句，如果你同意让他收养，有什么要求没有？

林恒想了想：我没什么要求，只要尤叔叔能跟我一块儿玩就成。

陈老太和赵元甲对视一眼，有些疑惑。

陈老太：就这一个要求？

林恒：就这一个要求。

林恒肯定地点点头。

陈家客厅。陈老太织毛衣，晨晨玩小汽车，赵元甲指导林恒写作业。

赵元甲指着林恒的作业本：你这么一除，长方形的宽不就出来了吗？而长方形的长比宽多六厘米，你说它是多少？

林恒：哦，我明白了，谢谢赵叔。

低头往作业本上写。

门铃一响。赵元甲走去开门，尤克勤进来。

赵元甲：哟，二姐夫来了。

把拖鞋踢到尤克勤脚边。

尤克勤：啊。

尤克勤换鞋，对陈老太：妈，上次我跟您说的那事儿……

陈老太放下手里的毛衣：那事儿啊，我跟林恒说了，他没什么意见，就只有一个要求。

尤克勤：什么要求？

陈老太：就是希望你能天天陪他玩儿。

尤克勤大喜过望：哦，那没问题呀！

林恒放下手里的笔：真的？太好了，尤叔叔，咱们现在就开始玩儿吧。

尤克勤：玩什么呀？

林恒：咱们就玩诚实 or 勇敢吧。

晨晨闻听此言，手中的玩具车掉到地上。

尤克勤：那怎么玩儿呢？

林恒一指晨晨，不怀好意：晨晨知道，您问他吧。

晨晨一听，暗自向尤克勤摆手，尤克勤利令智昏，装作没看见。

尤克勤：不用，你就直接告诉我吧。

林恒：行，那咱们下去玩吧，在家里玩不开。

尤克勤：好！

向门口走去。

林恒对陈老太、赵元甲：奶奶、赵叔，我跟尤叔叔下去玩了啊。

陈老太：去吧去吧，别忘了到时候回来吃饭啊。

林恒和尤克勤应声出门。

晨晨呆呆地望着二人离去的背影：老爸这次可惨了！

街心花园，健身器材旁边。林恒靠着健身器材，向尤克勤讲述游戏规则已毕。

林恒：规则您都知道了吧？

尤克勤：知道了。

林恒：那咱们开始吧。

尤克勤：好嘞！

两人猜拳。

二人：锤子剪子布！锤子剪子布！锤子剪子布……

陈家客厅。晨晨玩小汽车，赵元甲看报，陈老太织毛衣。陈老太放下手里的活计，看了看表，有点儿着急。

陈老太：林恒他们怎么还不回来？

赵元甲头也没抬：兴许是玩高兴了。

晨晨听了二人的谈话有些忧心忡忡，他放下小汽车，走到陈老太身边。

晨晨：姥姥，不会有什么危险吧？

陈老太摸着晨晨的头：放心吧孩子，林恒有你爸爸跟着，不会有危险的。

晨晨：我是担心我爸爸有危险。

陈老太：嗯?!

一琢磨也有理，眉头紧皱。

门铃响。

陈老太：回来了回来了，晨晨快去开门。

晨晨开门，尤克勤狼狈不堪地进。

晨晨吓了一跳，但见尤克勤鼻青脸肿，嘴角有血，衣服撕了个大口子，头发蓬乱，手上却紧紧地攥着一根棒棒糖。

晨晨：爸，您怎么啦？

陈老太也注意到了：是啊，小尤，你怎么啦？

尤克勤掩饰，整理头发和衣服：没怎么，玩游戏玩的。

赵元甲：啊？玩游戏能玩到这种……层次？

尤克勤：啊……这你就甭管了。

陈老太见林恒没有跟着进来：林恒呢？

尤克勤看看四周：啊？林恒还没回来呀？那他就是自己玩去了。

赵元甲指着尤克勤：那林恒没玩到……您这种层次吧？

尤克勤：没有，他那层次……差得远呢。

尤克勤将手中的棒棒糖放在桌子上，转头对陈老太：怎么样，妈，我能跟林恒玩到这种……层次，这心够诚的了吧？

陈老太：你心是够诚的了，可是林恒现在还没回来……

正说着，门一开，林恒进来了。

林恒换拖鞋：我回来了。

尤克勤回头指着林恒对陈老太：您看，他这不是回来了吗？

尤克勤这一回头，吓了林恒一跳。

林恒：哟，尤叔叔，您怎么变这样了？

尤克勤气不打一处来：你问谁呀，那还不都是因为和你玩游戏玩出来的吗？

赵元甲：到底怎么回事儿啊？

尤克勤：我们俩玩诚实或勇敢，我输了，他让我去抢一个小孩的棒棒糖。我想这个容易呀，抢过来就走。没想到那小孩的爸爸在旁边呢，哎哟长得五大三粗，身高足有两米多，立马就追过来了。他一看那阵势，自己先跑了，我腿脚慢呀，没跑了。

赵元甲：后来呢？

尤克勤气急了，指着自己脸上的伤：后来?！这还用问吗这个？

尤克勤一时怒从心头起，对林恒：你个小东西子，可把我害苦了！

林恒：那不是您非要玩的吗？

尤克勤一时语塞：啊，对对，玩游戏嘛，受点儿伤难免的。

尤克勤摸着伤口：哎哟！

林恒：哇，尤叔叔，没想到您玩得这么认真！

尤克勤：那是，世界上就怕认真二字。怎么样，还接着玩吗？

林恒：啊？您还玩上瘾了？

尤克勤：对对，这东西越玩越上瘾。咱还玩吗？

林恒看着尤克勤脸上的伤有点儿害怕：先不玩了，改天吧。

进卫生间。

尤克勤转头对陈老太：您看见了吧，事实证明，我们爷儿俩能玩到一块儿去。我不但有爱心，更有耐心。

陈老太：是啊是啊。

尤克勤：那您看这个收养的事儿……

赵元甲赶紧打断：这个收养的事儿啊，以后再说吧。

尤克勤：啊？我都玩儿成这样了，你们让我以后再说?!

陈老太打圆场：那要不，你先把林恒和晨晨的学校转一块儿去？

尤克勤听罢点点头：行。

尤家客厅。夜。淑静边看电视边择菜。门一开，尤克勤父子进来。

尤克勤：我回来了。

淑静一回头，被尤克勤的样子吓了一跳：哎哟，我的天爷，你这是怎么弄的呀！

走过来想用手背摸摸尤克勤的伤口，被尤克勤挡开。

晨晨：玩游戏玩的。没什么丢人的事儿。

晨晨画蛇添足的解释让尤克勤很不耐烦：去去去，该干吗干吗去。

晨晨不明白自己又说错了什么，不解地回了自己房间。

淑静指着尤克勤的脸：你这是怎么搞的呀？

尤克勤：不告诉你了吗，玩游戏玩的。

淑静：什么游戏能玩成这模样？

尤克勤疲惫地坐在沙发上：别问了，这还不都是为了收养林恒。

淑静：哎呀，为了收养个孩子，你至于的吗你？

尤克勤：你懂什么？我那是为收养孩子吗？我那是为了收养那一千万！

淑静：什么一千万？那一千万是你的吗？

尤克勤：早晚有一天是我的。

淑静：你也不怕缺德？

尤克勤：少废话！就你品德好。赶紧帮我想想，咱们同学里有没有当小学老师的？

淑静：干吗呀？

尤克勤：给俩孩子转学。

周致中单位，公共办公区。将近中午了，周致中的几个同事小姚、李阳、秦晓莹、王颖在讨论一会儿吃什么。几个人中，李阳是男性，其余为女性，小姚和秦晓莹长得美貌，王颖则相对丑一些。

李阳走到秦晓莹等人面前：哎，几位姐姐，中午咱们吃什么呀？

王颖：兰州拉面吧。

小姚：都吃几天拉面啦，还吃啊？你也不嫌烦。

李阳：那你说吃什么？

小姚：对面有个桂林米粉挺不错，尤其是那辣酱。你说呢，李阳？

李阳：我看咱们不如去吃灌汤包子。

小姚：还是吃桂林米粉吧。

李阳：吃灌汤包子！

李阳的声音大了些，秦晓莹连忙捅了他一下。

秦晓莹：你小点儿声，现在还没到午休时间哪，再让周主任听见。

李阳：放心，他听不见。

李阳话音未落，一双手拍在了他的肩上，李阳回头一看，周致中一脸严肃地站在他后面，众人都惊住了。

李阳讪笑着：啊？主任，您……这……

周致中绷着脸：小李呀，作为领导，我得批评你——你这是什么口味呀？那灌汤包子多难吃呀，你还说它好吃？

众人听到此话都释然了。李阳为掩饰尴尬，拿起一份资料，递给周致中。

李阳：主任这是刚得到的数据……

周致中：等吃完饭，你下午再给我。

小姚用试探的口气：主任，我们可以去吃饭了？

周致中：我可没这么说——别让李处长看见啊。

众人欢呼，淑珍进门来了。

淑珍：说什么呢这么热闹？

众人立时冷了场。

小姚：哟，嫂子来了？

周致中面子上有点儿难堪：你怎么又来了？

淑珍：我怎么就不能来呀？怎么？耽误你们事儿了？

周致中：这倒没有……可……

众人一听话头不对，纷纷告退。

众人：嫂子，你们聊，我们吃饭去了。

淑珍拦住秦晓莹。

淑珍：哎，秦晓莹，你别走啊。

秦晓莹：嫂子，您找我有事儿？

淑珍：有事儿有事儿，怎么，这几天出差刚回来？

秦晓莹：啊，刚回来。嫂子你们聊着，我先去吃饭。

淑珍一把抓住秦晓莹的手：哎，别走啊，吃饭着什么急，一会儿你们周主任请你吃。

周致中、秦晓莹同时都感到很奇怪：啊？

淑珍：是吧致中？

周致中只好认了：啊，这个……那咱们上哪儿吃去啊？

淑珍：你过来，我告诉你。你过来呀！

周致中不得已走过来。

淑珍：咱们就去……

突然搂住周致中的脖子，在他脸上狠狠地亲了一口。

周致中大惊失色，秦晓莹羞得满面通红。

秦晓莹：嫂子，我可什么都没看见哪。

狼狈而逃。

第十二章

周致中单位，公共办公区。

周致中一把推开妻子。

周致中：你这是要干什么呀你？

淑珍：怎么？嫌我没吸引力了？

周致中：你别胡搅蛮缠好不好？

淑珍：谁胡搅蛮缠了？

周致中：你！

两口子争吵起来。

陈家客厅。陈老太正在织毛衣，赵元甲开门进来。

陈老太：元甲，你回来得正好。刚才尤克勤给家里打了一个电话，说是把林恒转学的事儿给办成了。

赵元甲大惊：啊？他还真给办成了？

陈老太：是啊，原来咱们是指望着，他办不成，这样也好有个借口，让他知难而退，没想到现在……他还真下本儿。哎我说，咱们是不是错怪人家了？说不定人家是真有诚意，是真心喜欢林恒。

赵元甲：啊？妈，您怎么站他那边去了？

陈老太：没有，我现在就是有点儿二乎。

赵元甲：这事儿您可不能二乎，我说句不好听的，狗改不了……那什么，您见过狼吃草的吗？

陈老太：可现在咱们怎么办哪？他已经把学给转成了，咱们再不同意他收养，这就有点儿说不过去了吧？

赵元甲听罢挠头，想了一下：有了，咱们再提点儿条件。一方面是希望他能知难而退，另一方面也探探他是不是真心。

陈老太：怎么探哪？

赵元甲：咱们可以把收养条件定得再苛刻一点儿，让他收养林恒以后，不但得不到好处，还得受苦受累，不但受苦受累，最后还得倒贴。如果这样的条件他都能答应，就足以证明——他没安好心。

陈老太：啊？

先是不解，接着又点点头。

此时，赵元甲的手机突然响起。

赵元甲：喂您好，大姐?!

某小茶馆。淑珍和赵元甲在茶馆里对坐喝茶。淑珍气愤地向赵元甲阐述自己的怀疑。

淑珍：秦晓莹肯定跟我老公有不正常关系。

赵元甲急拦：您小点儿声！

淑珍声音低了点儿：秦晓莹肯定跟我老公有不正当关系，要不她为什么一见我亲周致中，立马就羞红了脸？而且立马就逃跑了？

赵元甲：就您这动作，搁谁都得脸红，搁谁都得逃跑。

淑珍：这是两码事儿，你是男的。搁秦晓莹就不一样了，她这分明是受不了了，吃醋了！

赵元甲：话不能这么说，我觉得秦晓莹的反应挺正常的。

淑珍叹了口气：好，就算秦晓莹的反应是正常的。可周致中呢，他的反应绝对不正常。

赵元甲：姐夫什么反应？

淑珍：我亲完他以后，他当时就跟我急了。

赵元甲：这有什么不正常的？我觉得挺正常的呀。

淑珍夸张地睁大眼睛：正常？那我问你，如果淑恬在你们单位当众亲了你一口，你会急吗？

赵元甲：不会，我直接就疯了。

淑珍急了，声音高起来：为什么呀？两口子亲个嘴有什么不正常的？

旁边的顾客听了尽皆侧目。

赵元甲面红耳赤：您小点儿声。

淑珍声音放小：本来就是，两口子亲个嘴有什么不正常的？

赵元甲：场合！就算是正常的事儿您还得注意场合。比如说，人饿了要吃饭，这是正常的，在家吃，在饭馆吃，这都正常，可要有人到厕所去吃，这就不正常了。

淑珍：这……当初是你让我眼见为实，可现在我眼见为实了你又说这不能算数。

赵元甲：这本来就不能算数。您想想，就算他们俩真有不正当关系，能当着您的面表现出来吗？

淑珍：不能啊！

赵元甲：所以啊，有您在场的情况下，是找不到证据的。

淑珍：哦，对。

淑珍仔细一想又不对：哎，不对吧？怎么两边的话都让你说了？你又说要眼见为实，又说我不能在场，不在场我怎么眼见为实？

赵元甲一下让淑珍给问住了：这，我是说……那什么……

淑珍：哦，我明白了，你是让我……偷拍？

赵元甲：啊？不，我不是这个意思……

淑珍：咳，你就别不好意思啦。

赵元甲：我真不是这个意思。

淑珍：不管是不是，我都得谢谢你。

淑珍挥手叫服务员：服务员，结账。

赵元甲没想到自己的话会引发这样一个后果，一下子愣住了。

陈家客厅。陈老太和赵元甲坐在沙发上，对着茶几上的两张纸指指点点。

门铃响，赵元甲走去开门，尤克勤进来。

尤克勤：妈，元甲，一上午就把我找来，什么事儿啊？

陈老太：是这样，你不是一直想收养林恒吗？为了保证孩子以后不受委屈，我和元甲又提了几个条件，今天找你来……

尤克勤：哦，明白了，你们是想把丑话说在前头。

赵元甲：你误会了二姐夫，我们不是想把丑话说在前头，我们是想把丑话写在前头。

赵元甲拿起茶几上那张纸递过去：这是一份收养协议书，请您过目。

尤克勤：别，不用那么麻烦，你先简单跟我说一下就成。

赵元甲收回那张纸：那我先给您简单念一下啊。收养协议书，甲方，括号，收养人，尤克勤，性别男，民族汉，年龄……

尤克勤不耐烦地打断赵元甲：得得得，别费那劲了，你就直说你们有什么条件吧。

陈老太：简单地说就是……

陈老太戴上老花镜，从赵元甲手里拿过那张纸，看了看：林恒到你家以后，必须有独立的房间。

尤克勤：这没问题，为这个我已经专门腾出了一间房，给他做卧室，明天就开始装修。

陈老太：哦，还有就是，在你收养林恒期间，从现在起到他二十岁这个阶段，林恒每年的生活费不得低于十万元。

偷看尤克勤的表情。

尤克勤眼都没眨：还有呢？

赵元甲：林恒成年以后，甲方，也就是你，必须保证赠送给他一套……至少三室一厅的住房。

尤克勤：接着说。

赵元甲：另外，林恒如果成绩优异，你必须保证送他出国留学。

尤克勤：哦，还有吗？

赵元甲：还有就是，如果万一哪天林老板又回来了，你必须保证连孩子带车带卡无条件地还给人家。

尤克勤犹豫了：这个……

陈老太：你能答应吗？

尤克勤：能！你们还有什么要求？

赵元甲看尤克勤满不在乎的样子，有点儿心虚：目前……主要就是这几项。

256

尤克勤：那好。

尤克勤从陈老太手里拿过那张协议书，看都不看，就签上了自己的名字，把笔一扔：还有什么事儿吗？

赵元甲：有，这儿还一张，一式两份。这份签完了您留着自我监督吧。

尤克勤拿起笔，又是毫不犹豫地签字，赵元甲和陈老太对视了一眼，都有些疑惑，有些不安。

尤克勤夫妇卧室。夜。淑静一把把那张协议扔在尤克勤脸上。

淑静：你吃多了？脑子有毛病了？这样的协议你也敢签？

尤克勤拿起协议书，抖一抖：这协议怎么了？

淑静：怎么啦？每年不低于十万元的生活费，一直得供到二十岁，这笔钱你有吗？你上哪儿挣去呀？

尤克勤：这还用挣啊？那卡里现成就放着一千万，林恒今年十二岁，到二十岁还有八年，这八年顶多花八十万，剩下那九百多万还不都是咱们的？

淑静：那……成年以后还真送他一套三室一厅？

尤克勤：现成地放着一千万，买套房子还不跟玩儿似的？

淑静明白了：哦，你是说所有这些都用他的钱，咱们自己不花一分？

尤克勤：那当然了，花自己的钱算什么本事啊？

淑静：可是那出国留学……

尤克勤：这个我了解过，那孩子学习不怎么样，别说留学了，不留级就不错了。就算有一天他真开了天目，突然一下子学习好了，那咱也不怕，他想出国留学，咱就送他出国留学，反正协议上也没说哪个国家，我送他到布基纳法索也算他出国了。

淑静：前边都算你说得有理。可这最后一条，万一林老板哪天回来了，咱们就得连车带卡还有孩子都还给人家，而且是无条件的。这咱不白忙活了吗？

尤克勤：你想那么远干吗？你管他回来不回来呢？咱先把钱拿到手再说。他回来了，咱们再想他回来了的办法。

257

淑静：可是……

尤克勤：可是什么可是？赶紧给我准备五万块钱。

淑静：干吗呀？

尤克勤：林恒要来了，咱家得重新装修一下，还得给他弄个儿童房。

淑静：你不是说不花自己的钱吗？

尤克勤：你知道什么？这是前期投入，这是必须得花的，俗话说舍不得孩子套不住狼。等那一千万到手以后……嘿嘿，咱就真的不用花自己的钱啦！快去给我找去。

淑静应声翻抽屉找存折。

尤克勤家楼下。别克车缓缓开过来，停下，赵元甲、陈老太、林恒下车。淑静、尤克勤热情地迎出来，将三人迎进楼里。

尤家客厅。客厅里装修一新，电视、沙发、茶几都换了。尤克勤夫妇将赵元甲、陈老太、林恒迎进来。

尤克勤指着四周：妈，您看看，怎么样？

陈老太：不错不错，看来你是真下功夫了！

尤克勤：那是，为了迎接林恒的到来，我特地重新装修了一遍。林恒，你看，这四十二英寸的大液晶电视，是我特意给你买的。你再看看这个沙发，是我专门给你换的，还有这茶几，这是我专门给你选的。觉着怎么样？

林恒：还成吧。

赵元甲指着一间房：这就是以后林恒的卧室吧？

尤克勤：不对，那是林恒的书房。

尤克勤指着另外一间房：这才是林恒的卧室。

赵元甲：嗯？不对吧二姐夫，这是林恒的书房，这是林恒的卧室，那晨晨住哪儿呀？难道让他跟你们两口子一块儿挤？

尤克勤：瞧你说的，孩子大了，哪儿能再让他跟我们挤呀？我们让他睡客厅。

听罢此言，陈老太和赵元甲对视了一眼，都觉得不可思议。

尤克勤对林恒：林恒，来，参观一下你的房间吧。

尤克勤引着林恒等人参观"林恒卧室"。

"林恒卧室"。卧室里装修一新，笔记本、台式机各有一台，墙上贴满了 NBA 球员、国际足球明星的海报，还挂着棒球帽、棒球棍，摆着足球、排球，一张小床也是十分显档次，电脑桌上还放着一个 PSP。尤克勤引着众人进来。

尤克勤：来，大家都进来看看！

陈老太：嗯，不错不错。

陈老太和赵元甲看着周围的摆设啧啧称奇。

林恒摸着棒球棍爱不释手。

尤克勤指着台式机和电脑：林恒你看，这儿有笔记本，也有台式机，以后你爱用哪个就用哪个。

林恒走过来，径直拿起 PSP，旁若无人地玩起来。

尤克勤十分得意：怎么样？大家还有什么意见？

赵元甲：二姐夫，您这……拢共花了多少钱哪？

尤克勤：没多少，一共才五万多。

陈老太：好嘛，你可真下本儿。

尤克勤：那是！为了咱林恒花多少都值。

陈老太点点头：我没什么意见，把林恒交给你我就放心了。

尤克勤抬手看了看表：那什么，时间不早了，咱们先去吃饭吧，今儿我在鼎香楼订了包间。

陈老太：好，那就去吧。

众人往外走，只有林恒没动，还在打游戏。

尤克勤回头叫林恒：哎，林恒，别玩了，咱们先去吃饭。

林恒放下 PSP，随众人走出"林恒卧室"。

鼎香楼包间。尤克勤夫妇宴请赵元甲等三人。

赵元甲举起茶杯：二姐夫，今天我开车，不能喝酒。那我就以茶代酒，敬您一杯。

尤克勤笑得合不拢嘴：谢谢谢谢。

二人碰杯，一饮而尽。

陈老太：小尤啊，我们以前真是误会你了。

尤克勤：没什么没什么，其实这也很常见嘛，一个人心眼太好，就难免遭人误会。

赵元甲：不误会才怪呢。俗话说世界上没有无缘无故的爱嘛！

尤克勤话里带刺：是啊，要不怎么说它是俗话呢？一说出来就那么俗。

赵元甲回敬：可不，二姐夫您可不是一般的俗人。

陈老太对尤克勤夫妇：小尤啊，那以后林恒就拜托你们两口子啦。

尤克勤：应该的应该的。

淑静：是啊，这是我们的分内之事。

赵元甲举起茶杯：那就太谢谢了，二姐夫我再敬您一杯。

两人碰杯，接下来就有些冷场。

尤克勤想说车和卡的事儿，但又不好开口，数次欲言又止，情急之下捅了淑静一下。

淑静不明所以：你捅我干什么？

尤克勤见妻子没明白只得自己说：妈，淑静的意思是说，那以后的事……

陈老太揣着明白装糊涂：以后的事儿也拜托你们两口子了。

尤克勤有点儿急：不是，我的意思是，不……

尤克勤指着淑静：她的意思是……林恒他爸爸留下的那个车，还有那个卡，你们……可千万别急着给我们。

赵元甲掏出卡来：卡我带来了，可既然您说不急，那我就……

作势要把卡放回去。

尤克勤真急了：哎，别呀！

赵元甲：咳，跟您开玩笑的。

赵元甲把卡往尤克勤手上一塞：这卡您拿着，以后您花钱，我记账，咱俩一个会计，一个出纳。

尤克勤：啊？还得两人管？那多费事儿啊，不麻烦你了，我一个人就行，你就不用掺和了。

赵元甲：我也不想掺和，可我怕人家误会你呀。

陈老太：是啊，小尤，不瞒你说，好多人都认为你是冲着钱来的。

赵元甲：我当场就对他们进行了驳斥，我说这绝不可能。二姐夫他都答应了，每年给林恒十万块钱生活费，他要是冲卡里这区区十五万来的，那不是得不偿失吗？

尤克勤：就是……嗯？你说这卡里有多少钱？

赵元甲：十五万哪。

尤克勤震惊，不愿相信：不能吧？

赵元甲：您看，你要不相信，咱们可以到银行查这张卡的交易记录。

尤克勤哀求般地看着林恒：你不是说这里边有一千万吗？

林恒：我就随便那么一说，我也不知道那里边有多少钱。

尤克勤：啊？

尤克勤指着林恒：你……你……

突然痛苦地捂住胸口。

淑静：老公你怎么啦？

赵元甲站起：二姐夫，要紧吗？要不我送您去医院？

尤克勤：不用不用，老毛病了，去趟厕所就好了。

尤克勤站起，捂着胸口向包间外走去，暗中拉了一下淑静的衣襟。

淑静心领神会，站起：老公，你不要紧吧，我送你去。

尤克勤假意谢绝：不用不用。

痛苦地捂着胸口，出了包间。

淑静跟出。

赵元甲和陈老太严厉地看着林恒，林恒目光闪躲，有些不知所措。

赵元甲：你跟他说这卡里有一千万?!

林恒低着头，像是自言自语：我也没想到他会信哪。

餐馆内。尤克勤表情痛苦地捂着胸口在前面走，淑静焦急地跟在后边。两人穿过大堂，出饭馆，来到门口，尤克勤停住。

淑静上前扶住尤克勤：你要不要紧哪？

尤克勤把手从胸口拿开，表情由痛苦变得冷峻：我没事。

淑静：那你刚才……

尤克勤：我装的。

尤克勤从怀里掏出那张收养协议：拿着这个，赶紧去找妈，不管想什么办法，赶紧把这收养协议解除了，这孩子咱们不能养了。

淑静有点儿不甘心：可咱们都花了五万多了……

尤克勤有点儿怒了，几乎嚷起来：那也比每年白送给人家十万强！再说了，这五万块钱买的东西还都在咱家里，也没花给外人。快去吧，一定得把它解除了！

淑静：可我怎么说呀？

尤克勤声音又高起来：你不会自己想办法？！快去，我先走了。

转身要走。

淑静：别呀，饭还没吃完呢。

尤克勤转回身来：怎么着？你还想等吃完了让我结账啊？不动脑子。

扬长而去。

淑静呆立在饭馆门口，为难地看着那份收养协议。

饭馆包间。陈老太和赵元甲批评林恒，林恒有点儿不服气。

赵元甲：有你这么干的吗？

林恒：我就是想跟他开个玩笑。

赵元甲：那你记住了，以后别在钱上跟人开玩笑。

林恒：为什么？

赵元甲：你是有钱人，你不知道人想钱的滋味。

林恒：我现在知道了。

陈老太：行啦行啦，说两句得了。

淑静拿着那张协议走过来。

淑静：妈。

陈老太：小尤呢？

淑静：他身体不舒服，先走了。

陈老太冷冷地：哦。

淑静犹豫：妈。

陈老太：什么事儿？

淑静：妈，以小尤现在这个身体，恐怕不能同时养两个孩子了……

陈老太：嗯，这是小尤的意思吧？

淑静：啊。

陈老太一伸手：行，那拿来吧。

淑静把手中的收养协议书递给母亲。

陈老太从自己口袋里拿出另外一张。

陈老太：淑静，你看好了，这是一式两份。

展示两张协议书给淑静看，然后将其撕毁。

淑静：妈，小尤身体不舒服，我得回去看看他，就先走了。

起身欲走。

陈老太：回来。

淑静：妈，您还有什么事儿？

陈老太：你告诉小尤，以后不想结账直接说，用不着装病。

淑静尴尬：妈，这……

陈老太挥挥手：去吧去吧。

淑静走了。

陈老太招手叫服务员。

陈老太：服务员，结账。

服务员拿来单子给陈老太看，陈老太仔细核对。

陈家客厅。赵元甲从卧室里走出来，进入客厅。林恒喝完最后一口豆浆，背起书包向门外走去。

林恒：赵叔再见。

赵元甲：路上小心车辆啊。

林恒出门：知道了。

淑恬洗漱已毕从卫生间里出来，赵元甲迎上去。

赵元甲：老婆，车钥匙给我用用。

淑恬：干吗去？

赵元甲：我去应聘啊。

淑恬：找个工作你开什么车？现在汽油多贵呀，不给。

淑恬说罢，走进了卧室。

赵元甲跟入。

赵元甲夫妇卧室。淑恬走入卧室，收拾坤包准备上班。赵元甲跟着进来。

赵元甲：老婆，你就让我再开一次车吧。

手放在淑恬肩头。

淑恬一扭身，晃掉赵元甲的手：一次也不行，现在咱家不宽裕，你又不是不知道。

赵元甲：不给钥匙，那你给我五十块钱。

淑恬停止收拾，回头：又想打车，没有。

赵元甲：谁想打车啦？我公交卡里没钱了，得充值。

淑恬：不可能。上星期刚充了五十块钱，怎么今天就没了。

赵元甲：所以说，坐公交并不便宜嘛。

淑恬似乎想起了什么：你是不是忘了刷卡了？

赵元甲：没有啊，每次上车，我头一件事就是刷卡。

淑恬：我没问那个，你是不是下车的时候忘了刷卡了？

赵元甲：没告诉你吗，我上车的时候就刷了。

淑恬：这你就不懂了，有的车是分段计价的，上车的时候刷一次，下车的时候还得刷一次。

赵元甲：啊？公交车也改双向收费了?！

淑恬：谁说双向收费了？人家那是……

淑恬抬手看了看时间：不行，我得先上班了，回来再告诉你。

拿起小坤包出卧室。

赵元甲：哎，老婆。

追出。

陈家客厅。淑恬挎着坤包向门口走去，开门。赵元甲从卧室里追

264

出来。

赵元甲：哎，老婆。

淑恬停住脚步：又干吗？

赵元甲伸手：那五十块钱，你还没给我呢。

淑恬无奈，掏出五十块钱：拿着，专款专用啊。记住了，上车的时候刷一次卡，下车的时候还得刷一次卡。

赵元甲：为什么呀？

淑恬：因为不这样更贵。如果你下车不刷卡，人家就按全程收费……

淑恬抬手看表：唉，没工夫跟你说了。

出门走了。

赵元甲：哎，老婆……

此时赵元甲的手机发出短信声。

赵元甲循声寻找，在茶几上发现了自己的手机。赵元甲拿起手机查看短信，不禁笑出了声。

一直在暗中注意赵元甲的陈老太此时从房间里走出来。

陈老太：元甲，谁的短信哪？

赵元甲笑着：一骗子，让我给他账户里汇三千块钱。

陈老太：那你可别理他。

赵元甲：那怎么行？俗话说，来而不往非礼也。

按动按键给骗子回短信。

陈老太：怎么？你还给骗子回短信？

赵元甲边按边回答：啊，我告诉他，钱已汇出，下午到账，请届时查收。

陈老太气得哭笑不得：元甲，你赶紧给我出去找工作去。你看你现在闲的，没事儿调戏人家骗子。

赵元甲：我马上就去，马上就去。

赵元甲编好短信，按发送。揣好手机，出门。

周致中单位，公共办公区。王颖、小姚收拾东西，准备下班，李阳和秦晓莹仍在埋头工作。

王颖：几位，我先走了啊。

小姚：再见。

小姚走到秦晓莹和李阳的桌前：哎，你们俩怎么不收拾东西呀，下班了。

李阳：我们俩有点儿活儿没干完，今天晚上得加班。

小姚：加什么班呀？法律规定，劳动者有休息的权利，八小时工作，八小时休息，八小时娱乐……

秦晓莹从桌上抬起头：那是不是太三八了？

小姚：三八就三八，我觉得这三八生活方式挺好的。工作时候我尽心尽力，但是我绝不加班。

周致中不知什么时候出现在众人背后。

周致中：说得很对。作为领导，我也不赞成员工加班，如果工作没干完，你们完全可以——带回家去干嘛。

小姚尴尬：啊？主任……

周致中：刚才是跟你们开个玩笑。下班了，大家都回家吧。

李阳：主任，我们想把活儿干完了再走。

周致中：好，那……注意别太晚呀。回家时候注意安全。

秦晓莹、李阳：知道了。

淑珍突然从门外走进来，热情地跟众人打招呼。

淑珍：哟，都在呢，是不是该下班了？

周致中不悦：哎，你怎么又来了？

淑珍：怎么？我不能来吗？

周致中：这是工作场所，你老来这儿找我……

淑珍：谁说我是来找你的？我是来找秦晓莹的。

众人都是一愣。

小姚：那什么，嫂子，我先回家了。

出门。

李阳：我也下班了。

迅速收拾东西，出门。

秦晓莹站起来：嫂子，您找我？

指着自己，好像不大相信自己的耳朵。

淑珍：啊，其实也没什么事儿。就是吧，想请你后天去我们家做客。

周致中和秦晓莹都震惊地同时"嗯"了一声，周致中想说话又插不上嘴。

秦晓莹疑惑：嫂子，您是说，要请我……去您家里？

淑珍抓住秦晓莹的手：对呀，咱姐俩可得好好聊聊。自打头一次见面，我就觉得跟你特别对脾气。你没发现吗？其实咱们俩有好多共同点。

秦晓莹：咱们有共同点？

淑珍：是啊。哎，晓莹啊，你觉得我们家老周这人怎么样啊？

秦晓莹：周主任，人挺好的。

淑珍：巧了，我也认为他人挺好的。这不就是共同点吗？你看看，这共同点随便一找就是一个。

秦晓莹：嫂子，您是说后天……

淑珍：对，后天。

秦晓莹：嫂子，都谁去呀？

淑珍：除了你……就没别人啦。

秦晓莹：嫂子，最近工作比较忙，我就不打搅了。

淑珍一指周致中：别呀，这也是我们家老周的意思。

周致中大惊：啊？

秦晓莹带着询问地望向周致中。

淑珍强迫周致中表态：是吧致中？

周致中不得已只能默认：这……啊，是啊是啊。

周致中一把把淑珍拉到一边，压低嗓音：谁说我要请她去咱们家了？

淑珍：你不是一直都有这个意思吗？怎么，你忘了？

周致中脱口而出：谁忘了？

说出口马上意识到自己口误。

淑珍：没忘就好。

淑珍转头对秦晓莹：晓莹，后天可一定得去呀。

秦晓莹不得已答应：好吧。

周致中：哎呀你这是什么毛病啊？

淑珍：行啦，行啦，下班了，咱们回家吧。晓莹，再见啊。

淑珍硬生生地挎着周致中胳膊出门。

公共汽车上。公共汽车行进，赵元甲坐在座位上打盹。

广播：平安里到了，请您从后门下车。

赵元甲听到广播一激灵，慌忙站起。

赵元甲：哎，等一下等一下，我下车。

赵元甲下车，车门关闭。

赵元甲刚一下车就想起了淑恬的话，连忙拍打车门。

赵元甲：师傅，开下门儿。师傅，开下门儿!

车门重新打开。赵元甲跳上车来。

赵元甲对售票员：对不起，我刚才下车忘了刷卡了。

售票员：没关系，我们这趟车下车不用刷卡。

赵元甲：嗯?!

赵元甲愣住了。

陈家客厅。陈老太看电视，门一开，赵元甲走进来。

赵元甲：妈，我回来了。

陈老太：面试得怎么样啊?

赵元甲叹口气：还那样，让回来等信儿。

陈老太：唉，你说说你，你怎么就不着急呀?

赵元甲：我没不着急呀，我现在……

赵元甲的手机发出短信提示音，赵元甲掏出手机，查看短信。

陈老太警惕起来：谁的短信哪?

赵元甲：还是上午那骗子。

赵元甲夫妇卧室。夜。赵元甲一边坐在床上泡脚，一边跟淑恬讲述自己戏耍骗子的经过。

赵元甲得意：后来，我又给他发了一条短信，说钱绝对汇了，可能会晚点儿到账，让他晚上再去 ATM 机上查一下。

268

淑恬：你这不是闲的吗？

赵元甲的手机发出短信提示音，赵元甲查看短信，忍不住又笑起来。

淑恬：怎么啦？

赵元甲：那骗子，骂我是个骗子。

客厅里突然传来座机的电话铃声。

淑恬：这谁呀，这么晚来电话。

走出卧室。

陈家客厅。夜。客厅里漆黑一片，淑恬开灯。睡在沙发床上的林恒被电话铃和灯光所惊醒，裹着被子坐起来，两眼惺忪，表情痛苦。淑恬走过去接起电话。

淑恬：喂您好，喂？

陈老太和赵元甲也从各自房间走进客厅。

陈老太皱着眉头：谁的电话呀？

淑恬把电话从耳边拿下，亮给陈老太看：挂了。

赵元甲：这谁呀，大半夜打骚扰电话？

陈老太：这还用问吗？我早就告诉你别招惹骗子别招惹骗子，你不听啊，你看看现在，人家打骚扰电话来了吧？

赵元甲：啊？听您这意思，这电话是那骗子打过来的？

陈老太：除了他还能是谁？你老骚扰人家骗子，人骗子就反过来骚扰你，让你们全家人都睡不好觉。

赵元甲听了这话，有些惭愧：没想到这骗子报复心理还挺强。

赵元甲猛然想起了什么：哎，不对吧，我骚扰骗子用的是手机，他怎么骚扰我的座机呀？他怎么知道我的座机号的？

陈老太被赵元甲点出漏洞，有些尴尬，但不想服软，眼睛一瞪：那……那就得问你啦。

赵元甲：我怎么会知道？

陈老太没理赵元甲，转身径自回了房间。

赵元甲转脸对淑恬：淑恬，你给评评这个理……

淑恬白了他一眼，一转身也回了房间。

赵元甲叹了口气，对林恒指指二人的背影，想从他那里获得点儿支持，林恒两手一摊，冲他做了个鬼脸。

周家客厅。淑珍从卧室走出来，打开电视柜，从里边拿出一个摄影包，从中取出一个小 DV 机，开机，然后站在电视机前，对着沙发的方向找角度，模拟拍摄，渐渐地，她出现了幻觉：周致中和秦晓莹坐在沙发上搂抱亲吻，这时候，她自己闯了进来，周、秦二人惊慌失措，狼狈不堪……

淑珍自语：哼，今天我就叫你们现原形！

淑珍继续模拟拍摄，脸上现出一丝冷笑，女儿梅梅背着书包从门外进来，淑珍因为过于专注竟然没注意到。梅梅奇怪地看着母亲的举动。

梅梅：妈，您这是拍什么呢？

淑珍差点儿没吓出心脏病来，手一抖，险些将 DV 机掉在地上。

淑珍：哎哟妈呀，你这死孩子，吓死我了！

梅梅：至于的吗您？

梅梅把书包放在沙发上：妈，让我看看，您都拍了些什么呀？

淑珍下意识地抱紧 DV 机：没拍什么，好长时间不用，我想看看里边还有电没有。

将 DV 机放回摄影包。

梅梅一指摄影包：哎，妈。

淑珍：怎么啦？

梅梅：您忘了盖镜头盖了。

淑珍：哦。

淑珍取出 DV 机，盖上镜头盖，又重新放了回去，这才注意到女儿：哎？你怎么回家了？

梅梅：今天星期五，我不回家回哪儿呀？

淑珍意识到女儿的存在可能会破坏自己的计划：哟，我怎么把这茬儿给忘了。哎呀，你干吗这么早就回来呀？

梅梅：都静校了，我不回来能上哪儿去呀？

淑珍：那你不会……在外边逛逛街再回来？

270

梅梅：嗯？妈，您今儿是怎么啦？你平时不是最反对我逛街吗？

淑珍：都大孩子了，逛逛街也没什么嘛。

淑珍掏出五百块钱：拿着，这是五百块钱，逛街去吧。

梅梅：啊？妈，您也不看现在几点了，天都快黑了，您还让我出去逛街，您也不怕我出危险。

淑珍：那你不会……把一号楼那徐明阳叫上，让他陪你一块儿逛？

梅梅：徐明阳可是男孩哟。

淑珍：男孩正好保护你呀。

梅梅：您不怕我早恋？

淑珍：我相信你们，去吧。

梅梅：那我真去了啊。

要出门。

淑珍：回来。别光顾了逛啊，注意看着点儿时间，千万别……回来太早，实在不行就看场电影再回来。

梅梅：嘿！今天真是见鬼了。

喜滋滋出门。

淑珍看着梅梅出门，赶紧从摄影包里拿出 DV 机，正要开机，电话铃响了，淑珍吓得一哆嗦，慌忙放下 DV 机去接电话。

淑珍：喂，您好。晓莹啊，你到哪儿了？啊？都进小区了。看见六号楼了吗？你让司机过了六号楼左转，然后你就看见我们这八号楼了，好的，好的，我等你！

淑珍手忙脚乱地从电视柜里拿出一个坤包，把 DV 机放进去，在镜头的部位留了个缝隙以便偷拍，按动录像按钮，然后移动坤包以调整角度。

周家楼门口。夜。梅梅走出楼门口，迎面正遇上买菜归来的周致中。

周致中：梅梅，你这是上哪儿去？

梅梅：我妈让我逛街去。

周致中：不可能，现在天都快黑了，也不怕出危险？

梅梅：不怕，我妈让我跟徐明阳一块儿逛去。

周致中：胡闹！今天你哪儿也不许去，天这么晚了，你不在家待着出

271

去穷逛什么？

梅梅：什么叫穷逛啊？我妈还给了我五百块钱呢。

亮钱。

周致中：这、这……这就更不可能了。

梅梅：不信您问我妈去。

扬长而去。

周致中：嘿！

两手都有菜不便追赶，气得一跺脚，进楼。

周家客厅。夜。淑珍还在摆弄坤包调整偷拍角度。周致中在外边拍门。

淑珍慌忙跑去开门：来了来了。

周致中两手各提了一大塑料袋菜进来。

周致中气哼哼：你让梅梅出去逛街了？

淑珍：啊。

周致中：为什么呀？

淑珍：我怕一会儿秦晓莹来了她在这儿碍事。

周致中：她能碍什么事？

淑珍：这你就甭管了。哎，你脸色好点儿啊，一会儿人秦晓莹就来了。

周致中指着淑珍，气得无可奈何：嘿，你……

淑珍：行了，咱闲话少说，你说句心里话，秦晓莹是不是长得挺漂亮的？

周致中：这都哪儿挨哪儿呀。

淑珍：我就随便这么一问，说真的，秦晓莹是不是长得挺漂亮的？

周致中：她这个人，看上去挺漂亮，可实际上……

淑珍：比看上去还漂亮？

周致中恼怒了：你这几天是什么毛病啊？莫名其妙地请人来家做客不说，说起话来还阴阳怪气的。

淑珍：让我说中了吧？

门铃响。淑珍赶紧去开门，秦晓莹进来，拎着一个纸袋。

淑珍：哟，晓莹来了，快进来快进来。

秦晓莹一扬手中的纸袋子：嫂子，给您带了点儿化妆品。

淑珍：哎呀，来就来吧，还带什么东西。

淑珍接过化妆品，把秦晓莹往沙发上让：来来，坐坐坐。

周致中无奈地迎上来：哟，小秦来了。

淑珍：致中，好好陪着晓莹，我给你们做饭去。

说着就往厨房里走。

秦晓莹：嫂子，我给您打下手吧。

淑珍赶紧阻拦：别别，哪有让客人下厨房的道理，还是我去吧。致中，陪晓莹好好聊聊，别耽误你们的正事。

走入厨房。

周致中给说愣了：我们有什么正事儿呀。

秦晓莹和周致中面对面站着，都觉得有些尴尬。

秦晓莹只得没话找话：周主任，您最近身体挺好的？

周致中：挺好的。啊，小秦，你最近工作挺顺利的吧？咳！这简直是废话，一个单位上班，咱们不天天见面吗？

周致中这才注意到彼此还站着：小秦，你坐呀。

秦晓莹：周主任，您也坐。

周致中坐在正对着电视的长沙发上，秦晓莹坐在侧面的小沙发上，两人还是无话可说。

厨房。夜。淑珍在厨房里心神不安地择菜，耳朵却时刻留意着客厅的动静，因为心不在焉，她把芹菜叶子留下来放在盆里洗，却把芹菜梗扔进了垃圾篓。

淑珍听了半天，客厅里还是没有她希望的动静，最终她灵机一动，倒了两杯果汁，端着向客厅走去。

周家客厅。夜。周致中和秦晓莹搜索枯肠，努力地聊天。

秦晓莹：我觉得，数理逻辑是我的弱项。

周致中：没关系，咱们所李阳是数理逻辑的专家，你可以多向他请教。

秦晓莹：是啊，我现在天天向他请教。

周致中：嗯？

淑珍端着两杯果汁走进客厅。

淑珍：哎呀，光顾了做饭了，忘了给你们倒饮料了。

将两杯果汁放在茶几上。

秦晓莹欠身：嫂子，您别客气，我不渴。

淑珍：不渴也得喝，到家了就别客气。

淑珍看看DV机的位置，又看看秦、周二人，突然发现秦晓莹坐在侧面小沙发上对偷拍十分不利。

淑珍：哎，晓莹，你怎么坐那儿啦。

淑珍指着周致中身边的座位：来来来，坐这儿来。

周致中不解：干吗非坐这儿呀？

淑珍脱口而出：这儿角度好。

周致中不明所以：什么角度好？

淑珍赶紧掩饰：看电视的角度好。

周致中：我们没看电视啊，再说咱小区的有线电视不是坏了吗？

淑珍这才想起：哦，对，是坏了，有线坏了……就看不成电视了对吧？

周致中：多新鲜哪。

淑珍：那……

淑珍对秦晓莹，几乎是命令：那你也坐过来吧。

周致中气乐了：干吗非坐过来呀？坐过来电视也看不了啊。

淑珍：是啊，看不了电视，你们可以……看看电视机嘛。

周致中：这都什么话呀？我说你今天到底怎么了？怎么说起话来颠三倒四的？

淑珍：没……没什么，你们聊啊，我回去做饭了。

狼狈地逃回厨房。

秦晓莹和周致中望着淑珍的背影都觉得不可思议。

274

厨房。夜。淑珍在厨房里走来走去，百思不得其解。

淑珍心想：怎么一点儿异常的举动都没有呢？难道他们是清白的？不可能，他们俩肯定有事。难道是他们发现我在偷拍？这就更不可能了，DV放在那儿好好的没人动啊。哦，我明白了，是因为我，我在这儿碍他们眼了，不行，我得给他们创造个机会。

想到这儿，淑珍毅然走出了厨房。

第十三章

周家客厅。夜。淑珍为了"钓鱼取证"，给周致中和秦晓莹制造外遇的机会，从厨房走进客厅。客厅里，周致中和秦晓莹正在有一搭无一搭地谈话。

周致中：莱布尼茨创建数理逻辑的初衷就是为了使逻辑思维更加精确⋯⋯

淑珍讪笑：你们聊啊，我出去买瓶酱油，家里没酱油了。

要走。

周致中：不可能，我刚买的酱油。

淑珍狡辩：我要用的是老抽。

周致中：我买的就是老抽。

淑珍一时语塞：那我去买瓶醋。

周致中：醋我也买了。

淑珍：那⋯⋯咱家肯定缺盐了，我去买一袋盐。

周致中：盐也不用买。

淑珍：啊？盐你也买了？

周致中：我没买。那不是前天你买的吗？

淑珍：哦对，我买了一袋，那⋯⋯再买一袋也无所谓呀，反正盐这东西搁多长时间也坏不了。你们聊啊，我买盐去了。

匆匆而出。

周致中和秦晓莹望着淑珍的背影觉得莫名其妙。

小区里的小超市，收银台。夜。淑珍心神恍惚，拿着一袋盐结账，服务员扫描，收钱找零。淑珍拿起找回的钱就走。

服务员：哎，大姐，您回来一下。

淑珍：我给钱了。

服务员拿起那袋盐一晃：我知道，您忘了拿东西了。

淑珍反身回来，拿起：哦，谢谢您，谢谢您。

夜。淑珍心急火燎地上楼，停了一下，然后蹑手蹑脚走到自己家门口，掏钥匙，小心翼翼地开门，尽量不弄出声响，然后猛然把门一开。客厅里空无一人。淑珍惊住了。

淑珍：人哪儿去了？致中，周致中？

没人回答，淑珍静静地听了听，发觉厨房里有动静，于是蹑手蹑脚走到厨房门口，猛然把门一推。

厨房里抽油烟机正开着，声音很大。周致中正要把一盘菜放到桌子上，见淑珍进来吃了一惊。

周致中：干吗呢你这是？老这么一惊一乍的。

淑珍往厨房深处张望，不见秦晓莹：秦晓莹呢？

周致中反身接着炒菜：回家了。

淑珍震惊：回家了？怎么回家了？

周致中：在这儿待着没劲人家还不回家？你说你也是，当初非要找人家好好聊聊，等人家来了又不理人家，让我陪着……把酱油给我递过来。

淑珍递酱油，试探：那你没送送人家？

周致中：送什么呀，大家都是成年人了，能出什么事儿？把盐递给我。

淑珍递上自己刚买的盐：那她走了以后……

周致中：走了以后我就开始做饭，等你做，得饿死几口子。

周致中突然发现淑珍递上来的盐不对：我让你递给我盐。

淑珍：这就是盐哪，我刚买的。

周致中指着那包：这就是你刚买的盐？

淑珍：怎么啦？

周致中：这明明是淀粉嘛。你最近这是怎么了？

277

淑珍：没怎么没怎么。

淑珍突然想起 DV 机还在客厅里：那你先做着啊，我得回屋找个电话号码。

匆匆走进客厅。

周家客厅。夜。淑珍自厨房出来，看看背后没人，走到电视柜前，拿起坤包，迅速走进自己卧室。

周致中夫妇卧室。夜。淑珍鬼鬼祟祟走进卧室，迅速关门，迫不及待地打开 DV 机，倒带，播放，瞪大双眼，查看偷拍内容，目光里有期待，也有恐惧。

然而，屏幕上一片空白。淑珍有点儿急了，快进了一段，又播放，还是没内容，心急火燎地检查 DV 机，最终她发现 DV 机的镜头盖根本就没打开，一下子傻眼了。

陈家客厅。夜。客厅里一片漆黑，突然，电话铃声响起。灯被按亮了，陈老太过来接电话。林恒也从沙发上迷迷糊糊坐起来。

陈老太：喂，你谁呀？你说话呀，你到底想干什么？你再不说话我就……

顿了一下，很显然对方挂了，陈老太无奈地挂上电话。

淑恬也从卧室走出来。

淑恬：妈，又是那个人？

陈老太点点头。

淑恬：又是什么也没说？

陈老太又点点头。

淑恬：他到底想干什么呀？

赵元甲也从卧室里出来。

赵元甲：妈，谁的电话呀？

陈老太白了赵元甲一眼：你说谁的电话呀？

说完，转身回卧室了。

赵元甲一脸委屈，对淑恬两手一摊：这能赖我吗这个？

淑恬：行啦，赶紧回去睡觉吧，明天还得接着找工作去呢。

走进卧室。

赵元甲无奈，跟进卧室。

公共汽车站。赵元甲百无聊赖地等公共汽车。一辆公共汽车驶来，其他乘客上车。车站上只留下赵元甲。一辆出租车驶来，停在赵元甲面前并不住地鸣笛，赵元甲烦了。

赵元甲指着出租车：我说你烦不烦哪？我不打车。

出租车的玻璃摇了下来，王先文从车里探出头。

王先文：哟，哥们儿，怎么坐公交了？！

赵元甲：咳，是你小子。

王先文：别废话了，上车吧。

赵元甲：去哪儿呀？

王先文：老地方，咱得好好聊聊。

赵元甲上车，出租车开走。

行驶的出租车上。王先文边开车边和赵元甲谈话。

王先文：元甲，你什么时候沦落到坐公交了？

赵元甲：什么叫坐公交？一看你就没坐过公交车。

王先文：怎么了？

赵元甲：那能叫坐公交吗？那叫挤公交。

王先文：那还不如坐公交呢。怎么回事，淑恬不让你开车了？

赵元甲：没有的事儿，我是响应政府号召，绿色出行。

王先文：得了吧，就冲你这懒劲儿，还绿色出行？别跟我装了，到底怎么回事儿？

赵元甲叹口气：这人吧，有钱的时候，有个车是方便；可没钱的时候，这车就是个累赘。开车花钱，不开也得花钱，那些个税费你总得缴吧？我现在多了个小孩，又没了工作……

王先文：合着这么长时间了，你还没找着工作？

赵元甲：哪儿那么容易啊，找个好工作比找个好老婆还难呢。

王先文：有句话说出来你别不爱听，我看你不是找不着，而是你根本就不愿意找。

赵元甲：谁不愿意找？是真找不着。

王先文：不可能。我跟你说，到处是工作，就看你能不能放下身段了。

赵元甲：听你这意思，你能帮我踅摸一个？

王先文：具体的我也不敢打包票，不过我可以先给你留意着。

赵元甲以领导的口气：很好，那这任务就交给你了！

王先文：嘿！你说句谢谢能死呀？这么多年了你……

赵元甲手机响，他用手示意王先文安静点儿。

赵元甲：喂，啊?! 您怎么跑家去了？好好好，我马上就回去。

赵元甲挂机，对王先文：文，咱别老地方了，送我回家。

王先文：怎么啦？

赵元甲：我大姐上家找我去了。

王先文：你什么时候又冒出个大姐呀？

赵元甲：我老婆的大姐。赶紧送我回去！

王先文：真麻烦！

王先文虽嘴上发牢骚，还是掉转车头，向赵元甲的家开去。

赵元甲所住楼下。出租车驶来，赵元甲下车，与王先文挥手告别。早已在楼下等候多时的淑珍拎着 DV 机迎上来。

淑珍一晃手里的 DV 机：元甲，我找到证据了。

赵元甲不解：什么证据？

淑珍：偷拍的证据呀，不信你看……

说着，要打开 DV 机。

赵元甲急忙按住：哎哟我的大姐，这东西能在这儿看吗？家丑不可外扬，咱家里看去。

拉着淑珍进楼。

赵元甲和淑珍上楼，赵元甲掏钥匙开门，二人进入客厅。

赵元甲示意淑珍可以开始了，淑珍打开 DV 机给赵元甲看。屏幕上一片空白。

赵元甲不解：怎么什么都没有啊？

淑珍：录的时候忘了打开镜头盖了。

赵元甲又好气又好笑：那您让我看什么？

淑珍：我把他们亲嘴的声音给录下来了，你听！

赵元甲把耳朵凑到 DV 机旁边，听了半天：没有啊。

淑珍：你这是什么耳朵啊？我把声音给你放大点儿。

淑珍调大音量开关：这回听见了吧？

赵元甲：您再调大点儿吧。

淑珍：你怎么还没听见，邻居都快听见了。

淑珍调大音量，DV 机里传出一阵疑似亲嘴的声音，实际上是喝水的声音。

淑珍：这回听见了吧？

赵元甲有些疑惑：这是亲嘴的声音吗？

淑珍：怎么不是啊，你再听一遍。

倒带，播放。

赵元甲低头把耳朵凑过去仔细听，听完他抬起头来，却看见林恒背着书包站在门口，感觉十分尴尬。

赵元甲：林恒，你……

林恒进屋，把书包放在茶几上，凑过来：赵叔，大姨，你们这儿录什么哪？

赵元甲掩饰：没……没录什么。

林恒：那我刚才怎么听见有喝水的声音？

赵元甲恍然大悟，对淑珍：听见了吧？是喝水的声音。

淑珍不甘心，本能地反驳：什么喝水的声音，那明明是……

淑珍看了看林恒，知道有些话少儿不宜：喝果汁的声音，我当时给他们上的是果汁。

赵元甲：那不一样吗？

林恒不明所以：赵叔，DV 机坏了？你们有什么搞不定的，告诉我，我帮你们，我从小就玩这个……

赵元甲：不用了不用了，我们能搞定。

淑珍：对对，我们能搞定。

收起 DV 机。

赵元甲所住楼下。赵元甲送淑珍从楼里出来。

淑珍：就算那真是喝水的声音，那他们俩的表现也绝对不正常。你想想秦晓莹为什么中途不辞而别，这明显是心虚嘛。

赵元甲：那……您要实在放心不下，干脆给她介绍个对象算了。

淑珍：还别说，你这主意……

赵元甲：怎么样？

淑珍：不错。

冲赵元甲点点头。

陈家客厅。夜。林恒在沙发床上睡觉，赵元甲坐在茶几前看一本杂志。陈老太从自己卧室出来要上厕所。

陈老太见到赵元甲，停住：元甲，这么晚了怎么还不睡呀？

赵元甲：我要会会那个骚扰电话，看他今天还敢不敢打过来。

话音未落，电话铃急促地响起来。

赵元甲走过去抓起电话：喂，你谁呀？说话呀，你再不说话我就……咳，是你呀。什么？哦哦哦，明白了，好，那我明天去找你。

陈老太疑惑地望着赵元甲：这骗子你认识？

赵元甲：啊，什么呀，是王先文。

陈老太误会了：哦？骗子是王先文？

赵元甲：不是，王先文是骗……王先文不是那个打骚扰电话的人。

陈老太：那他打电话来干什么呀？

赵元甲：他给我找了个工作。妈，我得早点儿睡了，明天还得应聘去。再见。

赵元甲回自己房间。

陈老太看着他的背影，疑虑重重。

赵元甲夫妇卧室。夜。淑恬正在熟睡。赵元甲走进卧室，摇醒淑恬。

赵元甲：老婆，醒醒，醒醒。

淑恬睡眼惺忪：干吗呀？

赵元甲：车钥匙在哪儿呢？快给我，明天一早我得去应聘。

淑恬：你应聘开什么车呀？

赵元甲：不行，这次应聘必须得开车。

淑恬：你应聘的到底是什么工作呀？

赵元甲：给人开车呀，就是连车带我一块儿租给人家。

淑恬：钥匙在床头柜下边。

说罢，转过身又睡了。

赵元甲拉开床头柜最下边一个抽屉，寻找，没发现钥匙。

赵元甲又推淑恬：老婆，床头柜下边没有啊。

淑恬不耐烦地转过身来：我说的是床头柜下边。

淑恬见赵元甲仍不解：床头柜底下。

转头又睡了。

赵元甲恍然大悟，手摸向柜子底下，果然摸出一把钥匙，自语：好嘛，您这防贼呢。

某茶馆门口。别克车驶来，停下，赵元甲下车，走进茶馆。

茶馆内。王先文坐在靠窗的座位上喝茶，看到赵元甲进门，向他打招呼。

王先文：哎，元甲，这儿，这儿！

赵元甲走过来落座。

赵元甲：你怎么选这么个地方……

王先文打断话头：咱们闲话少说，一会儿我有事得先走。具体的事儿你们当面谈。我提醒你一下啊，这个刘总啊，比较喜欢奉承……

赵元甲：谁是刘总啊？

王先文：就是那个雇你当司机的人。这个人哪，他比较喜欢奉承，所以一会儿见面的时候，你跟人家客气着点儿，别招人不待见。

赵元甲喝茶：我知道，我又不是小孩儿。

王先文眼睛突然望向门口：哎，来了来了。

王先文站起，将赵元甲也拉起：刘总！

一个胖胖的中年人拎着手包走了过来。

王先文：刘总，我介绍一下啊，这就是我朋友赵元甲。元甲，这位就是刘总。

赵元甲端详刘总半天，这时突然一掌拍在刘总肩上。

赵元甲：我当哪个刘总，原来是你呀刘三。

刘总一抖肩膀晃掉赵元甲的手，冷冷地：你谁呀你?!

赵元甲：我赵元甲呀。

刘总：不认识。

赵元甲：咱们从小一个胡同长大的，我们家住胡同口，后来咱们还进了同一个厂子……

赵元甲见刘总还没想起来：你忘了，有一回咱们到乡下偷葡萄，你一不小心掉大粪坑里了，还是我把你给捞出来的呢。

刘总：胡说，明明是我哥跟你一块儿捞……没有的事儿。

赵元甲：嘿，你可真是贵人多忘事……

王先文赶紧把赵元甲拉到一边。

王先文：元甲，咱们是来找工作的，你说什么大粪坑啊。

赵元甲：我说的是真的……

王先文：真的才不能说呢。人现在混出来了，不一样了。你还想不想找工作？啊？能不能管住自己的嘴？

赵元甲想了想，点点头：能。

王先文：那就好。

王先文回到桌前：刘总啊，我还有点儿事，得先走了。既然你们认识，那就好办了，我看剩下的事儿你们自己谈吧，我就不掺和了。

刘总：那好，你慢走啊。

王先文：再见。

王先文对赵元甲使眼色：元甲，好好跟刘总谈啊。

赵元甲：哎，慢走啊。

目送王先文出门。

刘总：怎么样啊元甲，咱们谈谈吧，我连车带人都包下来，你一个月想要多少钱？

赵元甲试探：怎么也得六千吧？

刘总：那不行，我给你七千。

赵元甲惊喜：行啊刘三，看来你是真发达了。我记着以前，一有人跟你借钱，你跑得比刘翔还快。有一回，咱们合伙出去撮饭，你把兜里所有东西都掏出来了，身份证、钥匙链、口香糖、卫生纸，就是没掏出钱来。

刘总真恼了：你他妈有完没完？我他妈花钱是让你给我添堵来的?!

说罢，一口痰吐在地下。

赵元甲端详刘三：哎呀刘三，你真是今非昔比呀。看得出来，你现在除了素质，什么都提高了。

刘总气坏了：嘿，你他妈还说是吧？你还想不想挣钱了?!

赵元甲：想。

刘总：那你就得对我尊重点儿。

赵元甲：行，刘三，以后我再也不说以前那些事儿了。

刘总：怎么还叫我刘三?! 我他妈也有名有姓。

赵元甲：我真不是故意冒犯你刘三，你原名叫什么来着？

刘总：忘了正好，你就直接叫我刘总吧。

赵元甲：刘总？

刘总：哎，这还差不多。

刘总从手包里抽出二百块钱递给赵元甲：去，把茶钱给我结了。

赵元甲：把服务员叫过来不就完了？

刘总一瞪眼：我就叫你去！

赵元甲：好，我去我去。

拿着钱走向收银台。

茶馆门口。刘总拎着手包和赵元甲从茶馆里走出来。

刘总故意找碴儿：哎我说，你会当司机吗？

赵元甲：会呀。

刘总：你这叫会当呀？一点儿眼力见儿都没有。

赵元甲：又怎么啦刘总？

刘总一扬手里的手包：有让老总自己拿包的吗？

赵元甲赶紧把包接过去：哎哟，我错了。刘总，我给您拿着。

刘总：嗯，这才像话。

两人说着走到赵元甲的车前。

刘总指着车：这就是你的车？

赵元甲：啊。

刘总：嗯，还算干净。

赵元甲：那什么刘总，下边咱们要去哪儿呀？

刘总：京城大厦。

赵元甲做了一个请的手势：刘总，请上车。

刘总站在原地没动：你看看你，还是没眼力见儿。

赵元甲：又怎么啦？

刘总：你怎么不给我开车门哪？

赵元甲：嘿！我……

赵元甲忍住气，给刘总拉开车门：刘总，请您上车。

刘总：这还差不多。

刘总低头往车里钻，赵元甲在他背后举起巴掌做了一个要打他的手势。

刘总这时候却突然回头。

刘总：嗯?！

赵元甲连忙把巴掌垫在车门上：刘总您小心点儿，别碰着头。

刘总满意地点点头，钻入车厢。赵元甲也上了车，别克车开走。

陈家客厅。夜。林恒在沙发上熟睡。淑恬坐在茶几边上织毛衣。陈老太从自己房间出来。

陈老太：淑恬，怎么元甲还没回来？

淑恬：说是陪老总出去应酬，得后半夜才能回来。

陈老太：淑恬，你过来，妈有话跟你说。

陈老太转身走进自己房间，淑恬跟进。

陈老太卧室。淑恬跟着陈老太走进房间，陈老太关门。

淑恬：妈，什么事儿啊？

陈老太示意淑恬在床上坐下：淑恬，妈有句话你可别不爱听，这连着几天了，元甲都是后半夜才回家，他是不是跟人学坏，在外边有了情人了？

淑恬：妈，您想到哪儿去了，元甲不是那样的人。

陈老太：话可不能说得那么绝对。俗话说，画虎画皮难画骨，知人知面不知心。这男人哪，有几个不花心的？

淑恬：就算元甲他也想花心，可他现在也没花心的本钱哪，他现在是要什么没什么。

陈老太：这就对了，越是要什么没什么的男人就越花心。

淑恬：您这话怎么说的呀？

陈老太：他要什么没什么，所以就更加无所顾忌呀。他要是有头有脸，有权有势，他至少得顾忌前途，顾忌脸面，最次他也得顾忌钱财——怕你跟他打官司争财产。可他现在什么也没有，他就什么也不怕……

淑恬被陈老太说得愣了半天：妈，您别吓唬我成吗？

陈老太：什么叫吓唬，这本来就是明摆着的事儿，我现在就怀疑，那骚扰电话是不是他的小情人打来的。

陈老太话音刚落，外边的电话铃声突然响起来，两人都惊住了。

陈家客厅。夜。林恒被吵醒，在沙发床上不安地翻滚。淑恬和陈老太奔出来，淑恬接电话。

淑恬：喂，你谁呀？说话呀，你再不说话我可报警了。

陈老太向淑恬做了一个不要说话的手势，示意淑恬静待对方的动静。

林恒：奶奶，谁啊这么讨厌……

淑恬拿着话筒与对方对峙，过了半晌，砰，电话挂了。

淑恬对陈老太：他又挂了。

陈老太听了，脸上布满疑云。

行驶的别克车上。赵元甲开车送刘总去应酬，刘总有些闷闷不乐。

刘总：元甲，你觉得我昨天跟秦总谈得怎么样？

赵元甲：不怎么样，他好像不大信得过你。

刘总：说得不错。

刘总从手包里拿出一个信封：这两千块钱你拿着。

赵元甲：哟，刘总，怎么我说实话您也奖励我呀？

刘总：谁奖励你？我这是想让你帮我做件事。

赵元甲：什么事儿？犯法的我可不干。

刘总：不犯法。就是吧，一会儿我跟秦总谈判的时候，你帮我演个双簧。

赵元甲：双簧？我不会呀。

刘总：就是我跟秦总谈判的过程中，你进来，说好多大公司的董事长、CEO、总裁给我打电话，要跟我谈生意。

赵元甲：啊？这不是说瞎话吗？

刘总：这怎么是说瞎话？这是策略。我跟你说，这两千块钱只是一半，事成之后，还有两千。

刘总见赵元甲不语：我说，你到底还想不想挣钱呀？你不为自己着想也不为家里人想想？挺大个老爷们儿，养不起家，你也不觉得丢人。

赵元甲沉默了。

别克车驶远。

一家豪华酒店门口。别克车驶来，刘总下车，赵元甲将钥匙交给门童，拎包跟在刘总后头，二人进入大堂。别克车被门童开走泊车。

酒店餐厅的包间。包间装修十分气派，刘总志得意满地在这里等秦总。赵元甲拿着刘总的手机匆匆进来。

赵元甲递上手机：刘总，刚才有个姓王的打电话找你。

刘总指着赵元甲鼻子，责备：你不会不接呀？以后我的电话你别瞎接。

赵元甲：可不接他就不停地打。

刘总：那你不会把手机给我关了啊。

赵元甲：哦。

关机，拿着手机退出包间。

秦总走进包间，他穿着考究，一身名牌，就是骨子里有一股盖不住的土气，一看就知是个农民企业家。

刘总起身相迎：哟，秦总来了，坐坐坐。

秦总：刘总，咱们那笔生意，我看……

刘总做了一个停止的手势：哎，打住。咱们哥俩今天就吃饭，不谈生意。来，秦总，我先敬您一杯。

倒两杯酒，端起。

秦总：不行不行，我喝不了酒。

刘总：哎，男人可不能说不行，犯忌讳，来来来。

秦总：别别别，我是真不行。

刘总：不给面子是吧？行，这样，你如果不喝这杯，你就是我爸爸。

将自己手里的酒一饮而尽。

秦总不安地站起来：别呀，我喝我喝。

皱着眉头干了一杯。

刘总：好，痛快！

刘总又倒上了两杯酒：好事成双，我再敬您一杯。

秦总连忙阻拦：别别别，我真不成了。

刘总：不给面子？行，这一杯，你要是不喝，我就是你爸爸！

秦总：别呀，我喝我喝。

又喝了一杯。

刘总又倒好两杯酒：俗话说，事不过三。我再……

赵元甲拿着刘总的手机进。

赵元甲：刘总，施莱德集团的 CEO 詹姆斯先生请您接电话。

刘总：拿来。

刘总接过电话，装蒜：hello，米斯特詹姆斯，请你不要说英语好不好？这对我不尊重。哦，吃饭就免了吧，那两千万的合同你爱签就签，不签拉倒，没时间。我现在正跟朋友吃饭，有事明天再说吧。

刘总假装挂机，递给赵元甲：以后像这种不重要的电话，你自己给回了算了，就别麻烦我了。

赵元甲应声而出。秦总对刘总肃然起敬。

刘总：秦总，咱接着喝。

秦总：哎哎。

连连点头。

尤家客厅。淑静边看电视边吃零食。尤克勤拿着一串糖葫芦进。

尤克勤兴奋地将糖葫芦递给淑静：老婆，给。

淑静惊住了：嗯？你又干什么坏事了？

尤克勤：谁干坏事了？

淑静：那你今天怎么这么反常啊？都想起给我买东西了？

尤克勤：老婆，咱们发财了，今天一天我就赚了五千块钱。

淑静接过糖葫芦：啊？五千块就买串糖葫芦？嗯，一天就挣五千？干什么这么挣钱哪？你抢银行了？

尤克勤：胡说，抢银行能就挣五千块吗？挣再多我也不抢，风险太大。

淑静：那你从哪儿挣这么多钱哪？

尤克勤：这是我正经炒股得来的。我跟你说呀，最近股市大火……

淑静脸一绷：行啦，我劝你趁早别炒了。

尤克勤：为什么呀？

淑静：我听好多人说，股市有风险，入市须谨慎……

尤克勤：没错儿，股市是有风险——那是他们别人，对我来讲，风险等于零。

淑静：凭什么呀？

尤克勤：就凭我有秘籍。

290

淑静不屑：你能有什么秘籍？

尤克勤：都是一家人，跟你说说也无所谓，我的秘籍就是反向操作。什么叫反向操作呢？就是专家推荐哪只股票，我就抛哪只股票；专家说要抛哪只股票，我就买哪只股票，这几个月我都是这么操作的。

淑静：结果怎么样啊？

尤克勤：这五千块钱不就是结果吗？唉，可惜就是咱本钱太少，赚不了大钱，你快帮我想想，咱们的熟人里谁有闲钱……

淑静嘴一撇：怎么？又想坑熟人的钱？

尤克勤：废话。不是熟人怎么坑啊？生人谁让你坑啊？有一位哲人说过，熟人，就是可以吃的人，要不怎么叫熟人呢。生人就是吃不了的人。

尤克勤在屋里踱来踱去，停住：我想起来了，赵元甲。

淑静：赵元甲怎么啦？

尤克勤：他手里有闲钱哪。

尤克勤激动得手舞足蹈：咱就坑他……咱就找他了！

酒店餐厅包间。刘总一杯接一杯，完全把秦总灌晕了。

刘总倒满两杯酒，举起：这杯酒，你不喝，我就是你儿子。

两人碰杯，一饮而尽。

刘总再次倒酒，举起：这杯酒，你不喝，你就是我儿子。

两人碰杯，一饮而尽。

赵元甲拿着刘总手机匆匆进。

赵元甲：刘总，佐藤实业株式会社的坂本先生……

刘总打断：你不会小点儿声啊。低调，做人一定要低调！不懂啊！

赵元甲声音小了一些，但仍足以让秦总听到：坂本先生问那两个亿的合同……

刘总：我下星期跟他签。

赵元甲：还有，南海油的董事长马先生说那九千万的订单……

刘总：我明天给他答复。

赵元甲：还有北移动的徐董事长明天晚上想请您吃饭。

刘总：你小点儿声儿，刚才怎么跟你说的？低调低调。是你没听懂还是我没说清楚啊？

秦总突然打断：行啦，你们都别装了。什么低调？我早就看出来了，刘总，你是最有实力的。

刘总擦擦头上的冷汗：啊，这您都看出来了？

秦总：要是再看不出来，我这辈子就白活了。刘总，我已经决定了，这笔买卖就跟你做。咱们后天就签合同！

刘总：好，痛快！

刘总对赵元甲：元甲，去把账结了。

秦总：哎别，今天我请，谁也别跟我抢。

起身往外走。

刘总假客气：不行，今天必须我请。元甲，快拦着他。

秦总一听这话，加快了脚步，走出了包间。

赵元甲要追，被刘总拉住。

刘总：你怎么还真拦哪？

留心听外边的动静。

秦总：服务员，结账。

刘总假惺惺地大声地对门口：你倒拦着他点儿呀。

刘总用手往下一劈，得意地，小声：哼，拿下！

赵元甲看着刘总，叹了口气。

行驶的别克车上。赵元甲开车送刘总回家。刘总把一个信封放在仪表盘上方。

刘总：这是剩下那两千，拿着。

赵元甲看看眼前的钱，表情复杂。

刘总：今天干得不错！以后继续努力，放心，我不会亏待你的。

刘总手机响。

刘总：喂，康总啊，我在深圳呢，那笔钱我一定会给你！不过你得等我回来以后再说。好了，就这样吧。

手机又响。

刘总：喂，季总啊，我在深圳哪，钱我给你划过去了。怎么没收到？

谁跟你装了？我真在深圳呢。钱的事儿等我回来再说成不？你别骂人成吗？那什么，季总，我要进电梯了，有什么事儿咱们回头再说。拜拜。

刘总：这帮人……等签完合同，我得换个手机号。

刘总手机又响，接电话：喂，乔总啊，我在深圳哪，什么？你也在深圳？你别来找我，我在深圳……大厦哪。就是广安门这个，对对对，我在北京哪……有什么事儿等你回来再说好吗？

看着刘总的表演，赵元甲若有所思。

某高档购物中心门口。别克车停在购物中心门口停车场，赵元甲下车，给刘总拉开车门，刘总拎着手包和一个购物袋下。

刘总：你回去吧，我到里边有点儿事，就不用来接我了。

刘总说罢，拎着手包和购物袋往购物中心里走，走了几步，又停下，仿佛想起了什么事儿，于是又走回来，从购物袋里掏出一个文件袋，交给赵元甲。

刘总：这个东西你帮我处理一下。

赵元甲捏捏文件袋：什么东西这是？

刘总：都是些没用的旧名片，你帮我把它处理了，最好是用火烧掉。

赵元甲指着文件袋：这怎么烧啊？这儿又不是农村。

刘总：你自己想办法。

走向购物中心。

赵元甲望着刘总的背影，无可奈何。

某陵园。墓地。陵园进门不远的地方，有三个大香炉，供送葬者烧纸、烧花圈、烧死者生前遗物。香炉前有四五个人在烧东西，烟火缭绕。赵元甲开车进来，拿着文件袋走向香炉准备烧。一个陵园的工作人员拦住了他。

工作人员指着赵元甲手里的文件袋：先生，您这是……

赵元甲一举文件袋：这是死者生前遗物，准备烧掉。

工作人员：那您最好检查一下，看看里边有没有什么有用的东西。

赵元甲心里似有所动：哦，谢谢啊。

293

工作人员走远，赵元甲打开文件袋，抓出几张名片，仔细地看。

这时赵元甲手机响。

赵元甲：喂？

某茶馆门口。赵元甲开车来到茶馆门口，下车，走进茶馆。

茶馆内。赵元甲走进茶馆，坐在里边的尤克勤向他打招呼。

尤克勤：元甲，我在这儿呢。

赵元甲过来落座：哟，二姐夫，今儿怎么这么反常啊？

尤克勤：什么叫反常啊？

给赵元甲倒茶。

赵元甲喝茶：都主动请我喝茶了，这还不反常？

尤克勤：哎呀，兄弟你可真会开玩笑。

赵元甲：说吧，什么事儿？

放下茶杯。

尤克勤：好事儿，最近呀股市大火。

赵元甲：这跟我有什么关系？

尤克勤：我一天能挣五千块钱。

赵元甲：这又跟我有什么关系？

尤克勤：我要是有钱，我就能赚得更多，咱们要把有限的金钱，投入到无限的股市中去。

赵元甲：这就更跟我没关系啦，我现在是要什么没什么。

尤克勤：你不是还有一张十五万的卡……

赵元甲摆手：那不行，林老板把钱给我的时候，可没让我替他投资。

尤克勤：我没让你投资，我是让你把钱给我……

赵元甲：凭什么呀？

尤克勤：我是让你把钱借给我，我去炒股，我给你利息，咱们就按银行的同期利率走，你看怎么样？

赵元甲讽刺：您用不着这么慷慨，利息我一分不要……

尤克勤：好！

赵元甲：钱我一分不借。

尤克勤：这何必呢？放着好好的利息不要？身不动膀不摇就挣钱……

赵元甲：我不能光看贼吃肉，我还得惦记着贼挨打。俗话说，股市有风险，入市需谨慎，你万一赔了怎么办？

尤克勤：这……万一要是赔了，我连本带利一分不少还给你。我以我的人格做担保！

赵元甲：那不等于没担保吗？这事口说无凭。

尤克勤：我给你写借条。

赵元甲：借条就是一张纸。

尤克勤：那你说怎么办？

赵元甲：要不这样，你把你新买那套房子抵押给我，我就借你这十五万块钱。

尤克勤嘴一撇：你想什么呢，十五万块钱就想让我抵押房子？

赵元甲：那就这样，你拿十五万押在我这儿当保证金，我就把十五万借给你。

尤克勤：这不废话吗？我要有十五万保证金，我还跟你借？

赵元甲：那咱们就没有什么好谈的啦。

赵元甲抬手叫服务员：服务员。

服务员赶忙跑过来：先生有什么吩咐？

赵元甲一指尤克勤：这位先生要结账。

尤克勤：嘿！我……

尤克勤气得说不出话：谁说我要结账了？

赵元甲：那您就留在这儿接着喝。

赵元甲扬长而去，尤克勤气得干瞪眼。

赵元甲所住楼下。赵元甲把车开到楼下，准备下车，无意中瞥见了放在副驾座位上的那个文件袋，拿起，从里边掏出几张名片，仔细端详，继而，他拿出手机，对照一张名片上的电话号码开始拨号。

赵元甲：喂，您好，请问您是季晓明先生吗？我是刘总的司机……就是刘万军刘总经理……

电话里爆发出一声大骂，差点儿震破赵元甲的耳膜，他赶紧把电话拿远了一些：哎，您怎么骂人哪？他骗了您多少钱？我的天！我一辈子都挣不了这么多！他现在就在北京。那什么季总，您等会儿再骂成吗？我想跟您说一声，受他骗的肯定不是您一个人，至少得十来个。

夜。赵元甲疲惫不堪、脚步沉重地上楼，开门，走进客厅。客厅里亮着灯，林恒已经睡了，陈老太和淑恬守在电话机前。

赵元甲见到陈老太和淑恬仍然没睡，有些惊异：妈，淑恬，怎么你们还没睡？

淑恬答非所问：元甲，今天晚上，那个骚扰电话又打来了。

赵元甲不置可否：哦。

赵元甲掏出两个信封：淑恬，这个你拿着。

淑恬看看信封又看看赵元甲：什么呀这是？

赵元甲：今天刚挣的四千块钱。

赵元甲说罢，拖着疲惫的身体回了自己房间。

陈老太和淑恬对视一眼，眼神里都充满了疑虑。

行驶的别克车上。赵元甲送刘总去签合同。刘总把一个信封放在仪表盘上方。

刘总：元甲，这个你先拿着。

赵元甲有些不安：刘总，您这是……

刘总：一会儿咱俩还得演个双簧。

赵元甲：怎么还演哪？这不都签合同了吗？

刘总：我怕那个秦总到时候会反悔。

赵元甲：哦，那……我就谢谢啦。

把信封放进自己的储物柜。

某豪华饭庄雅间。桌上摆好了餐具，还有一瓶洋酒。秦总正在这里品茶等待刘总，看得出他神色有些不安。刘总进。

秦总连忙站起：哟，刘总来了。

刘总：哎呀不好意思来晚了，堵车，我先自罚三杯。

说着端起酒就要倒。

秦总赶忙拦住：别，喝酒不着急。这个，刘总啊，上次咱们谈的那个合同……

刘总：怎么啦？不是今儿签字吗？

秦总：有几处细节我想再跟您商量一下。

刘总：咳，甭商量了，咱们哥们儿谁跟谁呀？吃点儿亏我认了。这份合同我完全可以接受。

秦总：可我接受不了啊。

刘总脸一绷：嗯？秦总，这就是您的不对了，说好的事情怎么能反悔呢？大家讲诚信嘛。

刘总假装咳嗽，叫赵元甲，但咳嗽半天，赵元甲也没出现，于是只好更猛烈地咳嗽。

赵元甲匆匆地跑进来。

赵元甲装糊涂：刘总，您怎么啦这是？吃多撑着了？

刘总：你才撑着了呢。

赵元甲：是啊，我也奇怪，您还没吃怎么就撑着了？

刘总低声：快说呀。

赵元甲：说什么呀？

刘总：电话，刚才有没有人给我来电话？

赵元甲假装恍然大悟：哦，我想起来了，刚才西门子公司的伯纳德先生——没给您打电话。

刘总：啊?!

赵元甲：微软的 CEO 李先生，也没给您打电话。

刘总：没打来你说他干什么？

赵元甲：英特尔公司的库克先生给您打电话了。

刘总兴奋：他说什么？

赵元甲：他说他根本就不认识你这个骗子。

刘总大怒：你疯了？说什么呢你？

赵元甲两手一摊：实话呀，您不就是个骗子吗？

刘总：嘿，你等着！

刘总转头对秦总：秦总，您别听他胡说八道，我这个司机他脑子有点儿毛病。

秦总观察半天，心里有些明白了，站起：对不起，刘总，我还有点儿事情，先走了。

匆匆走出包间。

刘总：哎，别走啊。

刘总阻拦不及，怒视赵元甲：你吃多了！毁我的事儿对你有什么好处？

赵元甲淡淡地：好处大了——对得住我自己的良心。

刘总：嘿，你个吃里爬外的东西！你、你……你被开除了！

赵元甲：谢谢。

夸张地对着刘总鞠了个大躬。

刘总：你你你，把我给你那钱还回来！总共六千块。

赵元甲：还给你？没门，那些钱顶我的工资了。

刘总：你不还是吧？

刘总掏出手机：那我可报警了。

赵元甲：你报吧，我还从来没听说过骗子敢报警的呢?!

赵元甲掏出自己手机拨号，接通：喂，你们来吧。

刘总有点儿害怕：你给谁打电话？

赵元甲：怕您闷得慌，我找了几个老朋友，来陪陪您。

刘总：老朋友？

赵元甲：啊，说起来都不是外人，全是被你骗过的客户。

刘总站起：什么?!

想跑。

包间门一开，季晓明等一群债主、受害者出现在门口。

季晓明：姓刘的，见你一面可真难哪。

刘总：季总，别误会别误会！

季晓明：误会不了！你别紧张，大伙今天没别的意思——都是来找你算账的！

众人：你把我骗得好苦啊！你害得我妻离子散！还我钱！还我钱！

季晓明：大家不要冲动，一会儿下手的时候轻点儿，注意不要触犯法律。

众人向前逼近。

刘总吓坏了：别过来，你们别过来，再过来我可报警啦！

掏出手机。

赵元甲：哇，没想到骗子真会自己报警！

赵元甲冲众人一拱手：诸位，忙你们的，我还有事，先走了。

扬长而去。

背后传来刘总杀猪般的声音。

刘总：救命啊！

第十四章

某茶馆。淑珍坐在茶馆里百无聊赖地看手机报。秦晓莹挎着个小坤包款款地走进茶馆，张望了一下，走过来坐在了淑珍身边。

秦晓莹：嫂子。

淑珍从手机上抬起头：哟，晓莹来了。咱们闲话少说，言归正传啊，今天要给你介绍的这个对象，比前边四个都好，他爸爸工作在发改委，他妈妈工作在统计局，他叔叔是国内有名的建筑师，他舅舅是北大教授，他表弟在哈佛读博士，他……

秦晓莹调侃：您要把我介绍给他们谁呀？

淑珍：不好意思，忘了介绍他本人了，他本人是海归，剑桥的博士，在微软工作，怎么样，什么时候见一面？

秦晓莹为难：这个，我再考虑考虑吧。

淑珍皱起眉头：我说晓莹，咱们为人可不能太挑剔，我都连着给你介绍五个了，可以说个个软硬件都不错，你怎么就一个也没看上呢？连见个面都不同意？

秦晓莹：嫂子，不是我不同意，是我老公不同意。

淑珍：咳，找对象得自己拿主意，别听……

淑珍突然意识到秦晓莹的意思，大惊：什么，你有老公了?!

秦晓莹低着头：对，其实我三年前就结婚了。

淑珍：啊？你都结婚三年了？

秦晓莹：对呀，我就是传说中的隐婚一族。

淑珍脑子乱了：这这这……从何说起呢？晓莹啊，这就是你的不对了，既然结婚了你干吗还让我给你介绍对象啊？

秦晓莹：我冤枉啊嫂子，我什么时候让您给我介绍对象了？从始至终都是您自己在张罗。

淑珍理屈词穷：是啊，那你也不能……哎，晓莹啊，你跟我说实话，你是不是觉得我介绍的这几个条件不够好，不答应又怕驳我面子，所以就拿结婚了说事儿？

秦晓莹：嫂子您又冤枉我了，我是真结婚了。

淑珍：那你能不能告诉我，你老公是谁？

秦晓莹有点儿羞涩：这个，说起来也不是外人，他是我们单位的同事，其实您应该知道啊，您去我们单位那么多次，也应该有点儿感觉了。

淑珍以为秦晓莹在说周致中，心提到了嗓子眼，声音都变了：啊?!难道你老公是……

秦晓莹：您猜对了，就是李阳。

淑珍：啊？李阳?!

秦晓莹：对，李阳就是我老公。

淑珍捂住自己胸口：我的妈，吓死我了！

秦晓莹不明所以：嫂子您怎么了？

淑珍掩饰：没怎么没怎么。

淑珍仿佛想起了什么：哎，不对呀，你们俩结婚，你们单位领导怎么不知道啊？你得回单位开介绍信哪。

秦晓莹瞪大了双眼：开介绍信？这是哪年的老皇历了？现在早就不用了。

淑珍：啊？现在结婚都不用开介绍信了？那你们也应该告诉大伙呀。

秦晓莹不解：我们为什么非得告诉大伙呀？有这个必要吗？我结没结婚是我的私事，跟别人有什么关系？

淑珍被问得瞠口结舌。

淑珍：那……那不告诉别人对你们有什么好处啊？

秦晓莹：好处多了！单位里升职、出国、培训的名额，都向单身人士倾斜。要让人家知道我结婚了，我就会失去很多晋升的机会。对了，嫂子，这事儿我可就告诉您一个人了，您可千万别给我说出去。

淑珍若有所思，不置可否地点头。

某电器商场。赵元甲正在电话柜台挑选电话机。

赵元甲拿起一个电话机颠来倒去地看，对售货员：这个电话机能来电显示吗？

售货员：那个不成，得带液晶显示的才成。

售货员递过一个电话：您看看这个。

赵元甲接过电话，仔细端详：哦，接上这个就能来电显示了？

售货员：不不不，要想来电显示，您还得到电信局去办个申请，当然，还得额外再交点儿钱。您干吗非要来电显示的呀？

赵元甲：最近每天晚上，都有人往我们家打骚扰电话，我想知道这个电话是哪儿来的。

售货员：哦。

赵元甲手机响。

赵元甲：喂，大姐，什么事儿？

茶馆。秦晓莹已经走了。淑珍向赵元甲发牢骚，桌子上摆着那部液晶显示电话。

淑珍：好家伙，闹了半天，现在结婚都不用单位开介绍信了，你想想，没有了组织的监督，这社会风气能不坏吗？

赵元甲：哎哎，大姐，您就别操那闲心了。现在最关键的，是咱们终于把事情搞清楚了。

淑珍：是啊，我可算搞清楚了，原来周致中跟秦晓莹——还真有私情！

赵元甲：大姐，你这话怎么说的？

淑珍：这不明摆着吗？自己结婚了都不承认，那不就是憋着想勾引我老公吗？

赵元甲：人家不是说了吗，人家隐婚是为了获得更多的晋升机会。

淑珍：对呀，她隐婚是为了获得更多晋升机会，可她不勾引我老公怎么晋升啊？我老公可是她领导。

赵元甲：大姐，有句话我不知当讲不当讲。

302

淑珍：没事儿，你说吧。

赵元甲：大姐，您该看看心理医生了。

赵元甲说罢，紧张地注视着淑珍，怕淑珍发火。

淑珍：咳，找什么心理医生啊，我一直就把你当作我的心理医生。

赵元甲：啊？

只得苦笑。

陈家客厅。夜。淑恬、陈老太、林恒、赵元甲都守在电话旁边，林恒不住瞌睡。

赵元甲拍拍林恒的头：林恒，别睡，千万别睡。

林恒哈欠连天：赵叔，我实在坚持不住了。

赵元甲：那也得挺住。一会儿再来骚扰电话，你接。尽量跟他拖时间，我记电话号码，等把号码记下来，咱们就报警。

林恒又打了两个哈欠：干吗非得我接呀？

陈老太：因为我们三个都接过了，他一听见是我们就挂，你是个生人，也许能争取点儿时间。

林恒：这个坏东西，太缺德了，他怎么还不来骚扰咱们？我都快困死了。

陈老太：困点儿也不怕，明天星期六，可以补一觉。

电话铃突然响起。

赵元甲示意林恒接电话，自己拿笔纸准备记电话号码。

林恒拿起电话：喂，您好。你是谁呀？我来猜一猜呀，你是晨晨？嗯？你怎么不说话呀？我接着猜呀，你肯定是王珂。要不，你是严晓宇？你到底是谁呀？哦，我知道你是谁了，你是……喂？

想说爸没说。

很显然对方挂了，林恒无奈地放下电话。

淑恬、陈老太：元甲，你记下来了吗？

赵元甲看着自己手里刚记下的电话号码：记下来了，不过，这电话号码比较怪。

林恒：我看看。

303

林恒拿过纸条，看了看：咳，这是网络电话。

赵元甲：能看出是从哪儿打来的吗？

林恒：不但看不出是从哪儿打来的，而且每次的电话号码都不一样。

众人听罢，都觉得气馁。

街心花园一角。晨晨远远地跑来，躲在一棵大树后面，不时地露出头来，向远方张望。正在这时，林恒突然出现在他身后，照着他的肩膀猛拍一掌。

林恒：哈哈，找到你了！

晨晨沮丧地回头：嗯，重来！

两人猜拳。

二人：锤子剪子布！锤子剪子布！锤子剪子布！

林恒赢了，晨晨傻眼。

林恒：哈，我赢了，我藏你找，闭上眼睛，不许偷看。

晨晨闭上眼睛，林恒悄悄地溜走。

晨晨睁开眼，林恒已经不见踪影。

晨晨在街心花园各处寻找林恒。大树前。

晨晨：林恒，你别躲了，我看见你了！

猛地跑到树后，一无所获。

凉亭前。

晨晨：林恒，你在哪儿呀，我看见你了！你快出来吧！

花坛附近。

晨晨有气无力：林恒你出来吧，我认输了还不成吗？林恒……

小区内。夜。淑恬在小区内焦急地寻找林恒。

淑恬：林恒，你在哪儿呀，快回来吧！该吃饭了！林恒……

淑恬打电话：元甲，找到了没有，不知去哪儿了……能不急吗，我，元甲我心里怎么觉得有点儿怕，你找着了快给我来电话啊。

街道。夜。赵元甲向行人比画林恒的身高、长相，向他们询问消息，打探林恒的下落。一个行人朝南边一指，赵元甲顾不上道谢，赶紧朝那个方向追了过去。

陈家客厅。夜。林恒仍然没有回来，陈老太焦急地询问晨晨。晨晨显然已经被询问了好几遍，几乎快哭了。

陈老太：晨晨，这回你一定得说实话，林恒到底是怎么走丢的？你告诉姥姥，啊！只要你说实话，不管你犯了什么错儿，姥姥绝对不打你，不骂你，还请你吃麦当劳！

晨晨：姥姥，我一直说的都是实话！我跟林恒玩藏猫猫，他藏我找，他藏得太好了，我一直都没找到……

陈老太：那后来呢？

晨晨：后来，我都认输了，他还是不出来。

陈老太长叹一声：唉，算了，你先去姥姥屋里睡觉吧。

晨晨应声走进陈老太房间。

门一开，淑恬走进来。

陈老太向淑恬投去询问的目光，淑恬没说话，只是无奈地摇摇头。

淑恬走到电话边开始打电话。

淑恬：喂，是严晓宇家吗？我是林恒的……亲戚……对，白天那个电话也是我打的，请问我打完电话以后，林恒去过您家吗？哦，谢谢！哎，如果他跟严晓宇有联系请您一定告诉我，谢谢您！

叹口气，挂电话。

赵元甲进门。

陈老太：怎么样？

赵元甲摇摇头：还是没找到。

淑恬：是不是被人拐卖了？

赵元甲：不可能，以他的聪明劲儿，碰上人贩子，指不定谁拐卖谁呢。很有可能是出危险了，还是报警吧。

淑恬拿起电话，又没了勇气，把话筒递给赵元甲：还是你来吧。

赵元甲拿起电话刚要报警，他的手机突然响起来。

赵元甲：喂，您好。啊?! 林恒他现在挺好的，正在屋里睡觉呢。您放心好了，再见。

不由对方分说挂了机，心有余悸。

淑恬和陈老太看赵元甲慌乱的样子有些奇怪。

陈老太：谁来的电话？

赵元甲：林恒的亲妈。

淑恬：嗯？她不是不想要林恒了吗？

陈老太：虽说她不要林恒了，可咱们要是把林恒弄丢了，她肯定跟咱们没完，说不定还得讹咱们一笔。

淑恬：啊？那可怎么办哪？

赵元甲手机又响，他看着屏幕上显示的号码发愣。

淑恬：谁的电话？

赵元甲：还是她。

陈老太镇定：先听听她说什么。

赵元甲：喂？

像被蝎子蜇了一样，马上挂机。

淑恬奇怪地望着赵元甲：怎么啦？

赵元甲有点儿畏惧地指着门口：她说，她就在咱家门口。

陈老太和淑恬听了也大吃一惊。

敲门声突然响起。

孙琦：赵先生，开门哪，赵先生。

陈老太毅然决然：开门，瞒是瞒不住的。

淑恬犹豫地望着陈老太：可是……

陈老太：开门。

淑恬走去开门。门开处，孙琦和林恒赫然出现在门口。赵元甲三人一下子惊住了。

林恒走进客厅。

林恒对赵元甲，轻描淡写：对不起赵叔，我忘了带钥匙了。

赵元甲三人对望一眼，都觉得很奇怪。

陈家客厅。夜。孙琦搂着林恒，向众人讲述事情经过。

孙琦：我本来想先带他玩一会儿，没想到一玩起来就忘了时间，也忘了通知你们。

孙琦对赵元甲：刚才我给您打电话，您也不让我把话说完就挂了……不管怎么说，让你们担心了，真对不起。

站起，鞠躬。

陈老太一直在冷眼旁观孙琦，这时候说话了：您不用道歉，母子情深嘛，我们都理解。

孙琦：谢谢。

陈老太：那您这次来是……

孙琦：哦，我这次来呀，是想把林恒带走。

赵元甲以为自己听错了：什么？把林恒带走？

孙琦：对，我想把他带回青岛，让他跟我一块儿过。

赵元甲一指林恒：那您当初为什么……

孙琦：这个……

看了看林恒，欲言又止。

淑恬明白孙琦可能有难言之隐，于是站起：林恒，来，到阿姨屋里来。

林恒：干吗？

淑恬：帮阿姨一个忙，我存在手机里的歌不见了，你帮我看看。

林恒：好嘞。

随着淑恬进入卧室。

孙琦对赵元甲：上次的事儿真对不起，我当时没敢认林恒，因为那时候，我跟我现在的老公刚领证，他不知道我结过婚，也不知道我有过孩子。我怕他不接受林恒，更怕他因为这个跟我离婚……不管怎么说，我爱他，我能找到他这么个老公挺不容易的，人家长那么帅，还比我小两岁，我真的怕失去他……我这么做是不是太自私了？

赵元甲感觉很不好回答：这……

赵元甲讪笑，顾左右而言他：那后来呢？

孙琦：自从你们走了以后，我心里特别难受，我觉得我不配做一个合格的母亲……好在，现在我已经做通了老公的工作，他同意接受这个孩子，所以我想把林恒带走……你们不会反对吧？

陈老太：我们当然不反对，因为这对林恒，对您，对我们，都是一件大好事。

赵元甲：不过，您不能光把林恒带走。

赵元甲掏出那张银行卡：这是林恒爸爸留给他的十五万，全在这张卡里，您把它也带上。

孙琦站起：谢谢您，太谢谢您了。

赵元甲：不用谢，要谢也得先谢国家。

赵元甲所住楼下。赵元甲正在往别克车里放行李。孙琦拉着林恒与陈老太和淑恬告别。

孙琦：再见了大妈，再见，大姐，林恒在这儿给你们添麻烦了。

陈老太：哪儿的话，他也给我们带来好多的乐趣呀。

林恒：阿姨再见，奶奶再见！等我长大了一定回北京来看你们！

陈老太：干吗非得长大了啊，等寒假的时候就来！

赵元甲扣上后备厢：行啦，别啰唆啦，上车吧。

林恒：奶奶再见！阿姨再见！

蹦蹦跳跳地上车。

孙琦和赵元甲也先后上车，车开走。陈老太和淑恬目送别克车远去。

行驶的别克车上。赵元甲开车，林恒兴奋地左顾右盼。孙琦和赵元甲谈话。

孙琦：赵大哥，您把我们送到火车站就行，不用送我们到青岛了。

赵元甲：怎么啦？昨儿不是说好了吗，我送你们去青岛，就手把车也留下。车也是林恒的呀。

孙琦：别，这车的牌照是北京的，就算开到青岛，各种税费也得在北京缴。我们可捣不起那份乱。

赵元甲：这……好吧，那就先放在北京，我跟朋友打听打听，能不能办过户手续，如果能办，到时候连手续带车，一总给您送过去。

别克车开走。

陈家客厅。赵元甲坐在沙发上看《人才市场报》，时不时停下来在报纸上写写画画。门一开，晨晨背着书包走进来，径直走向座机，拨号。

晨晨：喂，爸，您赶紧来接我吧。快点儿啊，我一分钟都不想在这儿待。

赵元甲放下报纸：晨晨，你最近怎么啦？一放学就想回家？

晨晨：在这儿待着有什么意思？又没有人跟我玩。

晨晨留意到赵元甲所看的报纸：姨父，您看的这是什么报啊？

赵元甲把报纸亮给晨晨看：《人才市场报》，这里边有好多招工招聘的信息。

晨晨：《人才市场报》？

赵元甲：对呀。

晨晨讽刺：哇，现在的人才可真多。

赵元甲：嘿，你个小东西，敢讽刺我？

赵元甲说着，起身要抓晨晨，晨晨逃开，此时电话铃响，赵元甲走过去接电话。

赵元甲：喂，您好。咳，我就是你赵叔啊。奶奶挺好，你淑恬阿姨也挺好，我也挺好。

陈老太听见声音从房间里跑出来，看着赵元甲接电话，以为是林恒来的电话，心痒难耐，欲言又止。

赵元甲：代我谢谢你妈妈，有空来北京玩儿啊。

陈老太：哎，你别挂呀，让我跟林恒也说两声儿。

赵元甲：谁说这是林恒了？这是我原来一个同事的儿子打来的，现在人家一家三口都在深圳。

陈老太有些失望：哦，不是林恒啊！

反身想回房间。

赵元甲：啊，怎么，您想林恒了？

陈老太口是心非：谁想他了？他有这么可人疼吗？走了都两个礼拜零三天了，一个电话都不往回打一个，肯定是把咱们全给忘了。唉，要说这到底不是自己亲孙子，怎么养都是个白眼狼。

陈老太唠唠叨叨回自己房间了。

赵元甲心说：你要是不想林恒，至于生这么大气吗？还冲着陈老太背影做个样儿。

赵元甲夫妇卧室。夜。赵元甲一边泡脚，一边看《人才市场报》。淑恬拎着暖壶进来，给他加热水。

淑恬：你那工作找得怎么样了？

赵元甲：差不多了，这儿有个招聘总经理助理的，明天我去试试。

淑恬把壶盖盖上，觉得丈夫目标太高：总经理助理？这靠谱吗？

赵元甲：靠谱靠谱，绝对靠谱，我已经想好了，咱得脚踏实地，不能好高骛远，所以起点不能太高，咱先从总经理助理干起，然后是经理，然后副总，然后总经理，然后……辞职。

淑恬：啊？辞职？

赵元甲：辞职以后自主创业呀。那时候咱就不打工了，咱自己给自己当老板。到那时候，咱有钱了，咱也带着全家出去旅旅游，头一站，咱们先去青岛。青岛你还没去过吧？

赵元甲话音刚落，客厅里响起激烈的敲门声。

赵元甲恼怒：谁呀这是？

把洗脚盆一蹬，趿拉着拖鞋进了客厅。

陈家客厅。夜。赵元甲气冲冲走进客厅，奔向门口，淑恬和陈老太也从各自房间出来。

赵元甲：敲什么敲？！大半夜你报丧啊？

开门。

门开处，门口赫然站着衣衫褴褛、蓬头垢面、鼻青脸肿的林恒。

赵元甲一时没认出林恒：你谁呀你？

林恒带着哭音：赵叔，我是林恒……

赵元甲想幽默一把：哟，您怎么这模样了？怎么意思？刚跑完达喀尔拉力赛呀？

林恒终于忍受不住，扑到赵元甲怀里，泣不成声：赵叔，他……他打我！

赵元甲吃了一惊：谁打你？！

林恒：我妈现在的老公。

众人听罢，都一下爆发。

淑恬：我早看出来了，跟着去了准没好。来，快来姨这儿来。

陈老太：看给孩子打的，你妈也不管管，还亲妈呢。

林恒：奶奶，他老打我！

赵元甲：别哭，甭让我看见他，看见了，他怎么打你，我就怎么打他。

陈老太指着门口：关门，有什么话进屋说。

众人这才意识到门还开着，于是关门，把林恒扶到沙发上坐下，细问端详。

陈老太：到底怎么回事啊？

林恒：他……他喝了酒就打我。

淑恬开了罐可乐放在林恒面前：都什么时代了，怎么继父还这样？

赵元甲：他为什么打你呀？

林恒喝了口可乐，抽泣：不为什么，他一喝酒就打我，说我是个累赘。

陈老太：那你妈也不管？

林恒：我妈……她不敢管。我受不了，就扒火车回来找你们了。

赵元甲：嘿，哪儿来这么一个王八蛋，喝醉了就拿孩子撒气！还他妈是人吗他？不行，我得给他们打一个电话。

抄起座机，拨号。

赵元甲把听筒放在耳边，许久也没动静。

淑恬：通了吗？

赵元甲沮丧：没人接。

赵元甲夫妇卧室。赵元甲在沉睡，淑恬一手推醒他，一手拿着车钥匙在他眼前晃。

淑恬：元甲，别睡了，醒醒，别睡了。

赵元甲懵懵懂懂睁开眼，看见眼前晃动的车钥匙很奇怪：干吗呀？

淑恬把车钥匙塞在赵元甲手里：开车带林恒出去转转，散散心。

赵元甲：哦。

一骨碌爬起来。

赵元甲所住楼下。赵元甲走出楼门，向停在不远处的别克车走去，林恒默默地跟在他后面。别克车长时间不开，积了很多灰尘，赵元甲打开后备厢，拿出车掸子，打扫车身。沉默多时的林恒终于说话了。

林恒：赵叔，咱们这是要去哪儿呀？

赵元甲：哪儿都成，你淑恬阿姨让我带你出去散散心。想去哪儿呀，欢乐谷，动物园，水立方，海洋馆？

林恒：我想坐城铁。

赵元甲：坐城铁？坐城铁去哪儿呀？

林恒：哪儿也不去，我就想坐坐城铁。

赵元甲把掸子放回后备厢：好小子，知道给我省钱了。好，就坐城铁。

赵元甲拉开车门：上车吧。

林恒：不是坐城铁吗？

赵元甲：咱们开车去坐。

说罢，钻进车里，启动汽车。

行驶的城铁列车上。赵元甲和林恒坐在一起，给他讲笑话，林恒的脸色好了很多。列车进站，进来一位乘客，坐在赵、林对面，打开报纸看。

赵元甲：我再给你讲一个呀，从前有个老财主，他想让自己家的驴学会不吃东西也能活下去。所以他就一直不给驴吃东西，最后，驴死了。老财主见了，特难受，说，真可惜，刚学会不吃东西就死了。

林恒笑了，但渐渐地，他的笑容僵在了脸上。

赵元甲：再给你讲一个啊，这是真事儿，我亲眼看见的，我小时候，跟王先文住一个胡同……

赵元甲发觉林恒的表情有异。

赵元甲：林恒，你怎么啦？

用手在林恒眼前挥动，林恒不为所动，眼睛直勾勾地望着前方。

赵元甲顺着林恒的目光望去，但见对面那位乘客所看的报纸上，头版标题赫然写着"香港富商林家辉海边自杀身亡"，下面还附了一张林老板的工作照。

赵元甲上前一把抢过报纸。

乘客：你干什么呀？

赵元甲低头慌乱地看报：我看看我看看！

乘客：那你倒说一声儿啊，一张报纸，还值得犯抢啊？

赵元甲无心理会那位乘客，心慌意乱地看报纸。看罢，愣在当场。

城铁站。城铁站里人流熙来攘往，林恒默默地坐在椅子上，两眼无神地注视着前方，泪如雨下。赵元甲蹲在他身前，不住劝慰。

赵元甲：别哭了，报纸上说的也不见得就是真的……他们不过在海边上发现了你爸爸的身份证和笔记本，这也不能说明你爸爸就真自杀了，尸体还没找到嘛。别哭了，别哭了，不跟你说了吗？这事儿不见得就是真的，还没找到尸体，等找到了尸体……

赵元甲意识到自己说话欠妥，给了自己一个小嘴巴：就算报纸上说的是真的，那也不要紧。你妈不要你，我要你，你跟着叔一起过！

林恒：赵叔！

抱住赵元甲痛哭失声，声音更大了。

赵元甲所住楼下。赵元甲开着别克车缓缓而来，他把车停在楼下，和林恒一起下车，向楼内走去，林恒默默地跟在他后面。

赵元甲和林恒默默上楼，两人都没有说话，赵元甲开门。客厅的景象让林恒和赵元甲大吃一惊，淑恬、陈老太与孙琦、薛立新（林恒的继父）正坐在一起谈话。林恒本能地躲到赵元甲身后。

孙琦见赵、林二人进门，连忙站起：赵先生，您回来了。

赵元甲冷冷地：啊。

孙琦指着薛立新：介绍一下啊，赵先生，这位就是我老公薛立新。

赵元甲满脸堆笑：哦，您就是那位喝了酒就打孩子的王八蛋哪！

说着，突然一巴掌扇在薛立新脸上。

薛立新猝不及防，结结实实挨了一下子，嘴角见了血。

赵元甲想上去再打，被陈老太和淑恬死死拦住。

赵元甲夫妇卧室。双方已经冷静下来，赵元甲夫妇坐在椅子上，薛立新站在他们面前，走来走去，手舞足蹈，讲述事情经过。

薛立新：你们全让林恒给骗了，这孩子太淘气，老爱捉弄同学，为这个没少跟同学打架，经常弄得一头一脸都是伤。我说他两句吧，他不但不听，还给我栽赃，说身上的伤口是我打的。

赵元甲有些将信将疑：嗯？可我怎么听说……

薛立新：他是不是跟您说我是个酒鬼？一喝酒就打他？

赵元甲：啊。

薛立新：哎哟，我冤枉啊，我平时滴酒不沾！不信，您问孙琦。

孙琦点点头。

孙琦：对，他平时从不喝酒，逢年过节喝点儿也有限。

薛立新：唉，当爹难哪！当后爹就更难了！给林恒当后爹，那是难上加难！说轻了吧，他不听；说重了吧，他给你来个离家出走。弄得你是急不得恼不得，打不得也骂不得，哪像自己家孩子，该打打，该骂骂，谁也说不出什么来。

淑恬：那倒是。

薛立新：虽说不是亲生的，可跟亲生的一样让你揪心。就他出走的这几天里，我是天天做噩梦，一会儿梦见他被人拐卖了，一会儿又梦见他被人打折了胳膊当了小乞丐了，这几天急得我是胡说八道，满嘴起泡。

薛立新指着自己的嘴角：您看看。

赵元甲：这好像是让我刚才给打的吧？

薛立新：对呀，本来就起泡了，您再一打，能不见血吗？

赵元甲：哎呀，我就便说一句啊，刚才的事儿对不起呀。

薛立新：咳，没什么对不起的，都是为孩子好嘛，再说我在青岛也打

314

过您哪！您忘了？

赵元甲：咳，那都是误会。

薛立新：什么误会呀，咱这叫不打不相识。为了孩子嘛，多挨几个嘴巴也值，谁让我是他后爹呢。

赵元甲：那您真没打过孩子？

薛立新：绝对没有啊，不信您问她，你不相信我这个做后爹的，还不相信她这个当亲妈的？孙琦，你说，我打过孩子没有？

孙琦摇头。

赵元甲：那你们这次来是……

薛立新：我们当然还是想把孩子接回去。

赵元甲：接回去？

薛立新：对呀，总不能老麻烦你们一家子吧？你们招谁惹谁了？

淑恬：可看林恒现在的状态，他可能不愿意跟你们回去。

薛立新：那就得请二位多帮忙了。

赵元甲点点头。

陈家客厅。淑恬、陈老太、赵元甲、林恒围着沙发坐了一圈儿，大家耐心劝说林恒回青岛。

林恒听到众人的劝说，急了，站起：我不回青岛！我就不回青岛！

陈老太：这孩子，怎么不听话呢？

赵元甲对林恒：你先坐下，先坐下。

林恒无奈坐下：奶奶，我不能回青岛，他老打我！他一喝酒就疯了似的打我！

赵元甲：行啦，你就别骗大伙啦，你薛叔平时滴酒不沾。

林恒：什么滴酒不沾，他平时是个大酒鬼，喝完酒就打人，不信，你们看看我身上的伤！

解开衣服，给众人看身上的伤口。

淑恬：行啦，那都是你跟同学打架留下的，跟你薛叔无关。

陈老太：还有啊，人家批评你是为你好，别动不动就离家出走。

林恒：你们为什么总相信他不相信我呢，他说的都是瞎话，你们全让他给骗了!

赵元甲:他说的话有你妈妈给他做证,你说的谁给你做证?

陈老太:就是。就算他老打你,嫌你累赘,可现在你逃出来了,他为什么又心急火燎跑到北京来接你回去?

林恒一下被问住了:那我哪儿知道啊!

此时赵元甲手机响。

赵元甲:喂,您好……我是我是。哦,是您哪!我们正劝着哪……什么事儿?那用带着林恒吗?好嘞好嘞,一会儿见。

赵元甲挂机,对大家:我得马上出去一趟。

林恒警惕:赵叔,刚才是谁的电话?

赵元甲:你妈妈。

某茶馆。孙琦坐在茶馆里焦急地等待,赵元甲一推门走进来。

孙琦向赵元甲招手:赵先生,赵先生!

赵元甲闻声走过来,落座。

赵元甲:您好。

孙琦给赵元甲倒茶:赵先生,孩子现在怎么样了?

赵元甲:正劝着哪。

孙琦:赵先生,我求求您了,不管想什么办法,你一定要把林恒留在身边,不能让薛立新把他带走。

赵元甲:您放心,我……

赵元甲突然发觉孙琦的请求前后矛盾:我没听错吧?你们不是一直想把孩子带走吗?

孙琦:不能让他把孩子带走啊,他一喝酒就撒酒疯,打孩子。

赵元甲彻底蒙了:不对吧,昨天您还说,他平时滴酒不沾,也从来不打孩子。怎么今天……

孙琦:咳,我昨天说的是瞎话。

赵元甲被雷得外焦里嫩:瞎话?为什么呀?

孙琦:说来话长,我老公原来是个体育老师,后来不知怎么个机会,进了个剧组,演了个小配角,从此就迷上演戏了,想当明星,为这个没少往那些个不靠谱的导演那儿送钱……

赵元甲不耐烦地打断：这跟林恒有什么关系呀？

孙琦：有关系呀。最近我老公星路不顺，钱送出去了，角色让人给抢走了，所以他就借酒浇愁，看着林恒不顺眼，动不动就打他。

赵元甲：那您为什么不管管呀，他打的可是您亲儿子呀。

孙琦无奈：我不能管呀。

赵元甲：为什么呀？您怕他？

孙琦：不，我爱他！

赵元甲看着孙琦，像看见了外星人：那您就不爱自己孩子？

孙琦：都爱，可这两种爱是不一样的，没有儿子我会痛苦一辈子，失去老公我一分钟都活不了。您明白了吧？

赵元甲：我更糊涂了。

赵元甲突然想起了什么：哎，不对吧，既然他嫌孩子是个累赘，那为什么还大老远地跑到北京，要接他回去呀？

孙琦：哦，是这样。家辉，啊，就是林恒的亲生父亲，出事儿以前在青岛拍到了一块没什么用的荒地。可是现在经济回暖，这块地目前已经价值三个多亿了。现在家辉不在了，这块地迟早是林恒的，所以我老公就动了心思，想把林恒接回去，这样他就成了林恒的监护人……

赵元甲：哦，你是说，他是冲钱来的。

孙琦：对，他想收养林恒是假，图谋财产是真。

赵元甲：那您的意思……

孙琦：我……我既不想让他夺走我儿子的财产，又不能当面揭穿他，因为……我爱他！

赵元甲：那您打算怎么办哪？

孙琦：所以，就全得靠您了。

赵元甲急赤白脸：怎么又靠我呀？

孙琦：不靠您我还能靠谁呀？您千万要把林恒留在身边，绝不能让薛立新把他带走。

赵元甲：你这不等于又把孩子推给我了吗？

孙琦：您好人做到底。

孙琦抬起腕子，看了看手表，起身：对不起，我得走了，我是偷着出来的，时间长了他该起疑了。

抬腿往外走。

赵元甲：哎，等等。

孙琦有些不安，有些失望：怎么？您不打算帮我这个忙？

赵元甲懊恼：就算我打算帮您这个忙，您也得先把茶钱给结了啊。

孙琦恍然，赶紧招手叫服务员。

陈家客厅。赵元甲坐在沙发上看报，门铃响，他放下报纸起身开门。薛立新和孙琦进来。

赵元甲：哟，二位来了，坐坐坐。

薛立新和孙琦落座，孙琦心中有愧，不敢多言。

薛立新：赵先生，咱们长话短说，您跟林恒谈得怎么样了？

赵元甲：谈得……

赵元甲故意打岔，假意打量薛立新：哎呀，薛先生，您是不是演过什么电影电视剧呀？

薛立新一听，得意了：哟，您怎么知道的？

赵元甲：这我能不知道吗？头次见面我就觉得您眼熟，哪部电视剧是您演的？

薛立新：就是那个《黑衣侍卫》。

赵元甲：哦，想起来了，《黑衣侍卫》，您演谁来着？

薛立新：就是那个，布堂主。

赵元甲做恍然大悟状：哦对对对，布堂主，演得好啊演得好！

薛立新：过奖过奖。

赵元甲：不是我夸你呀，这部戏要是没了您，那肯定能得金鹰奖。

薛立新半天没反应过来：啊？您这是夸我呢吗？赵先生，咱们还是言归正传吧，您跟林恒谈得怎么样了？

赵元甲：不错，经过三天两头的劝说，林恒现在已经完全把我说服了。

薛立新：哦，那太好……嗯？他把您说服了？是他被您说服了吧？

赵元甲：不是，就是他把我说服了。

薛立新觉得不可思议：他怎么把您给说服了？

赵元甲：他说得有道理呀！林老板临走把他托付给我了，我就得负责到底，所以林恒哪儿都不能去，就得跟着我。要不林老板回来跟我要人怎么办？

薛立新：林老板不是死了吗？

赵元甲：所以我就更怕他来找我啦。

薛立新：咳，你这是迷信。死人怎么会找上门来？这件事天知地知，你知我知。

赵元甲：话可不能这么讲，俗话说，人间私语，天闻若雷；暗室亏心，神目如电哪！

薛立新：哎呀，哪儿那么多讲究呀。人死如灯灭，再说了，你替别人养个孩子在家里头，那多累赘呀！不如交给我……

赵元甲：交给你？那不也累赘吗？

薛立新：对呀，可我不怕累赘呀，我乐意这么累赘。

赵元甲：那更不行了，您这么高风亮节，我这境界也不能那么低呀！你越乐意我越不能答应。

薛立新：其实我也不乐意。

赵元甲：那就更不行了，您都不乐意了，我更不能强人所难啦，这孩子还是归我养吧。

薛立新：要不这样吧，赵先生，您把孩子交给我，我给您五十万。

赵元甲：对不起，我不卖孩子。

薛立新终于恼了，指着赵元甲鼻子：嘿，你这不是给脸不要吗？

赵元甲一把把薛立新的手扒拉开：你想怎么着，想练练，我奉陪。

孙琦赶紧解劝：立新，算了算了。

薛立新：姓赵的，摆在你面前只有两条路，乖乖地收下五十万，让孩子跟我们走，不然的话，你就等着法院的传票吧。

赵元甲站起，声色俱厉，一指门口：滚！

薛立新：姓赵的，咱们走着瞧！

孙琦把薛立新拉出门外。

陈家厨房。赵元甲围着围裙炒菜，林恒在旁边看得直流口水。

赵元甲将菜起锅，倒入盘子里：躲开点儿呀，留神蹭油。

林恒吸鼻子：真香啊，赵叔，我能先尝尝吗？

赵元甲：你就不能再等会儿呀，奶奶和阿姨还没回来呢。

洗锅。

赵元甲将下一个菜倒入锅中，爆炒。

此时门铃响。

赵元甲：林恒，看看是不是奶奶她们回来了？

林恒应声出。赵元甲继续炒菜。须臾，林恒拿着一封邮件进来。

林恒：赵叔，您的信。

赵元甲停下锅铲，因手上有油，用小指和无名指夹住信封看了一眼，立时勃然变色。

赵元甲：这谁送来的？

林恒：邮局的叔叔。

赵元甲：你签字啦？

林恒不明所以：签啦。

赵元甲恼怒：以后别给我乱签字！

林恒：怎么啦？

赵元甲焦躁地用下巴一指那封信：这是法院的传票。

林恒：啊？

林恒突然一指赵元甲身后：赵叔。

赵元甲没好气：干吗？

林恒：菜煳了。

赵元甲回身，发现菜锅起火，急忙用锅盖盖住灭火。

陈老太卧室。夜。传票在陈老太和淑恬、赵元甲手上传递。

赵元甲埋怨林恒：这孩子，乱签字！

淑恬：行啦，你就别埋怨了，我问过我们同事，即便你不签字，你拒收，法院照样视为送达，照样开庭，你要是不去应诉，后果自负。

赵元甲：那……那咱们不是输定了？

陈老太：少说丧气话，怎么就输定了？

赵元甲：这不明摆着吗？一边是亲妈，一边是我，稍微有点儿脑子的法官都得判我败诉。

陈老太：凭什么呀？

淑恬：人家是亲妈呀。

陈老太：什么亲妈？他说是亲妈就是亲妈？

赵元甲：本来就是亲妈，这事儿大伙都知道……

陈老太：可法官不知道啊，法官只看证据。只要咱们一口咬定，这孩子不是她的，他就没办法。

赵元甲：对呀，咱们给他来个死不认账。

此时赵元甲手机响。

赵元甲：喂，你好……行啊，地方你选。好，我候着你！

陈老太：薛立新来的电话？

赵元甲：对。

淑恬：他想干什么？

赵元甲：他要跟我见面。

某茶馆。赵元甲和薛立新、孙琦面对面坐着，谈判。薛立新认为胜券在握，盛气凌人。

薛立新：赵先生，传票收到了吧？

赵元甲：收到了，不过我有一件事不明白。

薛立新：什么不明白？

赵元甲：既然你都把我告了，干吗还约我见面？怎么，你害怕了？

薛立新：没错，我是害怕，我都怕死了，我怕您输了官司面子上不好看！所以，咱们还是庭外和解吧。

薛立新说着，从公文包里拿出一堆文件：看看吧。

赵元甲：什么乱七八糟的这是？

一把推开，看都不看。

薛立新只得拿起那些文件，一一给赵元甲展示：看看啊，这是我的收

321

入证明，这是我的存款证明，这是我的学历证明，这是我的房产证明。我想任何一个法官看到这些证明，都会判你败判我赢。因为只有我们两口子才是做林恒监护人的最佳人选！

赵元甲：就你有证明啊？我也有证明！

薛立新：你有什么证明？

赵元甲：林老板临走前给我留下的那封信，这就是他给我的委托监护证明！林老板临走前把孩子委托给我了，没委托给你，所以你有多少证明都没用！

薛立新：你少拿林老板说事儿，林老板现在是死是活都不知道，他有什么资格给孩子安排未来？你别忘了，我老婆可是林恒的亲妈。

赵元甲：哦？

赵元甲指着孙琦：你说她是林恒的亲妈？

薛立新：对，怎么着？

赵元甲一字一顿，挑衅：我——不——承——认！

薛立新惊住了。

第十五章

某茶馆。赵元甲和薛立新、孙琦面对面坐着，谈判。双方唇枪舌剑。

薛立新：你……你不承认不行！你不承认咱们可以做亲子鉴定！

赵元甲：哦，做亲子鉴定？

薛立新：对。

赵元甲：我不同意。

薛立新：你凭什么不同意？就一管儿血的事儿。

赵元甲：如果是个人就想跟他做亲子鉴定，那还不得把孩子抽死？

薛立新：当然不能是个人就可以跟他做亲子鉴定，你得有正当理由。

赵元甲：你有什么正当理由？

薛立新：我认为，林恒是我老婆的亲儿子。

赵元甲：哦？那这么说，我也要和你做个亲子鉴定。

薛立新：为什么？

赵元甲：因为我认为你是我亲儿子！

薛立新：嘿，你……

站起，要发作。

孙琦赶紧拉住丈夫。

陈家客厅。陈老太和淑恬对坐发愁，等着赵元甲回来，都对这次谈判充满担心。

淑恬看看手表，站起：哎，怎么还不回来？

陈老太：看来谈得不是很顺利。

淑恬：是不是谈崩了？

陈老太：不会，谈崩了他早该回来了。

门一开，赵元甲心事重重地走进门来。

淑恬站起迎上：元甲，谈得怎么样？

赵元甲：不太好，对方想跟林恒做亲子鉴定。

忧心忡忡地在沙发上坐下。

淑恬：结果呢？

赵元甲：让我给撅回去了。

淑恬：哦，还好。

松了口气，坐下。

陈老太：好什么呀？要是法官同意对方跟林恒做亲子鉴定怎么办？

赵元甲：对呀，最怕的就是这个，毕竟人家是亲母子。另外，薛立新也不是什么正经人，我怕他盘外使歪招。

陈老太突然想起了什么：哎，元甲，这事儿你应该找你二姐夫商量商量。

淑恬：找他有什么用？二姐夫本身也不是什么正经人。

陈老太：那咱正好以毒攻毒啊！

赵元甲、淑恬：哦。

二人恍然大悟。

尤家客厅。赵元甲向尤克勤求助，尤克勤一条腿搭在茶几上，态度十分傲慢。

尤克勤：哟，这时候找我来了？

赵元甲讪笑：啊，是啊，不找您找谁呀？谁让您有本事呢，能者多劳嘛！

尤克勤：不对吧，妈平时不是老说大姐夫有本事吗？脑子好使，学历又高，在社会上又有地位，咱家就数他本事最大……你们干吗不去找大姐夫呀？

赵元甲：本事大小，也得分什么事儿，这种事儿，还得您来，大姐夫不行，他是个正人君子……

尤克勤从沙发上坐起来：什么？他是正人君子？合着我就是奸邪

324

小人？

赵元甲：不，不，你误会了。我是说，大姐夫念书太多，脑子太笨，遇事指不上。最后还得靠您。这事儿，您无论如何得帮着想想办法。

尤克勤：既然你这么说，那我就不客气了，下边说说我对这件事的看法——从表面上看，这场官司你们输定了，不过如果考虑到林老板的委托，和林恒对你们的感情，那这场官司……你们还是输定了。

赵元甲：那为什么呀？

尤克勤：这不明摆着吗？一边是孩子亲妈，一边是你，人家是有房有车有存款有学历有固定工作，您呢，不光没房没车没存款没学历没固定工作，还比人家多了一屁股债。

赵元甲：嘿，你……

气得说不出话。

尤克勤更来劲了：所以，别说是法官了，就是个傻子，他也得判你输，判人家赢。我要是你呀，就这条件，我都没脸上法庭，我现那眼呢。

说得口若悬河，很是解气。

赵元甲气得无可奈何：嘿，合着我大老远跑过来是听你数落的？

尤克勤：就你混成这个样儿，难道还不该数落吗？

赵元甲压住怒火：您怎么说我都成，可您一定得帮我们想想办法，这孩子绝对不能让他判给薛立新！

尤克勤：为什么呀？他愿意收养就让他领走呗，你们还省得麻烦呢。

赵元甲：不能让他领走。薛立新爱喝酒，动不动就打孩子，另外，他根本就不是想收养孩子，他是冲那三个亿来的！

尤克勤眼睛都瞪圆了：什么？三个亿？哪儿来的三个亿？

赵元甲：林恒他爸爸生前在青岛拍下了一块荒地，现在这块地已经价值三个多亿，这笔钱按说早晚是林恒的，可是薛立新……

尤克勤一拍茶几，怒喝一声：别说了！

赵元甲被吓了一跳：啊？

尤克勤决绝：林恒绝对不能让薛立新领走！这场官司有得打，赢面很大！

赵元甲有点儿迷惑：刚才您还说我们输定了。

尤克勤：只要你按我说的去做，咱们就赢定了！

赵元甲：那您有何高见？

尤克勤：现在最重要的是，得收集证据。咱们要证明，薛立新有酗酒、赌博的恶习，还有严重的暴力倾向，要是再有一点儿犯罪前科就更好了。只要有了这些证据，薛立新想收养谁都不成。

赵元甲：可这些证据上哪儿找去啊？

尤克勤：哪儿都找不到。

赵元甲：啊?!

尤克勤：我是说，现找来不及了，咱们得引蛇出洞，然后再现场偷拍。

赵元甲：可我没有偷拍的设备呀。

尤克勤：没关系，我借给你呀，针孔机、录音笔，全是最灵敏的。

赵元甲不解：二姐夫，您这儿怎么有这些东西呀？

尤克勤：咳，我前一段不是跟领导不对付吗？咳，这你就别打听了，听我的没错。

赵元甲点点头。

尤克勤夫妇卧室。夜。卧室一片漆黑，尤克勤夫妇在熟睡。突然，尤克勤发出一声大喊。

尤克勤：不能让他把孩子带走！不能让他把孩子带走！不能让他把孩子带走！

淑静被惊醒，翻身扭亮了台灯，不耐烦地推尤克勤。

淑静：你又发什么癔症啊？

尤克勤半梦半醒：不能让他把孩子带走……

淑静：孩子又不是你的，你跟着操什么心？

尤克勤：我能不操心吗？那不光是一个孩子，它是三个亿呀！我不能眼睁睁看着别人把他抢走了。

淑静：又没抢你的，你着什么急？

尤克勤：废话，别人抢走了我抢什么？

尤克勤自语：绝对不能让他把孩子带走！

326

淑静：有毛病。

关掉台灯，转身睡了。

尤克勤：不能让他把孩子带走！

饭馆包间。桌子上摆了一瓶矿泉水。赵元甲从各个角度审视自己的布置，不时做一些调整。林恒进，带来一瓶可乐，放在桌子上，然后四处踅摸。

林恒：赵叔，可乐我买来了。

赵元甲：好，放那儿吧。哎，瞎踅摸什么呢？还记得咱们今天的任务吗？

林恒：记得，偷拍他虐待我的证据，证明他是个酒鬼，而且还有暴力倾向。

赵元甲：具体地说呢？

林恒：撺掇他喝酒。

赵元甲：他要是不喝呢？

林恒：咱们就用酒馋他，让他喝，勾他喝。

赵元甲：还有呢？

林恒：折腾他，让他打我。

赵元甲：他要是不打呢？

林恒：我就接着折腾他，让他发火。

赵元甲：嗯，记性不错。

林恒又开始在包间里踅摸：哎，赵叔，您把针孔摄像头安哪儿了？

赵元甲：这你不用管。

林恒：您就告诉我一下嘛。

赵元甲：那不行，告诉你，你表情该不自然了。

林恒：那那个录音笔……

赵元甲指指自己腕子上的手表：这不就是吗？

林恒：啊?！这就是录音笔？

赵元甲：对。这是升级产品。你就放心吧，现在是万事俱备，就等他来了。

327

某饭馆门口。一辆出租车缓缓驶来，薛立新下车，走进饭馆。

饭馆包间。赵元甲坐在椅子上闭目养神，同时也在思考。林恒仍旧在四处踅摸。

林恒突然指着窗台：哎？赵叔，您是不是把摄像头安这儿了？

赵元甲睁开眼：不告诉你了吗？这种事你不用管。

薛立新进，打量整个环境。

薛立新看到林恒：哟，林恒也在呀，真没想到。

林恒哼了一声。

赵元甲：哟，薛先生，您可算来了。

薛立新：怎么？我来晚了？

大模大样往座位上一坐。

赵元甲：那倒没有。

薛立新：真没想到，你们会主动约我见面。怎么，改主意了？

赵元甲：主意没改，不过谈谈总比不谈好。

薛立新：说的也是。嗯？五粮液？

赵元甲从随身带的包里拿出一瓶五粮液：薛先生鼻子真好，一闻就闻出来了！还真是五粮液！看来您平时肯定经常喝呀。

薛立新垂涎欲滴：谁说的？我已经好长时间没喝了，太贵。

赵元甲：那您平常都喝什么呀？

薛立新看了看林恒，想起不能说漏嘴：咳，我平时就喝……可乐。

薛立新还是禁不住美酒的诱惑，又吸了吸鼻子：六十八度的，五年陈酿！哎呀真香啊！

赵元甲打开酒瓶，倒酒：那您就别客气了，喝两杯吧。

薛立新：好！那我就……我还是别喝了。

伸出去的手又收回来。

赵元甲：哎，您怎么又不喝了？不给面子？

薛立新：不是不给面子，我是怕一喝起来再吓着你们。

赵元甲兴奋起来，把手腕上录音笔向薛立新的面前伸过去：那您喝多

328

了什么样啊?

薛立新:不瞒你说,我一喝多了,那德行样儿大了,真是什么事儿都干得出来。

赵元甲更兴奋了:不至于吧?

薛立新:怎么不至于? 我一喝多了,我就……

薛立新突然意识到自己险些说漏了嘴,慌忙改口:尊敬师长,孝顺父母,帮小孩上车,给孕妇让座,走人行横道,不随地吐痰,不打人,不骂人,做好事不留名。

赵元甲:这不挺好的吗? 喝点儿吧。

薛立新:好是好,可这么做人太累,我还是别喝了。

薛立新庆幸自己没说漏嘴,但还是出了一身冷汗,揭开领口,扇了扇:哎呀妈呀,热死我了。

林恒:哦,您热呀。

走过去把门打开。

薛立新:哎,别开门哪,这儿开着空调呢。把门关上,外边热。

林恒故意斗气:把门关上,外边照样热。

薛立新:嘿,你个小东西,今天你……

薛立新改口:还挺幽默!

讪笑。

赵元甲:林恒,别光幽默,快给你薛叔叔敬酒。

林恒:哎!

要敬酒。

薛立新:别,我还是喝可乐吧。

赵元甲:那就给你薛叔叔敬可乐。

林恒倒满两杯可乐,递给薛立新:薛叔叔,我敬您一杯。

薛立新要与林恒碰杯,林恒却直接把可乐泼在了薛立新的脸上、衬衫上。

薛立新大怒:嘿,你个小东西……

薛立新一把抓住林恒的头发,立刻意识到自己失态,赶紧松手,胡噜了两下:还挺顽皮嘛!

赵元甲见状十分失望。

林恒：哎哟，对不起薛叔叔，刚才我没端稳，我给您擦擦。

林恒说着，掏出一块手绢，在薛立新的脸上衬衫上擦起来，因为林恒事先在手绢上涂了一些颜料，所以薛立新的脸和衬衫越擦越脏，很快，薛立新的脸成了一个大花瓜，赵元甲忍俊不禁。

薛立新看见衬衫越擦越脏，又摸了一下自己的脸，看手上沾有颜料：哎？这怎么越擦越脏啊？

林恒：因为我在手绢上事先涂了一些颜料啊。

薛立新指着林恒，气得说不出话来：嘿，你……

林恒：薛叔叔，您是不是特别特别生气呀？

薛立新：我……我……我不生气！

薛立新压住怒火，努力挤出一丝笑容：我一点儿都不生气！

林恒：您应该生气，您应该生大气，最好把自己给气死才好！

薛立新：嘿，我今天……就是不生气。我这人最有涵养了，我怎么会生气？

林恒：既然您有涵养，为什么不把那杯可乐喝了啊？

薛立新：好！

端起可乐一饮而尽。

林恒：好喝吗？

薛立新：好喝！

林恒：知道为什么这么好喝吗？

薛立新：啊？

心知事情不妙。

林恒：因为我刚才在里边吐了口痰。

薛立新：啊？你……

作呕。

林恒：真不识逗，骗你的！我没往里边吐痰。

薛立新：哦！

抬头，长长地出了一口气。

林恒：我只在里边放了一颗话梅。

330

薛立新：哦！

林恒：还有一只蟑螂。

薛立新：啊?!

忍不住大声作呕，起身跑去洗手间。

林恒看着薛立新的背影欢呼：哦，胜利喽！胜利喽！

赵元甲忧心忡忡：什么就胜利了？咱们想要的东西一点儿都没得到。咱们能用这些东西说明他酗酒吗？能用这些东西说明他有暴力倾向吗？

林恒：哦。

一听此话颇感泄气，没精打采地给自己倒了一杯可乐，喝了下去。

赵元甲猛然看见林恒在喝可乐，阻拦不及：哎，你怎么喝了，你不是说这里边有蟑螂吗？

林恒叹口气：我骗他的，好好的可乐，放什么蟑螂啊？

赵元甲看着林恒，摇了摇头。

赵元甲所住楼下。赵元甲和林恒垂头丧气往楼里走，在这里等候多时的大姐淑珍连忙迎上来。

淑珍：哎哟，元甲，你可算回来了，让我这通等。我打那么多电话你怎么不接呀。

赵元甲无力地对着林恒一挥手：林恒，你先回家吧，我跟大姨说个事儿。

林恒应声走进楼门。

淑珍见林恒进楼，凑上前：元甲……

赵元甲烦得无以复加：大姐，您不要再来烦我了好不好？我现在已经焦头烂额了！

淑珍不解地望着赵元甲：出什么事儿啦？

某医院门口。医院门口人流如织，熙来攘往。一辆出租车停在门口，薛立新和孙琦下车。薛立新拉孙琦进医院，孙琦似乎有些不情愿，但最终还是被薛立新拉进了医院。

赵元甲所住楼下。赵元甲耐着性子把事情经过给淑珍讲述完毕。

赵元甲：现在您清楚了吧？我自己的事情还忙不过来呢，哪儿有时间管您的事儿呀。

淑珍：咳，原来是这么回事儿呀，你早说呀！

赵元甲：早说有什么用？您又帮不上忙。

淑珍：谁说我帮不上忙？不过，咱得说好了，我帮你的忙，你也得帮我的忙。

赵元甲：没问题，可您怎么帮我的忙啊？

淑珍：那你就甭管了。

说罢，扬长而去。

赵元甲望着淑珍的背影哭笑不得。

尤家客厅。赵元甲向尤克勤讲述事情经过，尤克勤听完赵元甲的叙述之后，在屋里踱来踱去。

尤克勤：你们真的一点儿有用的东西都没拍下来？

赵元甲：啊，不管我们怎么刺激他，他就是不喝酒，不发火，不打人，不骂人。

尤克勤：这就难办了，这场官司可能要输。

赵元甲：凭什么呀？林老板临走前把孩子托付给我了……

尤克勤打断：可林老板已经死了。人家那边毕竟是亲妈，你呢，自己混得又这么差……你记住了，绝对不能同意做亲子鉴定。

赵元甲：我当然不会同意啦！可万一法院要求做亲子鉴定怎么办？

尤克勤：这你就不懂了，亲子鉴定这种事情，关系到个人隐私，如果没有当事人的同意，法官一般不会支持这种要求。

此时赵元甲手机响。

赵元甲：喂，您好……我是，你到底想干什么？你少来这套，没抽血你怎么做的亲子鉴定？

某茶馆。薛立新坐在座位上，正在给赵元甲打电话，桌子上有一份鉴定报告。

薛立新：真是老土，不抽血就不能做亲子鉴定了？实话告诉你吧，那天我拿了一根林恒的头发……你怎么说都行，反正现在亲子鉴定的报告出来了。

薛立新把鉴定报告拍得山响：要不要我给你念一下啊？喂？喂？

薛立新挂机，把报告拿过来观赏，嘴角露出得意的微笑。

尤家客厅。赵元甲接了薛立新的电话以后，情绪十分激动，毫无意义地向尤克勤重复一句话。

赵元甲：他这没经当事人同意，他这么鉴定是非法的，是无效的！对不对？对不对呀？

尤克勤：是非法的，可人家毕竟是林恒的亲妈！

赵元甲：亲妈也不成，林老板临走把孩子托付给我了！

尤克勤：你说那都没用，知道我现在最怕什么吗？

赵元甲：什么呀？

尤克勤：我要是薛立新，我就先把林恒给抢走喽。

赵元甲：他敢！他要敢抢我就报警！

尤克勤：可警察如果知道抢孩子的是他亲妈，人家警察还会管吗？

赵元甲：那……

尤克勤：那时候你就得反过来，上法院去告他了。

赵元甲：对，我上法院告他！

尤克勤：可法院会把孩子判给一个跟他没有任何血缘关系的人吗？

赵元甲：那……那现在怎么办哪？

尤克勤：赶紧把孩子藏起来呀？

赵元甲：可藏在哪儿呀？

尤克勤：实在不成，就藏在我家吧，正好跟晨晨做个伴。

赵元甲想了想，重重地叹了口气。

赵元甲夫妇卧室。赵元甲动员林恒去尤克勤家躲几天。

林恒：去他家？我不去。

赵元甲：就去几天，等这事儿摆平了你再回来。

林恒：那我也不去。

赵元甲：为什么？

林恒：我觉得尤叔叔没安好心，他也不是什么好人。

赵元甲：可他至少不会打你呀。

林恒：这……

赵元甲：要知道，坏人也是分档次的。

林恒不解地望着赵元甲。

尤克勤家楼下。别克车缓缓开到楼下，赵元甲和林恒下车，林恒背着书包，赵元甲帮他拎着东西。在这里等候多时的尤克勤夫妇和晨晨赶紧热情地上前，把二人迎进楼内。

马路边上。马路上车水马龙，川流不息，一辆辆汽车呼啸而过，令人胆寒。

晨晨和林恒背着书包一路打闹而来。林恒要抓晨晨，晨晨跑到了马路对面。林恒要追，此时却变成了绿灯，车流开始移动，林恒被车辆挡住，不能通过。晨晨通过车流的间隙，向林恒做鬼脸，林恒气得无可奈何。

晨晨故意气林恒：林恒，你来抓我呀，你来呀，哈哈！

林恒做手势，威胁晨晨，晨晨笑得更加开心。

此时信号变为红灯，车辆停住，林恒跑过斑马线去抓晨晨，一辆摩托车违章驶来，刹车不及，林恒摔倒，书包被甩出去老远。

晨晨吓得瞪大了眼睛，脸上充满恐惧。

陈家客厅。薛立新正在这里气势汹汹地拍桌子跟赵元甲要人。

薛立新：姓赵的，赶紧把孩子给我交出来！

赵元甲：交出来？可以呀，等你打赢了这场官司再说！现在，你给我滚！

薛立新点着赵元甲的鼻子：你说话文明点儿！

赵元甲：文明点儿？你不配！你滚不滚？

举手要打。

334

薛立新下意识地一缩头：怎么着？你还想打人哪？

赵元甲：打你？怕脏了我的手！滚！

薛立新色厉内荏：姓赵的，咱们走着瞧！

出门。

赵元甲对着薛立新背影：呸，什么玩意儿！

坐在沙发上喝水。

赵元甲手机响。

赵元甲：喂，二姐夫……什么？你怎么搞的?！在哪个医院？好，我马上就去！

挂机，匆匆出门。

赵元甲所住楼下。赵元甲冲出楼门，冲向停在不远处的别克车，上车，启动，车开走。这一幕恰好被刚走不远的薛立新看见，他立刻打车追。

某医院门口。医院门口人满为患。别克车急速驶来，停在路边，赵元甲跳下汽车，向医院里飞奔，其间和数人发生碰撞，招来一片骂声。赵元甲不为所动，一个劲儿往里跑。

医院走廊。走廊里人流拥挤，水泄不通，赵元甲分开众人，往里就冲，其间又与人发生碰撞，招来骂声无数。

骨科诊室门口。骨科分三个诊室，赵元甲跑来，冲进第一个诊室，没发现林恒，被骂出来，又冲进第二、第三个诊室，仍然没有发现林恒。正在他焦躁之际，突然觉得有人拉自己衣襟，低头一看，是晨晨。

赵元甲抓住晨晨的肩膀，使劲摇：晨晨，林恒上哪儿去了，林恒上哪儿去了？

晨晨没说话，指指不远处的治疗室，赵元甲狂奔过去。

治疗室。林恒躺在治疗床上，医生正在给林恒的左腿上药，包扎。

医生：疼不疼啊？

林恒咬牙，嘴里发出"咝咝"的声音：不疼！

医生：嗬，还挺爷们！要是别的小孩早疼哭了，你怎么不哭啊？

林恒：哭了也照样疼啊！

医生：有道理！以后过马路要小心，得看红绿灯。

林恒：我看了，是绿灯。

医生：绿灯的时候更要小心，万一有人违章呢？

门猛地被推开，赵元甲闯进来，奔向治疗床。

赵元甲：林恒，你没事儿吧？

医生冷冷地：看怎么说了，这幸亏是送来得早，要是再晚几个小时，说不定他就自己好了。

赵元甲一时蒙了：啊？

医生：你别看包扎起来挺吓人，其实都是皮外伤。

赵元甲：那就好那就好。

医生白了赵元甲一眼：好什么呀？伤得再轻也不如不伤！

赵元甲连连点头：那是那是。

医生：你是孩子的爸爸吧？

赵元甲：啊，我……不是。

医生：到底是不是啊？

薛立新突然出现在门口，手里举着一个手机，冲进来对着赵元甲和林恒就是一阵猛拍。

赵元甲一把推开薛立新：姓薛的，你想干什么？

薛立新得意地一举手中的相机：干什么？这就是你监护不力、不能对孩子尽责的证据。姓赵的，这官司你输定了！

说罢，扬长而去。

赵元甲一下子愣在原地。

陈老太卧室。夜。赵元甲心情沉重地向陈老太和淑恬讲述事情原委。

赵元甲：现在人家手里有亲子鉴定的结果，又有林恒受伤的照片，所有证据都对咱们不利，咱们呢，只有林老板的一封信，现在林老板还下落

336

不明……看来这场官司要输了。

陈老太冷冷地：官司输不输我不管，反正林恒不能给别人。

赵元甲：这我知道。

陈老太：那好，你们赶紧回去睡觉吧，明天不是还要开庭吗？

赵元甲叹口气：那好吧。

走出房门。

陈老太看着赵元甲的背影，也叹了口气。

赵元甲夫妇卧室。夜。赵元甲上床拉被子睡觉。淑恬拿着暖壶、脚盆进来，见赵元甲已经躺倒，十分奇怪。

淑恬放下暖壶、脚盆：哎，你这就睡了？不泡脚了？

赵元甲转过头来：没心思，我先睡了，明天开庭，我得早起，对了，车钥匙我放床头柜上了，你收好。

淑恬：你明天开车去吧，方便点儿。

赵元甲：不行，我心情不好，怕开车走神，还是坐公交吧。我先睡了。

转身睡去。

淑恬拿起车钥匙，心里难受。

公共汽车站。车站上人满为患。赵元甲站在这里等车。一辆公交车进站，人群纷纷往前拥，赵元甲在人流的裹挟下，失魂落魄地上了车。公交车开走。

陈家客厅。客厅里空无一人。一阵电话铃声突然响起来，陈老太从自己房间出来，四处寻找，最终发现电话铃声是从赵元甲夫妇房间里传出来的，于是她赶紧走进去。

赵元甲夫妇卧室。陈老太进门，循着声音，发现了赵元甲遗落在床头柜上的手机。

陈老太：喂，淑珍哪，元甲出去了，手机落家了。你找他什么事儿？

周家客厅。淑珍正在打电话。

淑珍：其实也没什么事，元甲不是要打官司吗？我让致中托一个青岛的朋友帮忙，给他搜集了一些有力的证据。只要见到这些证据，对方肯定撤诉。什么？今天开庭？您怎么不早说呀！

淑珍挂机，气急败坏地对卧室方向喊：致中，元甲那案子今天开庭，现在人家已经出发了，你直接去法院吧！

周致中从卧室走出来，为难：啊？今天开庭？我今天得上班呀！

淑珍：你不会请假呀！别磨蹭了，赶紧去法院！

周致中无奈地向门口走去，突然觉得不对，又转回来。

淑珍急赤白脸：你怎么又回来了？赶紧去法院哪！

周致中：去哪个法院哪？

淑珍：哦，对。忘了问了。

拿起电话，拨号。

法院门口。赵元甲走上法院的台阶，看了四外，抬手看表。

行驶的出租车上。周致中坐在出租车里，脸色焦急，一个劲儿地催促司机快开。

周致中：师傅，您能不能开得再快一点儿。

司机：先生，您应该知道，现在是早高峰……

前边信号灯由绿转红，出租车被迫停了下来。

周致中无奈地叹了一口气。

法院门口。赵元甲在法院门口等待开庭，薛立新和孙琦挎着胳膊走上台阶。薛立新看到赵元甲，有意上前挑衅，孙琦反对，往回拉薛立新。薛立新不为所动，执意向前，把孙琦也带了过来。

薛立新：哟，这不是赵元甲先生吗？明知要输，还来这么早，佩服佩服！

赵元甲：你别得意得太早了，谁输谁赢还不一定呢。

薛立新：行啦，就别打肿脸充胖子啦，我手里有亲子鉴定的结果，还有你监护不力的证据，你手里有什么？拿什么跟我斗？

赵元甲：我要在法庭上揭露你，你收养孩子是假，想侵占他的财产是真。

薛立新恼羞成怒：你！你这是以小人之心……

赵元甲：度小人之腹！

薛立新：你爱怎么说就怎么说吧，反正现在也快到点儿了，咱们里边见！

拉着孙琦就往法院里走。

周致中气喘吁吁跑过来。

周致中对薛立新：您就是薛立新先生吧？

赵元甲：哎，大姐夫……

周致中对赵元甲：一会儿再跟你说。

周致中对薛立新：你就是薛立新先生吧？

薛立新：是，怎么着？

冷冷地打量周致中。

周致中：咱们借一步说话。

把薛立新拉到一边。

薛立新警惕起来：你想干什么？！

周致中：咱们明人不做暗事，你打这官司是为了林老板那块地吧？

薛立新：是又怎么样？

周致中：您了解的情况有误，我实话告诉你，那块地的价值并不是三亿。

薛立新大吃一惊：啊？

周致中：是四点五亿。

薛立新：哇，又升值了！

周致中：不过，林老板生前负债七点五亿，按照相关法律规定，林恒如果继承这块价值四点五亿的地皮，就必须继承这笔七点五亿的债务，所以，资债相抵，还是资不抵债。

薛立新汗下来了：我的妈，净亏三个亿……你骗谁呀你？

周致中：不骗你，这是我一个在青岛市政府工作的朋友告诉我的。

薛立新：你少来这套！就你在青岛市政府有朋友？我也有！

薛立新拿出手机，手忙脚乱地拨电话：喂？

法院民事庭。庭审已经开始。薛立新、孙琦和赵元甲按原告、被告落座，周致中旁听。法官、书记员已经就位，薛立新正在趾高气扬地做辩论发言。

薛立新：基于我妻子和林恒的亲子关系，和被告疏于监护、监护不力的事实，我方强烈要求法庭剥夺被告的监护权，判令林恒归我方抚养监护！谢谢。

坐下。

法官看了看双方：双方若无新的辩论，辩论结束，下面征询双方当事人最后意见。原告，你最后还有什么意见？

薛立新：我……

嘟嘟两声脆响，薛立新的手机短信声响起，掏出手机来查看，一看之下愣住了。

书记员：原告，现向你再次重申法庭纪律！所有到庭人员应服从审判员统一指挥，遵守法庭秩序，关闭所有通信工具。

薛立新：啊，是。

关闭手机。

法官：原告，你最后还有什么意见？

薛立新：我……我先坚持原来的诉讼请求。

两眼乱转，飞快地思索。

法官：被告，你最后还有什么意见？

赵元甲：我请求驳回他的请求。

法官：下面，依法对本案进行调解。原告，你同意接受调解吗？

薛立新：不同意。我能撤诉吗？

众人一听，都愣住了。

法官：请陈述你的撤诉理由。

薛立新：自从得到林家辉先生去世的噩耗，我们夫妻俩每日里魂牵梦绕，无时无刻不为孩子的前途命运担心。林恒已经失去了父亲，我们不能再让他失去母爱，所以我们千里迢迢来到北京，目的就是想给孩子幸福的生活。然而来到北京以后，我们看到的是另一番景象，林恒生活得非常幸福，他和赵元甲先生之间，不是父子，胜似父子，就像骨肉至亲，谁也离不开谁。林恒对赵元甲先生的依赖让我羡慕，更让我嫉妒，我发誓要夺回林恒的监护权，我要给林恒更多的爱，给他更好的生活。然而刚才孩子发来的一条短信，让我认识到，我的爱有多么自私，多么狭隘。我不能因为自己的爱心而拆散两个本来就很幸福的人，因此，为了孩子的幸福，我提出撤诉。

法官：好，你的撤诉请求已记入庭审笔录，请你签字确认。

薛立新上前签字，众人长出了一口气。

法院门口。孙琦和薛立新走出法院。

孙琦感激：老公，你太伟大了！

薛立新会错了意：怎么样？刚才我演得不错吧？

孙琦惊呆了：什么？你刚才是在演戏？

薛立新：废话！我要不演戏家里又得多一个累赘，还得净亏三个多亿！

孙琦：你说什么？

薛立新：林老板负债七个多亿，而那块地，只值四点五亿。

薛立新掏出手机递给孙琦：这是刚才我房地局的朋友给我发的短信，你自己看吧。

孙琦：啊？刚才不是林恒发来的短信？

薛立新：当然不是。林恒又不知道我的号码，怎么给我发短信？

薛立新若无其事地说着，丝毫没感觉到妻子的表情已发生变化。

薛立新：走吧，咱们赶紧订票去，明天就回青岛。

说完径自走了。

孙琦望着丈夫的背影，惊呆了。

赵元甲和周致中边说话边走出法院。

赵元甲：大姐夫，这次多亏了您！

周致中：哪里哪里，其实你更辛苦……

孙琦走到赵元甲面前。

孙琦：赵先生……

赵元甲有点儿冷淡：您还有什么事？

孙琦深深地向赵元甲鞠了一躬，然后将那张银行卡塞在赵元甲手里。

孙琦：这张银行卡还给您，林恒就多拜托您了！

又是深深一躬。

赵元甲：哎，这……

赵元甲想要推让，孙琦已经转身走了。

尤克勤家楼下。林恒背着书包，赵元甲帮他拿着东西，二人走出楼门，与出来送行的尤克勤夫妇挥手告别，二人走远。

淑静望着二人的背影，对尤克勤：这孩子是你费了好多心思才请来的，怎么现在又送回去了？

尤克勤：哼，一个比叫花子还穷的人，我留着他有什么用？

淑静：比叫花子还穷？你这话也太夸张了吧？

尤克勤：一点儿都不夸张，叫花子虽然穷，可也没欠人家几个亿。

尤克勤说完，径自走回楼门。

某大超市里。赵元甲心急火燎地逐个在一座座货架之间搜寻，不像是在购物，倒像是在找人。终于，他停下来，拨打电话。

赵元甲：喂，您在哪儿呢？好，我马上就到。

赵元甲挂掉电话，转身走向水果区。

水果区，淑珍正在这里挑选火龙果，见赵元甲过来，抬手跟他打招呼。

赵元甲有点儿不耐烦：大姐，您把我叫到这儿来干什么？

淑珍拿起一个火龙果放进塑料袋：我帮完你的忙了，现在该你帮我了。

赵元甲知道麻烦事儿又来了，装糊涂：我能帮您什么忙？

淑珍：调查你姐夫的外遇啊！怎么，你不愿意帮我？

赵元甲：我不是不愿意帮，可大姐夫刚帮完我的忙，我就去调查他……

淑珍把手里一个不中意的火龙果往回一扔：不是我逼着他，他会帮你吗？

赵元甲：那行，那您说怎么查吧？

淑珍神秘地：我最近想到一个好办法。

淑珍凑近赵元甲耳朵：我最近搞到了你姐夫的 QQ 号，我要化身成一个纯情可爱美少女，上网跟他聊天，考察他的忠诚度，看他上钩不上钩！

赵元甲被雷倒：啊？您？纯情可爱美少女？这……我能帮您什么忙啊？

淑珍：你教我上网聊天呀。

赵元甲：这我恐怕帮不上忙。

淑珍要挟：元甲！

赵元甲改口：这事儿您得找林恒，他是这方面的行家。

哈根达斯店。淑珍、赵元甲给林恒买了一份冰激凌，林恒一边美美地吃着，一边听淑珍讲述自己的目的。

淑珍：我不会上网聊天，所以就全得靠你教我了。

林恒：教您上网聊天没问题，可您家不还有个小姐姐吗？您为什么不让她教？

淑珍有点儿蒙了：小姐姐？哦！我闺女呀，这可不能让她教。要让她教，她非得把我这点儿事儿全告诉她爸爸。

林恒：您为什么怕她告诉爸爸呢？

淑珍：因为我上网就是想和她爸爸聊。

林恒：那一聊起来不就知道了？

淑珍：我是想化名跟他聊。

林恒：您为什么要化名跟他聊？

淑珍：因为……你哪儿这么多为什么？你十万个为什么呀？

赵元甲：是啊，你问那么多干吗？再说这事儿有那么重要吗？

林恒：有。

赵元甲：有多重要？

林恒：你们不告诉我，我就不教。

淑珍无奈：好，我告诉你。

林恒：您为什么要化名跟他聊？

淑珍：因为……我怀疑我老公……不想跟我好了。

林恒：那您也不跟他好了不就得了？

淑珍：咳，这事儿没那么简单，这是大人的事儿你不懂。

林恒：你们大人真麻烦。

赵元甲：你就别问那么细了。

林恒：好，我不问了，不过您要想不暴露身份的话，最好不要在自己家里跟姨父聊。

淑珍：为什么？

林恒：因为姨父是学理科的，他一看您的 IP 地址就该知道您是谁了。

淑珍：啊？

淑珍满脸疑问地望着林恒，林恒点点头。

某电子商城。淑珍、赵元甲和林恒在一个柜台前采购上网设备，两人都拎着大大小小不少东西。

林恒指着一个鼠标，对摊主：那个鼠标拿给我看看。

摊主将鼠标递给林恒。林恒仔细观看。

林恒：是激光的吗？

摊主：是。

林恒：多少钱？

摊主：一百一。

林恒：好，来一个。您给开张票！

淑珍付钱，林恒将鼠标放进随身的袋子里。

赵元甲：还要买什么呀？

林恒掏出一张单子查看：笔记本有了，杀毒软件有了，网线有了，鼠标有了……再买个路由器就 OK 了！走！

几个人抬脚要走，摊主急了。

摊主：哎，爷们，我这儿也有路由器。

林恒：你那路由器太贵。

仨人拎东西走。

陈家客厅。赵元甲、淑珍围在桌边上，看林恒调试笔记本电脑。

林恒把鼠标一推，得意：好了，您的QQ号申请下来了。

淑珍急切地看着屏幕：我现在能跟他聊天了吧?

林恒：不行，您得先起个网名。

淑珍：哦，这我知道，就是起个昵称，那我就叫……紫霞仙子吧。

林恒乐喷了：紫霞仙子? 我晕! 好，就紫霞仙子吧。

陈老太从自己房间出来。

陈老太：我说这好么秧的拉什么网线上什么网啊?

林恒在键盘上输入，头也没抬：奶奶，您不知道，大姨要跟大姨父网恋啦。

陈老太：网恋?

林恒：就是在网上谈恋爱。

陈老太：呵，没想到你们两个老夫老妻的还挺浪漫!

淑珍让母亲说得有点儿不好意思：妈。

陈老太：好好好，我不说了不说了，别管什么恋总比整天疑神疑鬼、唠唠叨叨好。

说着走入厨房。

淑珍：我现在能跟他聊天了吗?

林恒：不行，您得先加他为好友。姨父QQ号是多少?

淑珍掏出一个小纸条，递给林恒：在这儿呢。

林恒接过。

淑恬从厨房出来，端着一盘葡萄，让大家吃。

淑恬：让我看看，弄好了吗?

淑恬看屏幕：哟，这个紫霞仙子是谁呀?

淑珍：就是我呀。

淑恬瞪大眼睛，难以置信：啊？你？

淑珍白了淑恬一眼：怎么？你也要晕哪？

淑恬：不，我想吐。

淑珍：去。

淑珍佯怒要打淑恬，淑恬赶紧躲开。

图书在版编目(CIP)数据

抬头见喜. 第一部 / 邹静之, 白志龙著. – – 北京：
中国文史出版社, 2021.3

（中国专业作家作品典藏文库. 邹静之卷）
ISBN 978 – 7 – 5205 – 2445 – 2

Ⅰ. ①抬… Ⅱ. ①邹… ②白… Ⅲ. ①电视文学剧本
– 中国 – 当代 Ⅳ. ①I235.2

中国版本图书馆 CIP 数据核字(2020)第 209465 号

责任编辑：牟国煜　薛未未

出版发行：**中国文史出版社**

社　　址：北京市海淀区西八里庄路 69 号院　　邮编：100142

电　　话：010 – 81136606　81136602　81136603（发行部）

传　　真：010 – 81136655

印　　装：北京新华印刷有限公司

经　　销：全国新华书店

开　　本：720 × 1020　1/16

印　　张：22.25　　　字数：342 千字

版　　次：2021 年 3 月第 1 版

印　　次：2021 年 3 月第 1 次印刷

定　　价：69.80 元